万历年间

文学文体观研究

高宇星 著

山西出版传媒集团
山西人民出版社

图书在版编目（ＣＩＰ）数据

明万历年间俗文学文体观研究 ／ 高宇星著． -- 太原：
山西人民出版社，2024.6
ISBN 978-7-203-13312-4

Ⅰ．①明… Ⅱ．①高… Ⅲ．①通俗文学－文体论－中
国－明代 Ⅳ．①I207.7

中国国家版本馆CIP数据核字(2024)第071124号

明万历年间俗文学文体观研究

著　　者：高宇星
责任编辑：魏　红
复　　审：刘小玲
终　　审：李　颖
装帧设计：张　燕

出 版 者：山西出版传媒集团·山西人民出版社
地　　址：太原市建设南路 21 号
邮　　编：030012
发行营销：0351－4922220　4955996　4956039　4922127（传真）
天猫官网：https://sxrmcbs.tmall.com　电话：0351－4922159
E－mail：sxskcb@163.com　发行部
　　　　　sxskcb@126.com　总编室
网　　址：www.sxskcb.com

经 销 者：山西出版传媒集团·山西人民出版社
承 印 厂：山西德美文化产业发展有限公司

开　　本：787mm×1092mm　　　1/16
印　　张：14.75
字　　数：196 千字
版　　次：2024 年 6 月　第 1 版
印　　次：2024 年 6 月　第 1 次印刷
书　　号：ISBN 978-7-203-13312-4
定　　价：78.00 元

如有印装质量问题请与本社联系调换

序

王小盾

高宇星《明万历年间俗文学文体观研究》即将出版，是可喜可贺的事情！

1982年6月，我在复旦大学通过中国文学批评史专业的硕士学位论文答辩，提交的论文与此书有关——题为《明曲本色论的渊源及其在嘉靖年代的兴起》。论文如此选题，原出于两个简单的考虑：其一考虑同阅读相结合——按导师王运熙教授要求，我们以读原著为主要学习内容，从先秦开始读，临毕业前恰好读到明代；其二考虑同手头资料相匹配——我读宋代书的时候，抄录了一批关于文人辨体的言论，读明清曲论，又注意到同样以"本色"为主题的资料。也就是说，我是从方便写作的角度选题的。尽管如此，当时也有一个朦朦胧胧的感觉："本色"是一个重复出现的理论现象，这种重复，可能意味着某种历史规律。写作过程中，这种感觉日益加深，事实上影响至今。

完成硕士学业以后，我的专业方向有所改变——跟随任半塘先生主要从事隋唐五代音乐文学研究。后来又进一步改变，做过敦煌文学研究、早期文化研究、域外汉文献研究。不过，阅历并没有稀释以上这种感情；相反，随着知识增长，我对"本色"理论以及作为其背景的明代中后期的俗文学思潮，反而有了更为清晰的认识。且举三个例子，谈谈我的新认识。

首先，我认识到"俗文学"研究的重要性。俗文学意味着由汉字承载的口语文学。同其他文字相比，汉字和语音的关系比较疏远，因而有其特殊性。这种特殊性，使俗文学成为古代汉文化圈中特有的现象，比如在敦煌，便出现很多同口语相联系的非商业的写本（在美国学者看来，这是很难想象的）。令人惊奇的是：这类写本曾以"变文""相问书""儿郎伟"的名义流传在日本、越南和朝鲜半岛，表明俗文学有特殊的传播渠道和传播方式。也就是说，同"雅文学"相对应，俗文学在东亚地区也形成了一个共同体。由此反观明代中后期雅俗文学的地位升降，便知其事很重要，是俗文学研究的关键一环。其次，我认识到辨体观念在中国文学批评史上的意义。古人素有"文章以体制为先，精工次之"之说，这是因为，一种文体意味着一种功能传统，其基础在于同政治、同社会交际相关联的长年实践。文体之间因而有明确的界线，同时也形成这样一种观念：认为文体有尊卑之分，体位有高低之分。尽管在写作实践中，高位文体往往侵入低位文体，但在守体和破体之间，毕竟存在程度不同的矛盾。宋代本色论讨论诗体与词体的关系，此二体尚属两种案头文学，体位差别不甚大，矛盾也不大；但明代本色论却不是这样：它讨论诗体与戏曲之体的关系，此二体的对立是案头文学与场上文学的对立、雅文学与俗文学的对立，隐藏了激烈的文化冲突。这样来看"本色"理论和明代中后期的俗文学思潮，自然会进一步理解它的重要性，把它看作中国文学史上内涵最丰富的一种文学批评现象。

其次，我认识到，音乐文学史是中国文学史上独特的一支。其主线是历代音乐与文学的关系。音乐文学史围绕这条主线而展开，在每个历史时期都呈现出一组概念对立。比如先秦时期有"歌"与"诗"（朗诵）的对立，汉代有"歌诗"与"赋"（不歌而诵）的对立，魏晋南北朝时期有"歌弦"与"弦歌"的对立，唐代有"曲子"与"声诗"的对立，宋代有"唱曲"与"唱诗"的对立；到了明清，则有"本色"与"雅正"的对立。每一组概念都包含技术成分和文化成分，其中成分最复杂的是"本色"与"雅正"。所以在明代戏曲讨论中，出现了一系列文学批评新词语，例如关于其基本命题，有"本色与折色""本色与相色""当行兼论作法，本色只指填词"等说；关于艺术价值，有"崇真""重情""情真境真""真诗在民间""有假诗文无假山歌"等说；关于风格，有"古调不谐于俗耳""越俗越雅""雅俗并陈，意调双美"等说；关于格律，有"合律依腔""宁声叶而辞不工，无宁辞工而声不叶""不妨拗折天下人嗓子"等说；关于修辞，有"近雅而不动人""愈藻丽愈远本色""飣饾堆垛，不复知词中本色为何物"等说；关于戏文作法，有"以冷言剩句出之，杂以讪笑，方才有趣""雅语、俗语、措大语、白撰语层见叠出""大曲宜施文藻，小曲宜用本色""作诗原是读书人，不用书中一个字"等说。至于其他批评术语，则有"诗曲异体""以时文为南曲""木寸马户尸巾""为法所拘遂不复条畅"等说。这些说法琳琅满目，令人想到：在"本色"理论和明代中后期的俗文学思潮中，容纳了最多的中国式的文学理论素材。

以上认识，事实上也意味着一种遗憾：遗憾自己在研究生阶段，未能充分发掘论文选题的应有之义，只是讨论了有关戏曲"本色"论的一个不大的问题——起源问题，即曲"本色"论同词"本色"论的关系问题，以及嘉靖末期"本色"理论的内容及其产生背景的问题。为了弥补这一遗憾，我在后来尝试作了一些引申：先是写了一篇《雅和中国文学的雅正理论》（1995年），讨论"雅正"观念对中国文体理论的影响；接着写了一篇《中国韵文的传播方式及其体制变迁》（1996年），讨论文体形成同传播方式的关系；然后又写了一篇《从越南俗文学文献看敦煌文学研究和文体研究的前景》（2003年），讨论文体关系的本质；再后来又写了《论变文、讲经文的联系与区别》等一组关于敦煌文体的文章（2011年前后），讨论敦煌文学诸文体的体用和古人用汉字书写俗文学作品的动机。接下来几年，思考了日本、越南、朝鲜半岛和中国俗文学的关系问题，在2015年发表了《东亚俗文学的共通性》一文。而正是在这一年，高宇星进入温州大学攻读硕士学位，并向我表示对音乐文学和近世文学有爱好。因缘巧合，我便引导宇星逐渐走进明代俗文学研究这个领域。

从我们保存的来往文件看，宇星硕士阶段的研究工作有这样几个节点：

（一）第一学期，打基础，阅读《史记》《诗经》《楚辞》《汉书艺文志》等书，穿插阅读关于民歌和讲唱文学的学术著作。

（二）第二学期，我为宇星和2015级另外两位研究生制定读书计划，建议宇星关注"明清'本色'理论和'雅正'意识的音乐文学史背景"问题，按三个步骤搜集资料：3月到5月，读相关教科书，建立知识基础，拟订进一步阅读的古籍书目；6月到8月，参考前人的研究成果，搜集古籍资料并分类；9月到11月，用核对、补充资料的方式消化资料，提出问题，进而写成开题报告。

（三）2016年11月下旬，宇星提交开题报告，初定选题为《明代俗文学文体理论与观念研究》，重点研究以"雅正""本色"为代表的明代文体理论，研究作为其背景的俗文学的发展，进而研究在这种影响下出现的文人创作的通俗化趋向。12月1日，在开题报告总结讨论会上，我讲了鲁班造桥的故事，意思是要重视材料和结构，"找寻别人尚未发现的材料，从比他人高的角度看材料"。另外，提出"关注新生的文学现象，包括理论与观念"。"理论多为直接表达，观念则是间接表达。观念出现在作家的文学创作中，是不系统的、零碎的。要为这些内容建立不同的文件夹，使他们系统起来"。

（四）2017年，进入论文写作。期间我大概作了三次指导：第一次是提醒宇星注意搜集同理论表述有关的作品资料，她因此编写了"本色戏曲与不本色戏曲""本色作家与不本色作家"两份表格。第二次是督促宇星进入写作，采用组装预制板的方式，一块提问题，一块分析问题，还有一块深化问题，写成札记；要做到每一块都说明事物的来由，说明理论所联系的文学实践。第三次则是把她提交给我的资料分类打印成册，加批注，要求她模仿我做的批注加上自己的批注：在写批注时注意采用"提要钩玄"之法，用两种笔迹画出重点和疑点，并写出相关认识，包括需要思考的问题。

让我高兴的是：以上这些指导意见，在宇星手上一一得到认真落实。她孜孜不倦，写成了这篇论文。文中比较细致地讨论了五个大问题：其一，关于俗文学的概念和万历以前的俗文学文体观——这是展开全文的基础；其二，关于万历文人对俗文学的态度及其参与俗文学活动的情况——这是揭示其时俗文学观念的重要途径；其三，关于万历年间的戏曲理论，据此可知俗文学文体理论的发展状况；其四，关于俗文学文体观对雅文学（诗、词、文等）的影响，由此阐述了俗文学的生命力；其五，关于万历以俗为主、雅俗兼容的文坛风貌，对全书作出理论总结。

自然，这个学术成果是令人欣喜的。在我看来，它不光意味着一颗学术新星的升起，也意味着一段学术理想的延伸。为此，我向读者推荐这本书。因为所谓"升起"和"延伸"这两件事，都需要更多的朋友来参与！

2023年九月节，于上海

前　言

　　20世纪前期，学术界提出"俗文学"一词，在文学三分理论确立的基础上，对其概念进行界定并展开研究。俗文学种类繁多，包括民歌、戏曲、小说、弹词等文体，是中国古代文学的重要组成部分，富有研究价值。

　　万历年间，是俗文学活动的兴盛期。这一时期的文人对俗文学表现出了异常的兴趣，一改明代初期对俗文学的反对态度，转而采用欣赏、赞扬的眼光重新审视俗文学的发展，并且形成了独特的文体观念和文体理论。万历时期是文学审美倾向转变的关键期，故而将其作为本文的研究对象。本文由四个章节和结语部分组成，力图通过对万历年间俗文学现象和文体理论的阐释，阐明其重视通俗的文学倾向和由雅入俗的审美趣味的转变。

　　第一章概述了俗文学的概念和万历以前的俗文学文体观，是全文开展的基础。第二章论述了万历年间文人对俗文学的态度及他们参与俗文学活动的情况，表明文人的俗文学观念。第三章分析了万历期间的戏曲理论，以此为代表体现俗文学文体理论的发展状况，显示出文人对于俗文学的关注以及俗文学的普及程度。第四章探讨了俗文学文体观对雅文学的影响，分别从诗、词、文等体裁入手说明雅文学的俗化倾向，表明俗文学的影响力。结论则梳理各章的论证结果，总结出万历以俗为主、雅俗兼容的文坛风貌。

目　录

第一章

万历俗文学展开的背景

第一节　关于"俗文学"概念

俗文学概念是相较于其他文学概念而产生的，其内涵是在对文学进行划分的基础上形成的。因此，要明确"俗文学"的含义，首先要明确文学的划分情况。

文学三分理论的形成。1982年钟敬文先生在杭州大学中文系的一次讲话中提到了"文学三分"的概念，认为中华民族的传统文化由三部分组成。第一部分是以封建士绅文化为主的上层文化，第二部分是以市民文化为主的中层文化，第三部分是以民间文化为主的下层文化，并着重强调民间文化在中华传统文化中的重要性。[①]《文史知识》于1985年发表了钟敬文先生《民俗学与古典文学》一文，其中也涉及了文学三分的理念，钟先生表示："'五四'以后，由于一般民间文学受到重视，连古代的俗歌、民谣、故事（文献上所载的）也都算作古典文学了。现在通行的文学史一般把《诗经》《楚辞》、先秦诸子散文、《史记》、乐府(仿制的和民间的)、唐、宋、元、明、清的俗文学都算作古典文学。"因此，他认为当下的古典文学实际上是"士大夫上层文学、市民文学（小说、戏曲）和劳动人民的口头文学（故事、传说、歌谣、谚语等）三者的总和"[②]。并将市民文学称为俗文学，提出在上层文学和民间文学之外，还存在着"俗文学"这一独立概念。

自此，文学三分理论逐步被学术界所接纳，受到越来越多学者的认可。王小盾师在《东亚俗文学的共通性》一文中同样关注到了文学三分

[①]钟敬文：《钟敬文谈中国民俗》，湖南少年儿童出版社2010年版，第9页。

[②]钟敬文：《民俗学与古典文学》，《文史知识》1985年第10期，第33页。

的现象，认为古代东亚地区的文学与汉字之间存在着三种关系，即：体制文学或文言文学，民间文学或口头文学，俗文学或语体文学。他将俗文学划分在文言文学和口头文学之外，认同钟敬文先生的观点。①丘慧颖在《中国牛郎织女传说俗文学卷》一书中，也有关于俗文学、雅文学、民间文学三分情况的陈述。②随着"俗文学"一词的频繁出现，文学三分的理念已经成为学术界的共识。

俗文学的含义。在20世纪前期，学术界虽然提出了"俗文学"一名，但对其内涵尚无明确的定义。郑振铎先生著有《中国俗文学史》一书，力求从俗文学的视角梳理中国古代文学的发展脉络。他将俗文学定义为通俗的文学、民间的文学、大众的文学，确立了"所谓俗文学就是不登大雅之堂，不为学士大夫所重视，而流行于民间，成为大众所嗜好、所喜悦的东西"的观念，认为"差不多除诗与散文外，凡重要的文体，像小说、戏曲、变文、弹词之类，都要归到'俗文学'的范围里去，'俗文学'不仅成了中国文学史主要的部分，且也成了中国文学史的中心。"不仅把小说、戏曲、变文、弹词等文体统统划入俗文学的范畴，并且认为俗文学应当是中华民族传统文学的主要组成部分。③胡适也运用过"俗文学"这一概念，在《白话文学史》的《自序》中，胡适将敦煌石室的唐五代写本、唐传奇、话本、元人曲子、歌谣等统归入俗文学的范畴，表明其对俗文学的理解。④

然而学界对于"俗文学"的概念众说纷纭，始终无法达成一致。例如马丽娅在其著作《文化传播视野下的先唐说唱文学》一书中有着这样的表述：

> 说唱文学也叫"讲唱文学"，是说唱艺术（曲艺）的文学底本。一般可分为四类：以说为主；以唱为主；有说有唱；似说似唱。如赋体文学中的俗赋，从其"口诵"表演形式、通俗

① 王小盾：《东亚俗文学的共通性》，《中国社会科学》2015年第5期，第164页。
② 叶涛：《中国牛郎织女传说俗文学卷》，广西师范大学出版社2008年版，第1页。
③ 郑振铎：《中国俗文学史》，东方出版社1996年版，第1页。
④ 胡适：《白话文学史》，上海古籍出版社1999年版，《自序》。

性、娱乐性、谐谑性等特点来看，即可归类于"说唱"。在以说为主、以唱为主、有说有唱、似说似唱等四类说唱表演艺术中，以赋体形式呈现的俗赋属于以说为主的一类。早期说唱在口耳相传的同时，一般也会从口头到书面，以文字底本为参照，文字底本的传播又为说唱艺术的传播提供支撑。[①]

首先，涉及的是"通俗文学"这一概念。所谓"通俗文学"，本是从传统文学中沿袭下来的一个习用语。就我国历代以文言写成的、以诗和散文为主体的传统文学观念而言，通俗文学就是民间文学、俗文学……俗文学不仅要通俗易懂，而且要用中国传统的民族形式创作。从中国文学发展史来看，俗文学所包括的范围很广，除被上层文人学士视为正统的"雅"的诗文作品外，凡在民众中流传的神话故事、歌谣、谚语、俗行小说、民间戏剧、说唱文学等，都包括在俗文学范围之内。从说唱文学源于民间艺术、常以口诵说之、又加以表演的性质来看，说唱文学属于俗文学范畴。[②]

其次，涉及"民间文学"这个概念。俗文学包括民间文学。民间文学主要指在民间口头创作、口头流传的文学，它是集体创作的口耳相传的语言艺术，大多是无名氏的作品。民间文学不仅在各种民俗事项中承担着具体的功能，而且以世世代代精心构造并通过民俗生活口耳相传的神话、传说、寓言、史诗、逸闻、歌谣、说唱、故事、小戏、俗谚等丰富的表现形式，展现着集体的民俗意识、地域色彩浓厚的文化景象，并通过文学形式的表达隐喻教育意义于其中。而俗文学既包括口头文学，也包括文人的创作。所谓通俗文学，并不是从文学种类的划分中区别出来的某一种新的文学体裁，而是从文学发展过

[①] 马丽娅：《文化传播视野下的先唐说唱文学》，山东大学出版社2014年版，第2页。
[②] 同上书，第3页。

程中，在"雅"与"俗"的比较中而提出的类别概念。其特点是通俗性、故事性、娱乐性。①

这三段文字阐释了说唱文学、民间文学、通俗文学之间的亲缘关系。她将通俗文学等同于民间文学、俗文学。并且认为俗文学的对立面是被上层文人学士视为正统的雅文学，文学只分雅俗，不存在第三种形式。这种理解显然和"文学三分"的理念相互矛盾，那么三分文学中的民间文学又将何去何从呢？马丽娅将民间文学归入了俗文学，认为这种大多由无名氏集体创作并口耳相传的文学样式显然不属于雅文学的范畴，只能属于俗文学。同理，具有通俗性、娱乐性、戏谑性并以口诵形式进行演绎的说唱文学也被划入俗文学的范畴。也就是说，俗文学不等同于说唱文学，还包括民间文学，就是文中提到的神话、传说、寓言、史诗、逸闻、歌谣、说唱、故事、小戏、俗谚等内容。虽然这一观点与文学三分的理念相悖，但本书指出了说唱文学的四种分类方式，即：以说为主、以唱为主、有说有唱和似说似唱。并且提到了俗文学具有通俗性、故事性、娱乐性和游戏属性，具有一定的创新价值。

王小盾师对俗文学的认识较为客观，指出俗文学与雅文学的区别在于采用的书写语言上，雅文学使用文言方式进行书写，俗文学则采用口语方式进行书写；俗文学和民间文学的区别在于传播方式上，民间文学采用口口相传的方式进行传播，俗文学则采用文字记录的方式进行传播。认为"追求言文一致"是俗文学的特性，将俗文学定义为"用接近口语的方式书写的文学"②。

丘慧颖对俗文学的定义与王师相同，她写道："所谓俗文学，首先，作为传统的文类概念，它是以白话为语言载体的，以此区别于以诗文为代表的文言雅文学；其次，它又不同于口耳相传、自由率性的民间文学，带有明显的职业或半职业的表演性，并且在很大程度上依赖文字

---

①马丽娅：《文化传播视野下的先唐说唱文学》，山东大学出版社2014年版，第4~5页。

②王小盾：《东亚俗文学的共通性》，《中国社会科学》2015年第5期，第181~185页。

以达到广远传播的目的。"[①]她同样依据语言形式和传播方式对文学进行划分，将使用文言记载通过书面传播的文学称为雅文学；将以白话创作依靠口耳相传的文学定义为民间文学；将以白话创作、带有一定表演性质、以书本为体裁进行传播的文学认定为俗文学。这种划分清晰明了，符合科学性和逻辑性。

为了便于研究工作的开展，本文主要采用王小盾师对于"俗文学"观念的认知，将俗文学限定为使用接近口语的方式记录的文学，包括民歌、散曲、戏曲、小说、弹词、鼓词等文学体裁。希望通过对俗文学现象及文体理论的阐释，阐明万历年间重视通俗的文坛倾向以及由雅入俗的审美趣味的转变。

①叶涛：《中国牛郎织女传说俗文学卷》，广西师范大学出版社2008年版，第1页。

第二节　万历以前的戏曲理论和戏曲观念

　　明代是俗文学活动的繁盛期，各种俗文学文体在这一时期都得到了长足的发展。其中，戏曲因其广泛的受众群体和强大的社会影响力吸引了统治阶层和文人士子的注意，文人从戏曲的观赏者、评论者逐步走向戏曲的理论家、创作者，成为戏曲创作的主力团队。文人阶级的加入，扩大了戏曲的传播范围，增强了戏曲的艺术价值，进而构建了完整的戏曲理论，本文关于俗文学文体理论的探讨将以戏曲理论为核心。

　　戏曲在明代的发展并非一帆风顺。明太祖朱元璋建国之初，广罗天下英才，通过科举选取官员，正式确立了八股取士制度。《明史纪事本末》中有如下记载：

　　　　（太祖吴元年）三月，定文武科取士之法。先是，令有司每岁举贤及武勇谋略、通晓天文之士，其有兼通音律，吏亦得荐举。得贤者赏，滥举及蔽贤者罚。至是，乃下令设文武二科。其应文举者，察之言行以观其德，考之经术以观其业，试之书算以观其能，策之经史、时务以观其政事。应武举者，先之以谋略，次之以武艺。俱求实效，不尚虚文。三年一开举。①

　　　　（洪武三年）己亥，诏设科取士，定科举格。初场，各经义一道，《四书》义一道。二场，论一道，诏、诰、表、笺内科一道。三场，策一道。中式者，后十日以骑、射、书、策、

────────────

　　①[清]谷应泰：《明史纪事本末》，中华书局1977年版，第190~191页。

律五事试之。诏曰："成周之际，取才于贡士，贤者在职，民有士君子之行。汉、唐、宋科举，但贵词章，不求德艺。前元设科取士，权家势要，结纳奔竞，贤者耻与并进，甘隐山林。自今八月为始，特设科举，务在经明行修，博古通今。其中选者，朕将亲测于廷，观其学识，第其高下而任之。非由科举者，毋得为官。许高丽、安南、占城诸国，以乡贡赴试于京师。①

洪武三年（庚戌，1370）五月初一日，诏曰："朕闻成周之制，取才于贡士，故贤者在职，而其民有士君子之行，是以风淳俗美，国易为治，而教化彰显。及宋科举取士，各有定制，然俱贵词章之学，未求六艺之全。至于前元，依古设科，待士甚优。而权豪势要之官或纳奔竞之人，辛勤岁月，辄窃士禄，所得资品或居士人之上。怀才抱德之贤，耻与并进，甘隐山林而不起。风俗之敝，一至于此。今朕统一中国，外抚四夷，与斯民共享升平之治。所虑官非其人，有伤吾民，愿得君子而用之。自洪武三年八月为始，特设科举，以取怀才抱德之士，务在明经行修，博古通今，文质得中，名实相称。其中选者，朕将亲策于廷，观其学识，品其高下，而任之以官。果有材学出众者，待以显擢。使中行文武皆由科举而选，非科举毋得与官。敢有游食奔竞之徒，坐以重罪，以称朕责实求贤之意。所有合行事宜，条列于后：

一，乡试、会试文字程式：第一场，试《五经》义，各试本经一道，不拘旧格，惟务经旨通畅，限五百字以上。《易》，程、朱氏注、古注疏；《书》，蔡氏传、古注疏；《诗》，朱氏传、古注疏；《春秋》《左氏》《公羊》《谷梁》，胡氏、张洽传；《礼记》，古注疏。《四书》义一道，限三百字以上。第二场，试礼乐论，限三百字以上，诏诰表

---

① [清]谷应泰：《明史纪事本末》，中华书局1977年版，第205~206页。

笺。第三场，试经、史、时务策一道，惟务直述，不尚文藻，限一千字以上。第三场毕后十日面试。骑，观其驰骤便捷；射，观其中数多寡；书，观其笔画端楷；律，观其讲解详审。殿试，时务策一道，惟务直陈，限一千字以上。

一，出身：第一甲第一名，从六品；第二、第三名，正七品；赐进士及第。第二甲一十七名，正七品，赐进士出身。第三甲八十名，正八品，赐同进士出身。乡试，各省并直隶府、州等处，通选五百名为率。人材众多去处，不拘额数。若人材未备，不及数者，从实充贡。河南省四十名，山东省四十名，山西省四十名，陕西省四十名，北平省四十名，福建省四十名，江西省四十名，浙江省四十名，湖广省四十名，广西省二十五名，在京乡试直隶府、州一百名。

一，会试额取一百名。

一，高丽、安南、占城等国，如有经明行修之士，各就本国乡试贡赴京师会试，不拘额数选取。

一，开试日期：乡试，八月初九日第一场，十二日第二场，十五日第三场。会试，次年二月初九日第一场，十二日第二场，十五日第三场。殿试，三月初三日。

一，三年一次开试。

一，各省自行乡试，其直隶府、州，赴京乡试。凡举，各具籍贯、年甲、三代本姓，乡里举保甲，行省印卷。乡试中者，行省咨解中书省，判送礼部，印卷会试。

一，仕宦已入流品，及会于前元登科仕宦者，不许应试。其余各色人民并流寓各处者，一体应试。有过罢闲吏役、娼优之人，并不得应试。

一，应举不第之人，不许喧闹，摭拾考官，即擅击登闻鼓，违者究治。

一，凡试官不得将弟男子姪亲属徇私取中，违者赴省、台指实陈告。

一，科举取士，务在全材。但恐开设之初，骑、射、书、算未能遍习。除今科免试外，候二年之后，需要兼全，方许中选。

於戏！设科取士，期必得乎全材；任官惟能，庶可成于治道。咨尔有众，体朕至怀，故兹诏示，想宜知悉。"

按：洪武三年庚戌始开科，就试者乡举士百二十三人，中式者七十二人。主试则御史中丞刘基、治书御史秦裕伯，同考则翰林侍读学士詹同、宏文馆学士睢稼、起居注乐韶凤、尚宝丞吴潜、国史编修宋濂，而序录出于濂。中式士未及会试，悉授官。①

《明史纪事本末》中有关明代科举的记载颇为详尽，在《明史纪事本末补编卷二·科举开设》中约有40页关于明代科举情况的记载。从上述材料中，我们可以看到，自洪武三年开始，朱元璋便开设科举，以此作为选拔人才的依据。除却正史之外，明代文人的著作中对洪武三年始开科举也有所著述，例如：

国家以科举取士，乡试用子午卯酉年，会试用辰戌丑未年，盖定制也。洪武三年庚戌始命天下乡试，四年会试，后复停止。至十七年，甲子复命天下：乡试明年，乙丑会试。自是间，三岁举行不辍。至永乐元年，癸未以内难初靖至二年甲申始会试。永乐七年，巳丑车驾巡狩北京停廷试。明年庚寅十一月甲戌还京。九年辛卯春，廷试至天顺七年癸未二月，礼部贡院火，会试士有烧死者，不克，竟考明年。甲申复会试，正德十五年庚辰会试时车驾方南巡。是岁秋，始还京师。明年辛巳春，廷试。辛亥状元吴伯宗、前甲申状元曾棨、辛卯状元萧时中后甲申状元彭教辛巳状元杨惟聪。②

以上文字摘自姜南《蓉塘诗话》中的《科举年》，他详细记载了明

---

①[清]谷应泰：《明史纪事本末》，中华书局1977年版，第1523~1525页。
②[明]姜南：《蓉塘诗话》，《续修四库全书》（第1695册），上海古籍出版社2002年版，第661页。

代洪武年间至正德年间科举的实行情况。除了遇到皇帝巡查、贡院失火等特殊事件有所延误外，一百余年间科举都以三岁一试的定制有条不紊地进行着。显然，科举取士已经成为明代选取官员的主要手段。

伴随着科举制度的推行，明代对于文人的思想钳制也逐渐严苛起来。洪武年间的"文武之争"拉开了明代文字狱的大幕，程朱理学的盛行进一步推动了文化高压政策的实施，戏曲这个源自民间的艺术样式逐步化身为统治阶级宣扬封建伦理、控制民众思想的文化工具，受到严格限制。在国家政策的倡导下，明初文人对戏曲通常持反对的态度。陆容说道：

> 嘉兴之海盐，绍兴之余姚，宁波之慈溪，台州之黄岩，温州之永嘉，皆有习为倡优者，名曰"戏文子弟"。虽良家子，不耻为之。其扮演传奇，无一事无妇人，无一事不哭，令人闻之易生凄惨。此盖南宋亡国之音也。其赝为妇人者，名"妆旦"，柔声缓步，作夹拜态，往往逼真。士大夫有志于正家者，宜峻拒而痛绝之。①

他将学习戏曲的人员称为"戏文子弟"，将戏曲视作"南宋亡国之音"，认为每部戏曲中都有女性角色，并且往往使人听之落泪、心生凄凉之感。因此正派人家的子弟应以学习、搬演戏曲为耻，有志于正心修身齐家的士大夫更不应当观看戏曲、动摇心志。

明初政府对戏曲的题材内容、戏曲表演者的身份地位、演职人员的服饰打扮和行为标准等都有着严格的律法规定。顾起元在《客座赘语》中有这样一段描述：

> 洪武二十二年三月二十五日，奉圣旨："在军但有军官军人学唱的，割了舌头；下棋打双陆的，断手；蹴圆的，卸脚；做买卖的，发边远充军。"府君卫千户虞让男虞端故违吹箫唱

---

① [明]陆容：《菽园杂记》，上海古籍出版社2012年版，第82页。

曲，将上唇连鼻尖割了。又龙江卫指挥伏颙与本卫小旗姚晏保
蹴圆，卸了右脚，全家发赴云南。又二十五年九月十九日礼部
榜文一款："内使剃一搭头，官民之家儿童剃留一搭头者，阉
割，全家发边远充军。剃头之人，不分老幼罪同。"二十六年
十二月十五日，奉旨禁约，不许将太祖圣孙、龙孙、黄孙、王
孙、太叔、太兄、太弟、太师、太傅、太保、大夫、待诏、博
士、太医、太监、大官、郎中字样以为名字称呼。一医人，止
许称医士、医人、医者，不许称太医、大夫、郎中。梳头人，
止许称梳篦人，或称整容，不许称待诏。官员之家火者，止许
称阉者，不许称太监。又二十六年八月榜文："为奸顽乱法
事，节次据五城兵马司拿送到犯人颜锁住等，故将原定皮札翰
样制，更改做半截靴，短鞡靴，里儿与靴鞡一般长，安上抹
口，俱各穿着，或卖与人，仍前自便于饮酒宿娼行走摇摆。该
司送问罪名，本部切详。"先为官民一概穿靴，不分贵贱，所
以朝廷命礼部出榜晓谕军民、商贾、技艺、官下家人、火者，
并不许穿靴，只许穿皮札翰，违者处以极刑。此等靴样传于
外，必致制度紊乱，宜加显戮。奉旨："这等乱法度的，都押
去本家门首枭令了，全家迁入云南。"一榜："永乐九年七月
初一日，该刑科署都给事中曹润等奏，乞敕下法司，今后人民
倡优装扮杂剧，除依律神仙道扮义夫、节妇、孝子、顺孙劝人
为善及欢乐太平者不禁外，但有亵渎帝王、圣贤之词曲，驾头
杂剧，非律所该载者，敢有收藏、传诵、印卖，一时拿送法司
究治。"奉旨："但这等词曲，出榜后，限他五日，都要干
净，将赴官烧毁了。敢有收藏的，全家杀了。"此等事，国初
法度之严如此。祖训所谓顿挫奸顽者，后一切遵行律诰，汤网
恢恢矣。[①]

---

①[明]顾起元：《客座赘语》，上海古籍出版社，2012年版，第231~232
页。

这段材料选自《国初榜文》，总共记录了洪武二十二年、二十五年、二十六年、永乐九年颁布的关于戏曲的六道圣旨榜文，字里行间彰显着皇权对戏曲的禁约和蔑视，不但将从事戏曲演出的人员视为贱民，严禁军人、官员等人员从事戏曲行业，同时对戏曲演员的日常生活做出了诸多的限制。若军中出现搬演戏曲者，则面临着割去舌头、发边充军等重刑处罚。戏曲演员若违规穿了靴子或者不合法规的服饰，则会面临全家枭首、流放的极刑。除了对演职人员的限制，戏曲搬演的内容也必须符合圣旨的要求。包括但不限于：不许搬演皇家之事、不许亵渎圣贤词曲、不许演出律法所禁内容，国家提倡上演的是符合规定的神仙道扮、孝子节妇、劝人行善、歌舞太平之剧。

【朱权】

宁王朱权毕生致力于文学创作，他的《太和正音谱》是北曲曲谱的典范，他所列举的"杂剧十二科"完美地体现出官方对于戏曲内容的倡导：

一曰"神仙道化"

二曰"隐居乐道"（又曰"林泉丘壑"）

三曰"披袍秉笏"（即"君臣"杂剧）

四曰"忠臣烈士"

五曰"孝义廉节"

六曰"叱奸骂谗"

七曰"逐臣孤子"

八曰"鏇刀赶棒"（即"脱膊"杂剧）

九曰"风花雪月"

十曰："悲欢离合"

十一曰"烟花粉黛"（即"花旦"杂剧）

十二曰"神头鬼面"（即"神佛"杂剧）

杂剧，俳优所扮者，谓之"娼戏"，故曰"勾栏"。子昂赵先生曰："良家子弟所扮杂剧，谓之'行家生活'，娼优所扮者，谓之'戾家把戏'。良人贵其耻，故扮者寡，今少矣，反以娼优扮者谓之'行家'，失之远也"。或问其何故哉？则应之曰："杂剧出于"鸿儒硕士、骚人墨客所作，皆良人也。若非我辈所作，娼优岂能扮乎？推其本而明其理，故以为'戾家'也。"关汉卿曰："非是他当行本事，我家生活，他不过为奴隶之役，供笑献勤，以奉我辈耳。子弟所扮，是我一家风月。"虽是戏言，亦合于理，故取之。①

在朱权眼中，戏曲演职人员的身份有着高下之别，由娼优扮演的称为"戾家把戏"，由良家子弟扮演的称为"行家生活"，以为文人骚客创作的杂剧理应由良家子弟扮演，方是"当行本事"，反映出对戏曲的区别化对待。"杂剧十二科"给明初戏曲家的创作指明了方向，使得明初戏曲多为倡导人伦纲常、表现忠孝节义、歌颂盛世太平的模式化作

---

①[明]朱权：《太和正音谱》，《中国古典戏曲论著集成》（三），中国戏剧出版社1959年版，第24—25页。

品，呈现出万变不离其本的脸谱化特色。

有了这种风气的浸染，明初戏曲在创作内容和表现手法方面都呈现出单一固化的现象。《琵琶记》《五伦全备记》《香囊记》等宣扬道统思想、包含风化教育意义的作品因为得到了国家的大力支持而广为传播，创作主体也由民间书会才人转变为接受过封建典范教育的文人大夫，他们将运用在科举中的创作方式嫁接到戏曲创作中来，以达到伦理教化的社会功用为目的，致使戏曲形成典雅化的创作风格。嘉靖时期，社会风气较为开放，戏曲逐渐摆脱了严苛的国家控制，展现出多元化的创作风貌，文人也开始重新审视戏曲的发展过程和风格特色，形成相对客观的戏曲观点和戏曲理论。

一、诗曲异体

以高明、丘濬、邵璨为代表的明初戏曲创作群体善用诗文的写作手法进行戏曲创作，使得戏曲的创作风格与诗文无异。嘉靖以前的戏曲作品中雕琢堆砌的现象蔚然成风，文人创作的曲文更是呈现出强烈的典丽化色彩，影响着戏曲的传播和发展。这一现象引起曲论家的警觉，他们从诗和曲的风格特点入手，对两者进行区分，提出"诗曲异体"的观念，力图确立曲的本体地位。

康海是弘治十五年（1502年）状元，在《沜东乐府序》中率先举起了"诗曲异体"的大旗：

> 世恒言诗情不似曲情多，非也。古典与诗同，自乐府作，诗与曲始岐而二矣。其实诗之变也，宋元以来益变益异，遂有南词北曲之分。然南词主激越，其变也为流丽；北曲主慷慨，其变也为朴实。惟朴实故声有矩度而难借，惟流丽故唱得宛转而易调，此二者词曲之定分也。予自谢事山居，客有过予者，辄以酒声伎随之，往往因其声以稽其谱，求能稍合作始之意益鲜。盖沿袭之久，调已传讹，而其词又多出于乐工市人之手，音节既乖，假借斯谬，兹予有深惜焉。由是兴之所及，亦辄有作。岁月既久，简帙遂繁，乃命僮子录之，以存箧笥，题曰

《沜东乐府》。复稍述二家为调之本于此，知音之士，宁无感乎？正德八年岁在癸酉冬十二月朔旦。[1]

康海指出诗、词、曲是三种不同的文体，它们在情感表达方面存在着差异。诗、词、曲在表现体裁、风格特色上都有自身独特的个性，不可混为一谈。他梳理了诗词曲的发展脉络，指出正是由于上一种文体不再适应当下的社会需要故而产生了新的文学体裁，每种体裁都有着自身独有的特点，不能够被随意抹杀和取代。

李开先是嘉靖时期特别关注俗文学发展的文人，他不仅表现出了对民歌等俗文学的强烈热爱，并且亲自创作了《宝剑记》等戏曲作品。李开先在结合俗文学质朴自然的特点和王九思等人的作曲方式的基础上，提出了"诗词异体"的观点：

> 词与诗，意同而体异，诗宜悠远而有余味，词宜明白而不难知。以词为诗，诗斯劣矣；以诗为词，词斯乖矣。其法备于《中原韵》，其人详于《录鬼簿》，其略载于《正音谱》，至于《务头》《琼林》《燕山》等集，与夫《天机馀锦》《阳春白雪》《太平乐府》《乐府群玉》《群珠》等词，是皆韵之通用，而词之上选者也。传奇戏文虽分南北，套词小令虽有短长，其微妙则一而已。悟入之功，存乎作者之天资学力耳。[2]

值得注意的是，这里的"词"实质上指"曲"。表明诗和曲有着不同的风格特征，诗的创作应当使用典雅含蓄的语言来达到回味无穷的效果，曲的创作应当使用浅显易懂的语言来达到老妪可解的目的，无论是使用诗的方式作曲还是使用曲的方式作诗，都是不可取的。

此后，曲坛兴起关于曲的"本体论"探讨，曲论家都阐述了各自的见解。何良俊认为曲是由诗发展演变而来的：

---

①[明]康海：《沜东乐府》，《续修四库全书》（第1738册），上海古籍出版社2002年版，第501页。
②[明]李开先：《李开先全集》，上海古籍出版社2014年版，第596页。

金元人呼北戏为杂剧，南戏为戏文。近代人杂剧以王实甫之《西厢记》，戏文以高则成之《琵琶记》为绝唱，大不然。夫诗变而为词，词变而为歌曲，则歌曲乃诗之流别。今二家之辞，即譬之李杜，若谓李杜之诗为不工固不可，苟以为诗必以李杜为极致，亦岂然哉？祖宗开国，尊崇儒术，士大夫耻留心词曲，杂剧与旧戏文本皆不传，世人不得尽见。虽教坊有能搬演者，然古调既不谐于俗耳，南人又不知北音，听者既不喜，则习者亦渐少。而《西厢》《琵琶记》传刻偶多，世皆快睹，故其所知者独此二家。余家所藏杂剧本几三百种，旧戏文虽无刻本，然每见于词家之书，乃知今元人之词，往往有出于二家之上者。盖《西厢》全带脂粉，《琵琶》专弄学问，其本色语少。盖填词须用本色语，方是作家。苟诗家独取李杜，则沈宋王孟韦柳元白，将尽废之耶？[1]

何良俊将曲视为诗的后裔，认为诗、词、曲三者在体制形态和风格特征上有所不同，是相互关联而又独立的文学体裁。他指出诗发展演变而有词，词发展演变而有曲，所以曲是诗的一种流传派别。王世贞和何良俊的看法相同，他对文学的发展历程进行了整理，一直追溯到了先秦时期，云："三百篇亡而后有骚、赋，骚、赋难入乐而后有古乐府，古乐府不入俗而后以唐绝句为乐府，绝句少宛转而后有词，词不快北耳而后有北曲，北曲不谐南耳而后有南曲。"[2]系统地梳理了文学体裁的演变经历，说明新体裁是在旧体裁不能满足社会需要的情况下而产生的客观事实，对南北曲的产生原因进行了细致的分析，并从六个方面对南北曲进行了区分，为曲的发展作出了贡献。

孟称舜对王世贞诗词曲的演变过程表示认同，他写道："诗变而为词，词变而为曲。词者诗之余，而曲之祖也。"[3]认为曲是词的后裔，

---

①[明]何良俊：《四友斋丛说》，中华书局1959年版，第337页。
②[明]王世贞：《曲藻》，《中国古典戏曲论著集成》（四），中国戏剧出版社1959年版，第27页。
③[明]卓人月、徐士俊：《古今词统十六卷》，《续修四库全书》（第1728册），上海古籍出版社2002年版，第437页。

而词是诗的后裔，三者接承相续，却各各不同。黄宗羲表达得更为浅显："诗降而为词，词降而为曲，非曲易于词，词易于诗也。其间各有本色，假借不得。近见为诗者，袭词之妖媚；为词者，侵曲之轻佻，徒为作家之所俘剪耳。"①同样肯定了王世贞的观点，强调诗词曲三者各有特色，不可混淆替代。诗之庄重、词之妖媚、曲之轻佻，若有借代替换，以诗为词，以词为曲，不仅丧失了文体本身的情致，也无法达到所比拟文体的特色，因此行家耻为之。

王世懋从作诗的角度出发，以为"作古诗先需辨体"②，作诗之前要先通晓其风格特征，引申到曲的创作上同样如此："词曲家非当行本色，虽丽语博学无用"③，曲的创作应符合其文体特点，华丽的语言、广博的才学不应当成为词曲创作的标准。

王骥德在《曲律》中多次提及诗曲异体的观点：

> 词之异于诗也，曲之异于词也，道迥不侔也。诗人而以诗为曲也，文人而以词为曲也，误矣，必不可言曲也。尝戏以传奇配部色，则《西厢》如正旦，色声俱绝，不可思议；《琵琶》如正生，或峨冠博带，或敝巾败衫，俱喷喷动人；《拜月》如小丑，时得一二调笑语，令人绝倒；《还魂》"二梦"如新出小旦，妖冶风流，令人魂销肠断，第未免有误字错步；《荆钗》《破窑》等如净，不系物色，然不可废；吴江诸传如老教师登场，板眼场步，略无破绽，然不能使人喝采。《浣纱》《红拂》等如老旦、贴生，看人原不苛责；其余卑下诸戏，如杂脚备员，第可供把盏执旗而已。④

> 曲与诗原是两肠，故近时才士辈出，而一搦管作曲，便非

---

①[明]梁辰鱼：《梁辰鱼集》，上海古籍出版社2020年版，第650~651页。
②[明]王世懋：《艺圃撷余》，《丛书初编集成》（第2584册），中华书局1985年版，第2页。
③同上。
④[明]王骥德：《曲律》，《中国古典戏曲论著集成》（四），中国戏剧出版社1959年版，第159页。

当家。汪司马曲，是下胶漆词耳。弇州曲不多见，特《四部稿》中有一【塞鸿秋】、两【画眉序】，用韵既杂，亦词家语，非当行曲。【画眉序】和头第一字，法用去声，却云"浓霜画角辽阳道，知他梦里何如"，浓字平声，不可唱也。[①]

批评文人以诗为曲、以词为曲的做法，厘清三家本源，说明三者的不同特色，强调"曲"的独有价值，认为将三者混同起来的戏曲家不是当行作家。重点对王世贞的曲文创作进行了批评，否定他不通曲律、以词为曲的做法，注重曲律的规范和要求。通过文人的探讨，曲确立了不同于诗词的独立地位，也逐步形成了其特有的创作要求和评判标准。

"诗曲异体"逐渐成为曲坛的共识，曲论家们用不同的表述反复强调着这一事实，曲本体地位的确立是其发展和研究的前提条件，曲论家从曲与其他文体的区别入手，强调曲的风格特色和创作规范，为戏曲理论的产生和完善奠定了基础。

二、曲之本色

"本色"一词内涵丰富，原指事物的本来色彩、本来特征。后来引申为某个群体的共同特征，或某一流派的独特风格。如"神仙为一诗，见神仙本色；英雄为一诗，见英雄本色。诗文之士，千万言而无一语类神仙者，千万言而无一语近英雄者，品格固不可强矣"[②]中的神仙本色、英雄本色；又如"闻照法师精通性相，开演唯识，苦爱无补画册，不忍去手，其高足琼师丹青特妙。余恐世之观者以二师皆有画癖，非衲衣本色也，故书示之"[③]中的衲衣本色，诸如此类的还有女子本色、学究本色、狂奴本色、道人本色及措大本色等，均指这一群体特有的特征，同时也作为能否划入这一群体的评判标准，称为各行各业独特的

---

① [明]王骥德：《曲律》，《中国古典戏曲论著集成》（四），中国戏剧出版社1959年版，第162页。

② [明]屠隆：《屠隆集》（第八册），浙江古籍出版社2012年版，第429页。

③ [清]钱谦益：《牧斋有学集》，《四部丛刊初稿》（第273册），上海书店出版社1989年版，第21页。

"本色"。"本色"又有本行、当行之意,表示精通某一行业的技术,也指代精通这一技术的人群,即"行家里手"。从唐代开始,"本色"与"折色"作为相对的词语出现,成为赋税的专门用语,据记载自唐末至明清原定征收的实物田赋称本色;如改征其他实物或货币,称折色。或:夏税原以米、麦为主,是为"本色",但亦得以绵、绢、布、丝等杂物折纳,是为折色;其后,则多以钞折纳。王世贞的《弇山堂别集》中《各府禄米》记载云:

> 秦府:秦王岁支禄米一万石,米钞中半兼支。郡王初封,岁支禄米二千石,本色五百石,折色一千五百石。袭封一千石,米钞中半兼支。镇国将军岁支禄米一千石,辅国将军岁支禄米八百石,奉国将军岁支禄米六百石,镇国中尉岁支禄米四百石。俱米钞中半兼支。
>
> 晋府:晋王岁支禄米一万石。郡王初封,岁支禄米二千石,袭封一千石,米钞中半兼支。镇国将军岁支禄米一千石,辅国将军岁支禄米八百石,奉国将军岁支禄米六百石,镇国中尉岁支禄米四百石。俱米钞中半兼支。
>
> 周府:周王岁支本色禄米二万石,袭封岁支本色禄米一万二千石。郡王初封,岁支禄米二千石,袭封一千石。俱米钞中半兼支。镇国将军岁支禄米一千石,辅国将军岁支禄米八百石,奉国将军岁支禄米六百石,镇国中尉岁支禄米四百石。俱米钞中半兼支……①

这便是"本色"用作赋税用语的真实例证。

在中国古代文学批评史上,"本色"亦占有极其重要的地位。最早将"本色"一词引入文学批评领域的批评家是刘勰,《文心雕龙》之《通变》篇有云:"今才颖之士,刻意学文,多略汉篇,师范宋集。虽古今备阅,然近附而远疏矣。夫青生于蓝,绛生于茜,虽逾本色,不能

---

① [明]王世贞:《弇山堂别集》,中华书局1985年版,第1254页。

复化。"[①]魏晋时期是文学自觉的时代,作家们开始把目光从单纯的文本创作转移到理论研究上来,试图寻找出文学作品区别于非文学作品的内在规律,从而引发了大规模的"文笔之辨"。刘勰提出了文学"本体"论,认为文学创作存在着区别于其他文本的本质性特征。这里的"本色",就是指文学创作要符合特定文体的特征,遵循文体的审美规范和写作要求,是文本创作的评价标准。由此可见,运用于文体批评的"本色"内涵是从其基本含义引申而来的。在本来风格和当行的基础上,"本色"用来表示某种文体的内在特征或精髓,也用来指代懂得某种文体精髓的作家。随着创作文体的增加和文学批评的发展,"本色"也开始运用于诗论批评。严羽《沧浪诗话》、刘克庄《后村诗话》中都运用到了这一概念。

明代俗文学的发展逐渐繁盛,中国戏曲艺术也进入了发展的高峰期。戏曲的创作主体、演职人员、情节内容、表演风格等各方面都取得了长足的发展和进步。文人士子们逐渐参与到俗文学的观赏、创作、演出与整理中来。自李开先将"本色"一词引入到戏曲批评领域后,"本色"就成为曲论家们的必谈之词。各家"本色"观的提出,使得作为戏曲批评理论的"本色"内涵逐渐丰富、完整起来。对戏曲的批评,也就分为"本色戏曲"与"不本色戏曲"两种类别。而判断一部戏曲是否属于"本色戏曲",则需要兼顾文本性和表演性两方面内容,即综合考量戏曲作为案头读物的可读性和作为表演剧本的舞台性这两方面特征。

嘉靖年间,李开先在《西野春游词序》中率先将"本色"一词引入到戏曲理论中来,提倡戏曲的本体性:

> 传奇戏文虽分南北,套词小令虽有短长,其微妙则一而已。悟入之功,存乎作者之天资学力耳。然俱以金、元为准,犹之诗以唐为极也。何也?词肇于金,而盛于元。元不戍边,赋税轻而衣食足,衣食足而歌咏作,乐于心而声于口,长之为

----

① [南朝]刘勰著,范文澜注:《文心雕龙注》,人民文学出版社1962年版,第520页。

套，短之为令，传奇戏文于是乎侈而可准矣。穆玄庵谓："不可以胡政而少之。"亦天下之公言也。国初如刘东生、王子一、李直夫诸名家，尚有金、元风格，乃后分而两之。用本色者为词人之词，否则为文人之词矣。自陈大声正德丁卯年没后，惟有王渼陂为最，陈乃元词之下者，而王乃文词之高者也，可谓等侪，有未易以轩轾者，若兼而有之，其元哉？其犹诗之唐而不可上者哉！[①]

他将曲分为两类，即用本色的词人之词和不用本色的文人之词，是使用"本色"形容曲体特征的第一人，可谓开风气之先。从此，"本色"成为曲体创作和戏曲优劣的评判标准，后来逐步发展成为内涵丰富的戏曲理论术语。

曲之本色是指曲不同于其他文体的本体特征。在诗曲异体理念得到确立后，探寻曲的本质特征和创作要求，进而形成独立系统的曲体理论成为曲坛亟待解决的问题。在评曲作曲热潮的推动下，嘉靖时期涌现出一大批曲论著作，以李开先《词谑》、徐渭《南词叙录》、何良俊《曲论》和《四友斋丛说·词曲》、王世贞《曲藻》最负盛名，代表着嘉靖期间文人对曲的看法和理解。他们通过对曲的不同评价，展现出不尽相同的本色观。曲区别于其他文体最为显著的特色体现在语言方面，这也是文人们首先察觉到的要素，曲体创作的语言风格是嘉靖时期曲论家们探索和研讨的焦点。

诗曲异体的观念形成后，曲坛对模拟诗文语言创作戏曲的做法普遍持反对态度，继而展开了对这类作品的批评。受到诟病最多的当推邵璨的《香囊记》，第一出《家门》开宗明义地表明了它的创作目的：

【鹧鸪天】（末上）一曲清歌酒一巡，梨园风月四时新。人生得意须行乐，只恐花飞减却春。今即古，假为真，从教感起座间人。传奇莫作寻常看，识义由来可立身。[②]

---

①[明]李开先：《李开先全集》，上海古籍出版社2014年版，第596-597页。
②[明]毛晋：《六十种曲》，文学古籍刊行社，1955年版，《香囊记》第1页。

《香囊记》是一部关于风化教育、诫人劝世的作品。徐渭《南词叙录》记载，邵璨是宜兴老生员，他创作戏曲的目的不是为民间大众服务，而是为了宣扬封建制度所推崇的道德体系，将戏曲作为弘扬臣忠子孝、兄友弟恭、母慈妻贤的伦理道德工具，故而塑造出慈母、贞妇、净友、忠臣等一系列符合封建伦理的人物形象。在创作手法上，采用传统诗文的作法，语言晦涩，好用典故，多以《诗经》和杜甫诗句入曲。例如在第二出《庆寿》的宾白中有"[外]哥哥。为此春酒，以介眉寿。况又兄弟既翕，和乐且耽"①，接连使用了《诗经·豳风·七月》和《诗经·小雅·常棣》中的语句。第八出《投宿》中则有"[外]小子道五数一十百千万。万里人南去，三春雁北飞"②，引用了韦承庆《南中咏雁诗》中的话语；"[合]金兰嫩，玉薤鲜。长安市上酒家眠。清如圣，浊似贤。玉楼人醉杏花天"③一句，使用了杜甫《饮中八仙歌》和戴叔伦《哭朱放》中的诗句，而"清如圣，浊似贤"又采用了《三国志·魏书·徐邈传》中以圣人比酒的典故；"[外]放达刘伶，风流阮宣，休夸草圣张颠。知章骑马似乘船，苏晋长斋绣佛前"④，使用了汤琪《题王逸老书饮中八仙歌》和杜甫《饮中八仙歌》中的诗句。引经据典，俯拾皆是。使用诗文手段作曲，是戏曲创作的大忌，徐渭将这种现象归纳为"以时文为南曲"⑤，称其发端始于《香囊记》，这一观点得到诸多曲论家的支持。王世贞评价《香囊记》"近雅而不动人"⑥，便是指其语言文雅却不能够打动人心。徐复祚的批评非常直接：

> 《香囊》以诗语作曲，处处如烟花风柳。如"花边柳边"
> "黄昏古驿""残星破暝""红入仙桃"等大套，丽语藻句，

①[明]毛晋：《六十种曲》，文学古籍刊行社1955年版，《香囊记》，第2页。
②同上书，第22页。
③同上书，第23页。
④同上。
⑤[明]徐渭：《南词叙录》，《中国古典戏曲论著集成》（三），中国戏剧出版社1959年版，第243页。
⑥[明]王世贞：《曲藻》，《中国古典戏曲论著集成》（四），中国戏剧出版社1959年版，第34页。

24

刺眼夺魄。然愈藻丽，愈远本色。《龙泉记》《五伦全备》，纯是措大书袋子语，陈腐臭烂，令人呕秽，一蟹不如一蟹矣。此后作者倍起，坊刻充栋，而佳者绝无。①

他在指出《香囊记》用语华丽、卖弄学问的弊端后，又接连列举了《龙泉记》《五伦全备记》等同样宣扬封建伦理道德、掉书袋子的戏曲作品，直呼它们令人作呕，没有一部佳作。在否定了语言典雅规范、好用诗词典故的作曲方式后，曲论家继而对戏曲的语言规范和风格特征进行了探索。

曲之"本色"有诸多内涵，其中戏曲的语言风格是嘉靖时期的曲论家们最为关心的话题。

作为最早提出戏曲本色观的理论家，李开先将"明白而不难知"②作为曲的创作特点，提倡使用简单直白的语言进行曲的创作。词曲发源于民间，是在人们丰衣足食、心情愉悦的情况下随口歌咏而出的，因此今人创作词曲也要符合其产生之初与生俱来的风格特征，以此提出了"以金元为准"③的词曲准则。认为具有金元风格的作品符合本色的要求，属于"词人之词"④。李开先本色观的内涵之一便是：崇尚金元风格，以金元为准，推崇词人之词的创作。由"词宜明白而不难知"⑤可知，金元风格的特点是简洁明快，王小盾师概括其为明白、简质的语言风格。⑥

何良俊经常使用"本色语"品评戏曲，如其评价《西厢记》《琵琶记》两部作品："盖《西厢》全带脂粉，《琵琶》专弄学问，其本色语少。盖填词须用本色语，方是作家。"⑦表明"本色"论是其品评戏曲

---

①俞为民、孙蓉蓉：《历代曲话汇编》明代编（第二集），黄山书社2009年版，第256-257页。
②[明]李开先：《李开先全集》，上海古籍出版社2014年版，第596页。
③同上。
④同上。
⑤同上。
⑥王小盾：《明曲本色论的渊源和它在嘉靖时代的兴起》，《云南艺术学院学报》2001年第4期，第9页。
⑦[明]何良俊：《曲论》，《中国古典戏曲论著集成》（四），中国戏剧出版社1959年版，第6页。

作品的重要准则，何良俊对《西厢记》《琵琶记》的评价较低，主要是由于它们的文辞典雅华美，有卖弄学问之嫌，而本色语却使用得很少的缘故。何良俊明确地指出：能够使用本色语作曲的作家才是真正的行家，就像诗文创作一样，动辄模拟李白、杜甫，拾人牙慧而没有自身的创新，不能称之为作家。在他看来，符合"本色"标准的曲作品有郑德辉《倩女离魂》、王实甫【丝竹芙蓉亭】一套、以及《拜月亭》，评语如下：

> 郑德辉《倩女离魂》越调【圣药王】内："近蓼花，缆钓槎，有折蒲衰草绿蒹葭。过水洼，傍浅沙，遥望见烟笼寒水月笼纱，我只见茅舍两三家。"如此等语，清丽流便，语入本色；然殊不秾郁，宜不谐于俗耳也。①

> 王实甫【丝竹芙蓉亭】杂剧仙吕一套，通篇皆本色，词殊简淡可喜。其间如【混江龙】内"想着我怀儿中受用，怕什么脸儿上抢白！"【元和令】内"他有曹子建七步才，还不了庞居士一分债"，【胜葫芦】内"兀的般月斜风细，更阑人静，天上巧安排"，【寄生草】内"你莫不一家儿受了康禅戒？"此等皆俊语也。夫语关闺阁，已是秾艳，须得以冷言剩句出之，杂以讪笑，方才有趣；若既着相，辞复浓艳，则岂画家所谓"浓盐赤酱"者乎？画家以重设色为"浓盐赤酱"，若女子施朱傅粉，刻画太过，岂如靓妆素服，天然妙丽者之为胜耶！②

> 《拜月亭·赏春》【惜奴娇】如"香闺掩珠帘镇垂，不肯放燕双飞"，《走雨》内"绣鞋儿分不得帮底，一步步提，百忙里褪了根"，正词家所谓"本色语"。③

---

①[明]何良俊：《曲论》，《中国古典戏曲论著集成》（四），中国戏剧出版社1959年版，第7页。
②同上书，第8页。
③同上书，第12页。

何良俊"本色观"的内涵之一便是指语言的质朴通俗。在对【丝竹芙蓉亭】的评论中他采用了比喻的方式进行阐述，认为太过工致，雕琢的语言就好比女子敷上厚重的脂粉一般，不仅显得笨重呆滞，并且失却了与生俱来的质朴之美。同样，对戏曲语言粉饰太过反而不如使用家常语言，不仅可以祛除佶屈聱牙的弊病，并且增添了自然的趣味。综合上述评价来看，何良俊提倡的"本色语"同李开先一样，是指与脂粉、学问相反的，清新自然、不加过多修饰、具有民间质朴特色的家常语言。除此之外，何良俊还提出了"有趣"的概念，体现出其本色观的另一层含义，即诙谐、幽默的语言风格。

徐渭着重致力于南戏的传播和创作，创作了我国历史上第一部系统的南戏理论著作《南词叙录》，著有《歌代啸》《四声猿》等杂剧作品。《南词叙录》的出现成功地把"本色"论推向了一个新的高峰，使本色具有了更多的理论内涵。在徐渭看来，优秀的戏曲作品应当符合"句句是本色语，无今人时文气"[1]的标准，他认为要达到本色的要求首先应做到"得体"，提出"夫曲本取于感发人心，歌之使奴、童、妇、女皆喻，乃为得体"[2]的观点，"得体"就是要使用能够使市井里巷的老弱妇孺都能听明白的语言进行创作，也就是使用浅显通俗的语言。进而明确表达"与其文而晦，曷若俗而鄙之易晓也"[3]的主张，表明戏曲用语文雅而隐晦不如俚俗而易懂的看法。徐渭和李开先的见解相同，强调南戏发源于民间，故而其创作语言也要保持原有的民间性、要符合大众的审美品位和欣赏能力。其次，在对戏曲的品评中表明了少用典故、崇尚俚俗的评价准则：

> 梅叔《昆仑剧》已到鹊竿尖头，真是弄把喜戏一好汉，尚可撺掇者，直撒手一着耳。语入要紧处，不可着一毫脂粉，越俗越家常，越警醒，此才是好水碓，不杂一毫糠衣，真本色。

---

①[明]徐渭：《南词叙录》，《中国古典戏曲论著集成》（三），中国戏剧出版社1959年版，第243页。
②同上。
③同上。

若于此一恶缩打扮，便涉分该婆婆，犹作新妇少年哄趋，所在正不入老眼也。至散白与整白不同，尤宜俗宜真，不可着一文字，与扭捏一典故事，及截多补少，促作整句。锦糊灯笼，玉镶刀口，非不好看，讨一毫明快，不知落在何处矣！此皆本色不足，仗此小做作以媚人，而不知误入野狐，作娇冶也。

凡语入紧要处，略着文采，自谓动人，不知减却多少悲欢。此是本色不足者，乃有此病，乃如梅叔造诣，不宜随众驱逐也。点铁成金者，越俗越雅，越淡薄越滋味，越不扭捏动人越自动人。务浓郁者如商杂牲而炙以蔗浆，非不甘旨，却头头不切当，不痛快，便虚报一食单。①

徐渭不仅在昆仑剧中提出了"点铁成金"的理念，对《琵琶记》也有"句句是常言俗语，扭作曲子，点铁成金，信是妙手"②的评价。"点铁成金"意即使用家常俚俗语言达到真切动人的艺术效果，其特点在于以俗为雅、淡薄而不扭捏。综上所述，徐渭本色观的一个内涵便是使用俚俗自然的家常语言进行戏曲创作。

---

① [明]徐渭：《徐渭集》（三），中华书局1983年版，第1093页。
② [明]徐渭：《南词叙录》，《中国古典戏曲论著集成》（三），中国戏剧出版社1959年版，第243页。

戏曲语言应当明白易懂的观念得到了大部分曲论家的支持和倡导，成为戏曲本色理论的主要内涵。但是，尚雅的曲论观仍然存在于曲坛之上，双方以戏曲的语言风格为核心，就戏曲的创作标准展开了探讨。

王世贞在《曲藻·序》中指出，曲具有"虽本才情，务谐俚俗"[1]的特点，认为曲应遵从"谐俗"的要求。在对马致远和冯惟敏的散曲进行评价时，出现了"本色"一词，称冯惟敏的散曲作品"止用本色过多，北音太繁，为白璧微类耳"[2]，此处的"本色"是指元人本色，即常俗自然的语言风格。以为戏曲创作不能完全使用常俗语言，文雅的语句同样可以出现在戏曲作品中。王世贞是嘉靖时期戏曲典雅化的代表，他对戏曲语言提出了雅致的要求。王世贞的本色观致使他与其他曲论家在戏曲评论中出现分歧，尤其在《拜月亭》和《琵琶记》孰优孰劣的问题上与何良俊发生了严重的争执，由此引发了明代曲坛关于戏曲本色内涵的第一次大讨论。

王世贞将诗文的创作旨意嫁接到戏曲上来，以"雅""丽"作为戏曲的评判标准。在这一原则的宗旨下，他推选《琵琶记》作为戏曲作品的楷模：

> 则成所以冠绝诸剧者，不唯其琢句之工、使事之美而已，其体贴人情，委曲必尽；描写物态，仿佛如生；问答之际，了不见扭造：所以佳耳。[3]

王世贞指出《琵琶记》具有兼顾雅俗的特点，语言上典雅规范，遣词造句精雕细琢，情感表达自然体贴，符合人物形象，故而高于《拜月亭》。

《琵琶记》为高明所作，讲述了书生蔡伯喈和赵五娘的爱情故事，本质上是一部风化教育题材的作品，第一出【副末开场】中"正是不关风化体，纵好也徒然。论传奇，乐人易，动人难。知音君子，这般另作

---

①[明]王世贞：《曲藻》，《中国古典戏曲论著集成》（四），中国戏剧出版社1959年版，第25页。
②同上书，第37页。
③同上书，第33页。

29

眼儿看。休论插科打诨，也不寻宫数调，只看子孝共妻贤"[1]的语句奠定了整部戏曲的基调。《南词叙录》记录朱元璋观赏《琵琶记》后曾云："《五经》《四书》、布、帛、菽、粟也，家家皆有；高明《琵琶记》，如山珍、海错，贵富家不可无"[2]，受到统治阶级的认同和赞扬，成为明初传播最广的戏曲之一。《琵琶记》语关风教的创作主旨非常符合王世贞的戏曲理念，因而受到他的大力追捧。

《拜月亭》是元代施君美的戏曲作品，语言质朴自然，不加雕琢。以第四出【雁儿落】为例"俺穿一领裹乾坤缝掖衣，要干着儒家事；读几行正纲常贤圣书，要识着君臣义。俺则是一心儿清白本无私"[3]，均是常俗语言，简单直白而又不失情致，何良俊将其评选为本色戏曲的典范，给予极高的赞誉。王世贞则以"三短"反驳何良俊的观点：

> 《琵琶记》之下，《拜月亭》是元人施君美撰，亦佳。元朗谓胜《琵琶》，则大谬也。中间虽有一二佳曲，然无词家大学问，一短也；既无风情，又无裨风教，二短也；歌演终场，不能使人堕泪，三短也。[4]

王世贞的观点受到了其他曲论家的反驳，徐复祚逐一抨击了王世贞提出的所谓《拜月亭》"三短"：

> 何元郎（良俊）谓施君美《拜月亭》胜于《琵琶》，未为无见。《拜月亭》宫调极明，平仄极叶，自始至终，无一板一折非当行本色语，此非深于是道者不能解也，弇州乃以"无大学问"为一短，不知声律家正不取于弘词博学也；又以"无风情、无裨风教"为二短，不知《拜月》风情本自不乏，而风教

---

①[明]毛晋：《六十种曲》，文学古籍刊行社1955年版，《琵琶记》第1页。
②[明]徐渭：《南词叙录》，《中国古典戏曲论著集成》（三），中国戏剧出版社1959年版，第240页。
③[明]毛晋：《六十种曲》，文学古籍刊行社1955年版，《幽闺记》第8页。
④[明]王世贞：《曲藻》，《中国古典戏曲论著集成》（四），中国戏剧出版社1959年版，第34页。

当就道学先生讲求，不当责之骚人墨士也。用修之锦心绣肠，果不如白沙鸢飞鱼跃乎？又以"歌演终场不能使人堕泪"为三短，不知酒以合欢，歌演以佐酒，必堕泪以为佳，将《薤歌》《蒿里》尽侑觞其乎？[1]

王世贞点明《拜月亭》有三个短处：首先，《拜月亭》没有包括治国安邦之类的大学问；其次，《拜月亭》有损礼教，败坏社会风气；最后，观者看完《拜月亭》后没有落泪。针对第一点，徐复祚反驳道戏曲本身的创作目的是娱情，不应当成为统治阶级进行思想控制的工具，它存在的意义并不在于宣扬博学或者服务于某种政治目的。关于第二点，徐复祚表明戏曲动人之处往往在于和封建世俗观点相抗争的真情实感，是与礼教相对立的，不应当由它承担起礼乐教化的职责。说到第三点，徐复祚直呼不能够以是否落泪作为评判戏曲优劣的准则。诚然，徐复祚的回击显得强硬粗俗了些，相较而言，沈德符的评判则要温和许多：

> 何元朗谓《拜月亭》胜《琵琶记》，而王弇州力争，以为不然，此是王识见未到处。《琵琶》无论袭旧太多，与《西厢》同病，且其曲无一句可入弦索者。《拜月》则字字稳帖，举弹撅胶粘，盖南词全本可上弦索者惟此耳。至于《走雨》《错认》《拜月》诸折，俱问答往来，不用宾白，固为高手；即旦儿《髻云堆》小曲，模拟闺秀娇憨情态，活托逼真，《琵琶·咽糠》《描真》亦佳，终不及也。[2]

沈德符先是表明了自己对何良俊的支持，进而以是否依声合律、是否运用本色语言生动逼真地创造人物形象等标准说明《琵琶记》不及《拜月亭》之处，条分缕析、有理有据。这一观点得到了曲坛大部分曲论家的支持。

---

[1][明]徐复祚：《曲论》，《中国古典戏曲论著集成》（四），中国戏剧出版社1959年版，第235-236页。
[2][明]沈德符：《顾曲杂言》，《中国古典戏曲论著集成》（四），中国戏剧出版社1959年版，第210页。

徐渭则把两部戏曲都划入本色戏曲的行列，并用"句句是本色语，无今人时文气"①概括两者的特点。不过在语言方面，他认为《琵琶记》更胜一筹，因为它能够把人物的真情实感用通俗语言表达出来，比如第二十一出对赵五娘食糠的心理描写"糠和米本是相依倚，被簸扬作两处飞。一贱与一贵，好似奴家与夫婿，终无见期"②，语言浅显通俗，符合赵五娘的身份，并且表达出了对丈夫深切的思念之情。尽管《琵琶记》也存在用典的情况，但其与《香囊记》的区别在于典故的运用不是生搬硬套，而是根据剧情发展和人物特点合理地穿插引入，不着痕迹，巧妙自然。如第四出中有"世间好物不坚牢，彩云易散琉璃脆"③，化用了白居易《简简吟》"大都好物不坚牢，彩云易散琉璃脆"④的诗句，不仅不觉突兀，反而更能烘托蔡伯喈离家赶考的心情。又如第七出【浣溪沙】："千里莺啼绿映红，水村山郭酒旗风，行人如在画图中。不暖不寒天气好，或来或往旅人逢，此时谁不叹西东"⑤，则使用了杜牧《江南春》中的诗句。切实做到了用典虽多，但都恰合时宜的要求，得到徐渭的认同。

曲论家们就两部戏曲的优劣问题提出了各自的见解，就讨论结果来看：王世贞、徐渭、王骥德、吕天成认为《琵琶记》高于《拜月亭》；何良俊、李贽、徐复祚、沈德符、凌濛初则认为《拜月亭》胜于《琵琶记》。不可否认的是，这两部作品都属于本色戏曲。在这次争论中，推崇《琵琶记》的评论者认为《拜月亭》过于质朴，易流于鄙俚；推崇《拜月亭》的评论家主要诟病《琵琶记》音律不严、袭旧过多的弊病。通过这次探讨，戏曲创作重"文"轻"质"的理念悄然诞生，也使戏曲

---

①[明]徐渭：《南词叙录》，《中国古典戏曲论著集成》（四），中国戏剧出版社1959年版，第243页。

②[明]毛晋：《六十种曲》，文学古籍刊行社1955年版，《琵琶记》第83页。

③同上书，第13页。

④中华书局编辑部点校：《全唐诗》（增订本），中华书局1999年版，第4832页。

⑤[明]毛晋：《六十种曲》，文学古籍刊行社1955年版，《琵琶记》第29—30页。

语言萌生出雅化的倾向。

除了语言风格外，"崇真"也是嘉靖时期戏曲本色观的重要内涵之一。李开先就是倡导"真"的先行者，其《市井艳词序》有云：

> 忧而词哀，乐而词亵，此古今同情也。正德初尚【山坡羊】，嘉靖初尚【锁南枝】，一则商调，一则越调。商，伤也；越，悦也；时可考见矣。二词哗于市井，虽见女子初学言者，亦知歌之。但淫艳亵狎，不堪入耳，其声则然矣，语意则直出肺肝，不加雕刻，俱男女相与之情，虽君臣友朋，亦多有托此者，以其情尤足感人也。故风出谣口，真诗只在民间《三百篇》太半采风者归奏，予谓今古同情者，此也。①

李开先提出"真诗在民间"的观点，赞赏不加雕琢、以口写心的文学创作方式，其中提到的【山坡羊】【锁南枝】都是民间传唱的小曲，李开先认为它们达到了和《诗经·国风》一样的高度，足见对民歌的认可和提倡，而他赞赏民歌的根本原因在于民歌的真挚自然，"真"才是

---

① [明]李开先：《李开先全集》，上海古籍出版社2014年版，第565-596页。

打动李开先的核心要素。

"崇真"也是徐渭本色观的重要内涵,他在《西厢序》中提出了著名的"本色""相色"论:

> 世事莫不有本色,有相色。本色犹俗言正身也,相色,替身也。即书评中婢作夫人终觉羞涩之谓也。婢夫人者,欲涂抹成主母而多插带,反掩其素之谓也。故余于此本中贱相色,贵本色,众人啧啧者我响响也。岂为剧者,凡作者莫不如此。嗟哉,吾谁与语!众人所忽,余独详,众人所旨,余独唾。嗟哉,吾谁与语![①]

徐渭以"婢作主母"为例,生动浅显地说明这一理论的内涵:即使将婢女装扮成主母的模样,也并不能展示出主母的风貌气度。仿若东施效颦,扭捏造作,不觉其美。究其原因,则在于不符合其真实的身份地位和性格特征。而婢女因为过多的装饰也失去了自身原本朴素自然的气质,可谓是得不偿失。徐渭论证了"真"的重要性,认为戏曲作品应当保持"宜俗宜真"[②]的风格特征,强调使用真实情感反映事物的本来面貌,对戏曲创作提出了"真"的标准。

另外,"尚情"也是嘉靖年间曲论家的共同追求。何良俊如是说:

> 大抵情辞易工。盖人生于情,所谓愚夫愚妇可以与知者。观十五国风,大半皆发于情,可以知矣。是以作者既易工,闻者亦易动听。即《西厢记》与今所唱时曲,大率皆情词也。至如《王粲登楼》第二折,摹写羁怀壮志,语多慷慨,而气亦爽烈。至后《尧民歌》《十二月》,托物寓意,尤为妙绝,岂作调脂弄粉语者可得窥其堂庑哉?[③]

---

①[明]徐渭:《徐渭集》(三),中华书局1983年版,第1089页。
②同上书,第1093页。
③[明]何良俊:《曲论》,《中国古典戏曲论著集成》(四),中国戏剧出版社1959年版,第7页。

他提出人生于情的观念，认为情感是创作的原动力之一，包含真情的作品不仅易于创作，而且也更容易受到观众的喜爱，使得戏曲作品在案头和场上都能得到更好的艺术反馈。在何良俊看来，不论是戏曲作品《西厢记》《王粲登楼》，还是民间歌谣《尧民歌》《十二月》，只要是语出真情，就是优秀的文学作品。

徐渭同样是一位重情的曲论家，他的描述更为直接、热烈：

> 人生堕地，便为情使。聚沙作戏，拈叶止啼，情昉此已。迨终身涉境触事，夷拂悲愉，发为诗文骚赋，璀璨伟丽，令人读之喜而颐解，愤而眦裂，哀而酸鼻，恍若与其人即席挥尘，嬉笑悼唁于数千百载之上者，无他，摹情弥真则动人弥易，传世亦弥远，而南北剧为甚。渔猎之暇，曾评订崔张传奇，予差快心，亦差挂好事者齿颊。已而旁及诸家，随手札录，都无标目，亦无诠次，间忘所自出。总之此技唯元人擅场，故予所取十七八，而近代十二三。非昭阳纨扇，即滴博征衣，非愁玉怨香，即驿梅河柳，余并桂风萝月，岫晃云关，邯郸枕畔，婺州角上语，实炎燠中一服清凉散也。日久渐次成帙，酒酣耳热，辄取如意打唾壶，呜呜而歌，少抒胸中忧生失路之感。聊便抽阅，犹贤博弈，匪欲传之词林，乃余岑寂时良友云尔。嗟嗟！回文锦、《白头吟》《断肠诗》《胡笳十八拍》，未易更仆数。情之所钟，宁独在我辈！且孟才人歌《何满子》罢，脉者谓肠已断不可复药。情之于人甚矣哉！颠毛种种，尚作有情痴，大方之家能无揶揄？爰缀数语，以志予过。秦田水月谩题。[1]

徐渭认为人从出生开始就受到情感的牵绊，《回文锦》《白头吟》《断肠诗》《胡笳十八拍》《何满子》等文学作品皆因其情感真挚、打动人心而久唱不衰，甚至能够突破时空的限制在一代又一代的人们心中激荡起同样的情感火花。因此真情流露才是撼人心魄的关键因素，戏曲

---

[1][明]徐渭：《徐渭集》（四），中华书局1983年版，第1296—1297页。

创作也是如此，再次强调了情感的重要性。

何良俊是嘉靖时期最为关注戏曲格律的曲论家，是否符合音律规范是他评价戏曲优劣的一个重要标准：

> 南戏自《拜月亭》之外，如吕蒙正"红妆艳质喜得功名遂"，王祥内"夏日炎炎，今日个最关情处，路远迢遥"，《杀狗》内"千红百翠"，"江流儿"内"崎岖去路赊"，《南西厢》内"团团皎皎""巴到西厢"，"玩江楼"内"花底黄鹂"，"子母冤家"内"东野翠烟消"，"诈妮子"内"春来丽日长"，皆上弦索。此九种，即所谓戏文，金、元人之笔也。词虽不能尽工，然皆入律，正以其声之和也。夫既谓之辞，宁声叶而辞不工，无宁辞工而声不叶。①

何良俊深谙音律之道，他认为"曲"本身即为音乐性作品，因此"合律"是作曲的基本要求，甚至在文辞和音律发生冲突时，何良俊提倡削弱戏曲作品的文学性来保全其音乐性。在他看来，《拜月亭》整部戏曲都能够严格符合音律的规范，十分适合场上演奏，而《琵琶记》多有不谐音律之处，故而《拜月亭》要优于《琵琶记》。

嘉靖时期，曲论家们对作曲标准的探索涉及语言、情感、格律等各个领域，他们的贡献主要体现在两个方面：一是确立了诗曲异体的观念，为曲体理论的开展奠定基础；二是反对滥用典故、辞藻华丽的诗文作曲方式，确立了以明白畅晓的语言风格为主的本色内涵，解决了戏曲创作的语言问题，表明这一期间戏曲创作由雅入俗的整体倾向。典雅化曲论的出现，以及对于格律等问题的关注则为万历年间"本色"观内涵的转变埋下了伏笔，成为戏曲理论进一步发展的根基。

---

①[明]何良俊：《曲论》，《中国古典戏曲论著集成》（四），中国戏剧出版社1959年版，第12页。

第二章　万历文人的俗文学活动

第一节　万历文人对俗文学的态度

万历年间，社会经济的发展为俗文学的兴盛奠定了现实基础，俗文学因其种类繁多、形式多变、富有民间特色，吸引了大量文人的注意。文人们对俗文学表现出赞赏、反对和兼容的不同态度，体现出他们不同的文学观念和审美倾向。

一、赞赏派

《二十四桥风月》中记载了诸妓唱小曲娱客的场面："发娇声唱《擘破玉》等小词"[1]，反映出民歌在市井流传之广。随着文人向民间的趋近，俗文学逐渐突破民间的界限，成为文人阶级和市井大众共同的欣赏对象。张岱的《不系园》中就记载了自己和友人吹箫唱曲、和琴而歌的娱乐场景：

> 甲戌十月，携楚生住不系园看红叶，至定香桥，客不期而

【张岱】

---

[1][明]张岱：《陶庵梦忆》，中华书局2007年版，第51页。

至者八人：南京曾波臣，东阳赵纯卿，金坛彭天锡，诸暨陈章侯，杭州杨与民、陆九、罗三，女伶陈素芝。余留饮。章侯携缣素为纯卿画古佛，波臣为纯卿写照，杨与民弹三弦子，罗三唱曲，陆九吹箫。与民复出寸许紫檀界尺，据小梧，用北调说《金瓶梅》一剧，使人绝倒。是夜彭天锡与罗三、与民串本腔戏，妙绝；与楚生、素芝串调腔戏，又复妙绝。章侯唱村落小歌，余取琴和之，牙牙如语。纯卿笑曰："恨弟无一长，以侑兄辈酒。"余曰："唐裴将军旻居丧，请吴道子画天宫壁度亡母。道子曰：'将军为我舞剑一回，庶因猛厉，以通幽冥。'旻脱缞衣缠结，上马驰骤，挥剑入云，高十数丈，若电光下射，执鞘承之，剑透室而入，观者惊栗。道子奋袂如风，画壁立就。章侯为纯卿画佛，而纯卿舞剑，正今日事也。"纯卿跳身起，取其竹节鞭，重三十斤，作胡旋舞数缠，大噱而罢。[①]

这一小篇文字描写了友人聚会的真实场景，文人与市民、将军与女伶欢聚一堂，或饮酒、或弄弦、或吹箫、或唱曲，还有北调说《金瓶梅》书者，还有唱本腔戏、调腔戏、村落小歌者，又有舞剑助兴、跳胡旋舞者，明代文人相聚的欢乐场景跃然纸上，呈现出一派轻松祥和的氛围。可以看到，发源于里巷市井的说书技艺、民间小唱、地方戏腔开始登上大雅之堂，受到文士们的青睐。

叶盛认为山歌中有可以警劝世人的语句，故而加以摘录：

吴人耕作或舟行之劳，多作讴歌以自遣，名唱山歌，中亦多可为警劝者，谩记一二。"月子弯弯照几州，几家欢乐几家愁？几家夫妇同罗帏？多少漂零在外头""南山头上鹁鸪啼，见说亲爷娶晚妻。爷娶晚妻爷心喜，前娘儿女好孤恓"。[②]

他解释了"山歌"的含义，是吴地人民在耕作或者行舟劳顿之时用

---

①[明]张岱：《陶庵梦忆》，中华书局2007年版，第45页。
②[明]叶盛：《水东日记》，中华书局1980年版，第59页。

来消遣解乏、随口而唱的小曲，虽然语言浅俗，但是融入了人们真实的所思所感，是窥见百姓真实生活状况的一扇窗户。通过这些山歌可以了解到百姓之所忧、民间之疾苦，也可以感受到欢快的民间氛围和蓬勃自然的生命力。

冯梦龙是晚明的通俗文学大家，搜集整理了民歌集《挂枝儿》《山歌》。他将民歌视同于《诗经》中的《国风》，称其源于人民最真实的情感，具有不同于诗文的独特价值，虽然语言有粗鄙之处，但却真挚自然，故而辑录以传世。这一见解也得到其他文人的积极响应。

沈德符详细梳理了民歌的发展状况：

> 元人小令，行于燕赵，后浸淫日盛。自宣正至成弘后，中原又行《锁南枝》《傍妆台》《山坡羊》之属。李崆峒先生初自庆阳徙居汴梁，闻之以为可继《国风》之后，何大复继至，亦酷爱之。今所传《泥捏人》及《鞋打卦》《熬鬏髻》三阙，为三牌名之冠，故不虚也。自兹以后，又有《耍孩儿》《驻云飞》《醉太平》诸曲，然不如三曲之盛。嘉隆间，乃兴《闹五更》《寄生草》《罗江怨》《哭皇天》《干荷叶》《粉红莲》《桐城歌》《银纽丝》之属，自两淮以至江南，渐与词曲相远，不过写淫媟情态，略具抑扬而已。比年以来，又有《打枣竿》《挂枝儿》二曲。其腔调约略相似。则不问南北，不问男女，不问老幼良贱，人人习之，亦人人喜听之，以至刊布成帙，举世传诵，沁入心腑。其谱不知从何来，真可骇叹。又《山坡羊》者，李、何二公所喜，今南北俱有此名，但北方惟盛，爱《数落山坡羊》，其曲自宣、大、辽东三镇传来。①

据记载，李梦阳、何景明这样的文坛大家都喜听民歌，将它们视为《诗经·国风》的继承者，给予高度赞扬。沈德符的这段记录总结了民歌从宣正年间至万历年间的真实发展状况，体现出文人对民歌逐步加强

---

① [明]沈德符：《万历野获编》，中华书局1959年版，第647页。

关注的过程，反映出明代文人自觉地向民间靠拢的倾向。明代的民间小曲层出不穷、传唱不衰，拥有了广泛的群众基础，加之文人有意地选择整理，将民歌集刊刻成书，使其流传的地域更广，时间更长，影响范围也进一步加大。

主张"性灵"的公安三袁同样是民歌的爱好者，他们的诗作中常常出现民歌的身影：

> 深入终防饵，高张远避罗。课儿书上字，听客唱吴歌。检药神方少，疏经悟语多。一枝生计足，五斗奈人何！（《斋居戏题》）①

> 蜘蛛生来解织罗，吴儿十五能娇歌。旧曲嘹厉商声紧，新腔啴缓务头多。一拍一箫一寸管，虎丘夜夜石苔暖。家家宴喜串歌儿，红女停梭田畯懒。（《江南子·其三》）②

> 桃叶成蹊柳作行，东风吹热少年场。赵家姊妹皆端正，谢族儿郎有短长。陌上口声多汴语，垆头结束尽唐装。吴歌越舞颠如梦，不是湖山也断肠。（《踏堤曲·其三》）③

> 闻说山阴县，今来始一过。舡方革履小，士比鲫鱼多。聚集山如市，交光水似罗。家家开老酒，只少唱吴歌。（《初至绍兴》）④

> 一瓶一笠一条簑，善操吴音与楚歌。野鹤神清因骨老，鸳鸯头白为情多。腰间珮玦千年物，醉后颠书十丈波。近日裁诗心转细，每将长句学东坡。（《偶作赠方子》）⑤

---

①[明]袁宏道：《袁宏道集笺校》，上海古籍出版社2008年版，第120页。
②同上书，第325~326页。
③同上书，第351页。
④同上书，第361页。
⑤同上书，第540页。

一片春烟剪縠罗，吴声软媚似吴娥。楚妃不解调吴肉，硬字乾音信口吪。（《竹枝词·其十一》）①

袁宏道的这些诗作反映出明代文人闲暇时光听唱小曲的休闲活动，他们还会相互探讨哪位艺人的表演技艺更高一筹，甚至打趣楚国的歌伎不懂吴声，唱不出软媚之调。除了外出听曲，文人间还兴起了蓄伎为乐的风尚，他们常常邀请好友在家中聚会，品评家中歌伎，游玩赏乐：

毕侍御见召于园，偕者为秦京，饮水亭上，荷叶尚茂。前有山为白榆山，即汪司马白榆社所由名也。雨大至，击荷叶铮铮有声，甚快。封公教有歌儿一部，演吴曲，颇倩越。晚看火树。②

贷圃花开如黄锦幄，有新到吴儿善歌，可急来！③

袁中道曾受毕侍御邀约至家中观赏吴曲，袁宏道也有寻找歌伎、邀人赏曲的记录。听唱民歌已经成为明代盛行的社会活动，成为当时的流行风尚。袁宏道甚至把听吴歌列入了《四之宜》之中：

凡醉有所宜。醉花宜昼，袭其光也。醉雪宜夜，消其洁也。醉得意宜唱，导其和也。醉将离宜击钵，壮其神也。醉文人宜谨节奏章程，畏其侮也。醉俊人宜加觥盂旗帜，助其烈也。醉楼宜暑，资其清也。醉水宜秋，泛其爽也。一云：醉月宜楼，醉暑宜舟，醉山宜幽，醉佳人宜微酡，醉文人宜妙令无苛酌，醉豪客宜挥觥发浩歌，醉知音宜吴儿清喉檀板。④

明代文人非常富有生活情趣，他们在进行某种活动时对环境和氛围

---

①[明]袁宏道：《袁宏道集笺校》，上海古籍出版社2008年版，第894页。
②[明]袁中道：《珂雪斋集》，上海古籍出版社1989年版，第1412页。
③[明]袁宏道：《袁宏道集笺校》，上海古籍出版社2008年版，第1634页。
④同上书，第1416页。

有着一定的讲究。例如，袁宏道说道白日宜赏花、清夜宜赏雪、观月宜登楼、消暑宜泛舟，那么遇到知音就应当共赏吴歌小曲，反映出明代文人特有的生活情致。

卓人月将民歌视为有明一代的代表文体，曾云："我明诗让唐，词让宋，曲又让元，庶几《吴歌》《挂枝儿》《罗江怨》《打枣竿》《银纽丝》之类，为我明一绝耳。"[①]不同于唐宋，俗文学体裁在明代更受瞩目。

冯梦龙辑有散曲选集《太霞新奏》，他在序言中写明了自己的选曲标准：

> 文之善达性情者，无如诗，三百篇之可以兴人者，唯其发于中情，自然而然故也。自唐人用以取士，而诗入于套；六朝用以见才，而诗入于艰；宋人用以讲学，而诗入于腐。而从来性情之郁，不得不变而之词曲。胜国尚北，皇明专尚南，盖易弦索而箫管，陶激烈于和柔。令听者解烦释滞，油然觉化日之悠长。此亦太平鸣豫之一征已。先辈巨儒文匠，无不兼通词学者。而法门大启，实始于沈铨部《九宫谱》之一修。于是海内才人思聊臂而游宫商之林。然传奇就事敷演，易于转换，散套推陈致新，夏夏乎难之，当行也。语或近于学究本色也，腔或近于打油又或运笔不灵，而故事填塞侈多，闻以示博章法不讲而佺钉拾凑摘片，语以夸工此皆世俗之通病也。作者不能歌，每袭前人之舛谬，而莫察其腔之忤合，歌者不能作，但尊世俗之流傳，而孰辨其词之美丑。自非知音人，巫为提其耳而开其蒙。则今日之曲，又将为昔日之诗。词肤调乱，而不足以达人之性情，势必再变而之《粉红莲》《打枣竿》矣，不亦伤乎！余扼揽此道，间取近日名家散曲，择其娴于词，而复不诡于律者，题曰《新奏》，而冠以"太霞"。太霞者，太乙真人命青

①[清]陈宏绪：《寒夜录》，《续修四库全书》（第1134册），上海：上海古籍出版社2002年版，第700页。

童所歌曲名也。①

冯梦龙使用民歌的标准来选择散曲，希望散曲能够达到真情流露的自然状态，也表明明代文人喜爱曲子是由于它充满着天真活泼、生动自然的生命力。曲，是明代影响较大的另一种俗文学体裁，无论散曲、套数还是戏曲，都有明显的文人参与痕迹。文人听曲、观戏、评戏、作曲，提高了曲的文坛地位，增强了曲的社会影响。曲的创作经历了从民间艺人到书会才人再到文人大夫的转变，是民间性和文人性融合的产物，得到大众和文人的共同认可。

【沈德符和薛素素】

明代是文人辑曲、作曲的高峰期。沈德符《南北散套》中提到的明代曲作家就有李开先、梁伯龙、张伯起等数人，到了万历年间不仅形成了以沈璟、汤显祖为代表的曲作家群体，更是出现了王骥德的《曲律》和吕天成的《曲品》两部戏曲理论专著，它们被合称为曲学"双璧"，是万历年间文人论曲高峰的象征。沈德符在其著作中也对《太和记》等戏曲作品进行了评价，足见对于戏曲的注目。

明代刊刻、印刷技术的成熟以及出版行业的兴盛也加快了俗文学的传播速度。女性出版家周之标辑录出版了曲选集《吴歈萃雅》，谈及出版原因时，她说道：

> 夫曲，则近谣。如昔人《大堤曲》《采莲曲》，今人听之

---

① 魏同贤：《冯梦龙全集》（15），上海古籍出版社1993年版，第1—7页。

思倦。况今时之曲，尤及其宛转流丽乎？表后工所云，千人后上，每度一字，迟一刻者，此类是也。斯及飞鸟闻之亦，且徘徊歌下而幽人壮士，概可知已噎乎？世道日衰，人心日下，毋论真文章，真事业。不可多得。即最下如淫词艳曲，求其近真者，绝少。惟是闺中思妇，塞外征人，情真境真，尚堪摹画。而骚人以自己笔端，代他人口角，或灯之前，或月之下，或花之旁，或柳之畔，或山水之间。洋洋出其之宛然真也，歌之者亦宛然真也。然则八股何如十三腔，而学士家虽谓读烂时文，不如读真时曲也可。余论时曲，而惟取其情真境真，则凡真者，尽可采，不问戏曲时曲也。时曲者，无是事有是情，而词人曲摩之者也。戏曲者，有是情且有是事，而词人曲肖之者也。有是情，这不论生旦丑净，须各按情之到而一折，便尽其情矣。有是事，则不论悲欢离合，须各按事之合而一折，便了其事矣。[①]

周之标认为曲的本质近乎"谣"，令人听而忘倦。当今时代，人们喜好模拟秦汉、唐宋风格创作文章，世上已无"真时文"可读，而曲则具有着"真"的特质，故而不论时曲、戏曲，但凡符合情真境真的标准，都可以辑录下来以供同好。在万历时期，无论是民歌、戏曲还是其他俗文学体裁，都具有着质朴自然的艺术特色，受到民众和文人的广泛喜爱。

二、反对派

万历年间，俗文学的发展得到绝大多数文人的支持与肯定，不过其中仍然存在着反对的声音。

张瀚就是这样的一位代表。他在《风俗纪》中表达了对传奇搬演蔚然成风的社会现状的不满：

---

① [明]周之标：《吴歈萃雅》，学生书局1984年版，第3—11页。

东坡谓："其民老死不识兵革，四时嬉游，歌舞之声，至今不衰。"夫古称吴歌，所从来久远。至今游惰之人，乐为优俳。二三十年间，富贵家出金帛，制服饰器具，列笙歌鼓吹，招至十余人为队，搬演传奇；好事者竞为淫丽之词，转相唱和；一郡城之内，衣食于此者，不知几千人矣。人情以放荡为快，世风以侈靡相高，虽逾制犯禁，不知忌也。余遵祖训，不敢违。①

文字中记载了明代晚期搬演传奇的盛况，富贵人家为了享乐，出资置办表演所用的服装、道具等物品，准备演奏乐器，组织人员进行搬演。戏曲演出不仅成为娱乐消遣的方式，更是富人间相互攀比的重要手段。以至于在一个郡城之内，以此谋生者不下数千人。淫丽华靡的曲词使得社会风气逐渐放荡淫靡，人们习惯沉浸于歌儿舞女的欢歌笑场之中。张瀚不耻这种社会现状，对戏曲表演持否定的批判态度。

顾起元也是俗文学的反对者之一。《客座赘语·俚曲》中列举俚曲凡十四种，但他认为这些曲子只能流传于民间，称其为"里弄童孺妇媪之所喜闻者"，并且给出了"虽音节皆仿前谱，而其语益为淫靡，其音亦如之，视桑间濮上之音，又不翅相去千里，诲淫导欲，亦非盛世所宜有也"②的评价，否定其文学价值。在顾起元看来，俚曲虽然音调优美，然而语言鄙俚不堪，颇有郑卫靡靡之风。内容上又多为男女之情，有引导淫欲之嫌，民歌的广泛传唱不是盛世应有的景象。在另一篇《古词曲》中，顾起元再次强调了这一观点。《古词曲》罗列了以闾巷歌曲采入乐府的情况，分别为晋南渡后吴声歌曲二十一种、神弦歌曲十一种、西曲歌二十一种、杂曲歌辞五种；宋吴声歌曲三种、西曲歌六种；齐西曲歌两种；梁鼓角横吹曲十八种，凡八十七种。这些乐府正如明代《干荷叶》《打枣竿》之类的民歌一样，内容不出儿女之情、闺房之乐、思妇哀愁，因此将其划入李延寿所说的"亡国之音"③的行列，对

①[明]张瀚：《松窗梦语》，中华书局1985年版，第139页。
②[明]顾起元：《客座赘语》，上海古籍出版社2012年版，第204页。
③同上书，第214页。

其鄙夷之情可见一斑。在戏曲方面，顾起元认同明初的国家政策。《国初榜文》中收录了明初颁布的关于戏曲的六道榜文，将戏曲视为低贱的行业，严格控制戏曲演职人员的穿着打扮和日常行为，对于违规者的惩罚力度极大，除此之外，在创作内容方面也有所限制，全面压抑了戏曲的发展。顾起元认为应当"遵行律诰"①，反映出对戏曲的不屑态度。

稍晚一点的钱谦益同样反对俗文学的流行，这一观点出自对其母亲的记载，他写道：

> 家母姓顾氏。外祖讳玉柱，山东按察司副使，方正强直，以朝典治其家。吾母在女氏，已有仪法。自归先君以迄老，不好戏笑，不知游冶，面不施粉泽，身不御绮纨，目不识优倡妖尼，耳不听吴歌瞽词。②

钱谦益认为他的母亲是一位颇有仪法的女子，符合封建礼教对于女性的全部要求，钱母的特点就是谨守礼法，不随意嬉笑，不施过多粉黛，不穿绫罗绸缎，更为重要的是不观看戏剧演出，不听民歌和鼓词，这样的女性是被传统士大夫所称赞的。由此看出，钱谦益对俗文学活动的态度并不友好。

部分文人反对俗文学的现象也让支持者有所察觉，冯梦龙《叙山歌》中称民歌是"荐绅学士家不道也"③，故而不能称之为"诗"，而给其起名为"山歌"，但其确有诗所不具备的独特价值。

谢肇淛不认可反对俗文学发展的文人们，其《五杂组》有云：

> 夫子谓"郑声淫"。淫者，靡也，巧也，乐而过度也，艳而无实也。盖郑、卫之风俗侈靡纤巧，故其声音亦然。无复《大雅》之致也。后人以淫为淫欲，故概以二国之诗皆为男女会合之作，失之远矣。夫间阎里巷之诗未必尽入乐章，而国君

①[明]顾起元：《客座赘语》，上海古籍出版社2012年版，第232页。
②[清]钱谦益：《牧斋初学集》，上海古籍出版社2009年版，第1635-1636页。
③魏同贤：《冯梦龙全集》（42），上海古籍出版社1993年版，《叙山歌》。

郊祀朝会之乐，自胙土之初即已有之，又安得执后代之风谣而
傅会为开国之乐声乎？圣人以其淫哇，不可用之于朝廷宗庙，
故欲放之。要其亡国之本原不在此也。《招》之在齐，不能救
齐之亡，则郑声施之圣明之世，岂能便危亡哉？宋广平之好羯
鼓，寇莱公之舞柘枝，不害其为刚正也，况悬之于庭乎？但终
伤绮靡，如淫词艳曲，未免摈于圣人之世耳。①

他认为把民歌俗曲列入"亡国之音"是不切实际的做法，孔夫子所
说"郑声淫"并非指郑卫皆是有关男女私情的音乐，而是指这些音乐华
艳巧丽，过于欢乐，后人把"淫"单纯理解为"淫欲"是犯了以偏概全
的错误。圣人以为这些音乐不够庄重典雅，不适用于郊庙祭祀，故而不
倡导学习。亡国的原因不是由于音乐华靡，假使《招》这样的雅乐出现
在齐国，也不会改变齐国灭亡的结局。因此，郑国的覆灭是由于国家统
治的失败，并非是音乐招致了祸乱。唐代的宋广平喜欢羯鼓，宋代的寇
莱公善舞《柘枝》，但二人仍以刚正被世人所熟知，喜爱音乐并不妨碍
他们的严正清明。谢肇淛通过对圣人之言的分析和历史故事的列举论证
了音乐不能造成亡国的观点，凭此抨击了张瀚、顾起元等人对俗文学的
批判态度，反映出万历年间文坛自由热烈的讨论风气与开放旷达的文学
理念。

三、兼容派

中国封建统治者长期采用儒家思想治国，宣扬仁义礼智，标榜节义
孝悌，而在处事方式上则奉行"中庸之道"、讲求中正和善，统筹兼
顾。使用这样的思想观念培养起来的文人自然也贯彻着中庸思想，力求
不偏不倚，兼采众长。不同于前两派旗帜鲜明的认可或反对，兼容派努
力取长补短，肯定其积极部分，剔除其消极部分。王骥德和屠隆就提出
了"兼容并蓄，雅俗并陈"的理论观点。

王骥德追溯戏曲源头，从帝尧时期追溯到明代，表现出音乐不断丰

---

①[明]谢肇淛：《五杂组》，上海古籍出版社2012年版，第230~231页。

富发展的变化过程。

> 曲,乐之支也。自康衢、击壤、黄泽、白云以降,于是越人、易水、大风、瓠子之歌继作,声渐靡矣。"乐府"之名,昉于西汉,其属有"鼓吹""横吹""相和""清商""杂调"诸曲。六代沿其声调,稍加藻艳,于今曲略近。入唐而以绝句为曲,如清平、郁轮、凉州、水调之类;然不尽其变,而于是始创为"忆秦娥""菩萨蛮"等曲,盖太白、飞卿辈,实其作俑。入宋而词始大振,署曰"诗余",于今曲益近,周待制柳屯田其最也;然单词只韵,歌止一阕,又不尽其变。而金章宗时,渐更为北词,如世所传董解元《西厢记》者,其声犹未纯也。入元而益漫衍其制,栉调比声,北曲遂擅盛一代;愿未免滞于弦索,且多染胡语,其声近嗷以杀,南人不习也。迨季世入我明,又变而为南曲,婉丽妖媚,一唱三叹,于是美善兼至,极声调之致。始犹南北画地相角,迩年以来,燕、赵之歌童、舞女,咸弃其扞拨,尽效南声,而北词几废。何元朗谓:"更数世后,北曲必且失传"。宇宙气数,于此可觇。至北之滥流而为"粉红莲""银纽丝""打枣竿",南之滥流而为吴之"山歌",越之"采茶"诸小曲,不啻郑声,然各有其致。繇兹而往,吾不知其所终矣。[1]

他讲到明代南北曲兴盛,且南北各有小曲,北方有《粉红莲》《银纽丝》《打枣竿》数曲,南方有《山歌》《采茶》数曲,流传日广。这些小曲听起来仿佛郑卫之声,批评其音调华靡,但却别有趣味,肯定其民间特色。王骥德在戏曲理论中同样秉承着中庸思想,面对格律和文辞孰轻孰重的问题,提出"大雅与当行参间,可演可传"[2]的观点,即语言和格律相互配合,既能适用于案头阅读,又能满足场上表演的需要,

---

[1] [明]王骥德:《曲律》,《中国古典戏曲论著集成》(四),中国戏剧出版社1959年版,第55—56页。
[2] 同上书,第137页。

这样的戏曲理论成为万历年间的主流思想，文人不再标榜清高、不屑于与民间为伍，反而能够自觉面向民间大众，迎合他们的需求，因而俗文学获得了更为长久的生命力。

屠隆是民间歌谣的爱好者，以至于在《唐诗类苑序》中对民歌还有专门的文字论述：

> 夫神能飞形，诚能移山。道集者虚，帝畏者专。物未有不精而诣者。灵明一窍，含生而有。视其所用之风斤偃偶、僚丸蝇射，霍若神人。然语精也，秦锌越庐胡弓车，岂必其天性能哉？夫中窍而出之为声，声叶而和之为韵，韵比而歌之为诗。帝子皇娥，瑶水白云，阴阳合节，宫羽流响，其发乎天倪耶？野人击壤而讴，里妇联袂而谣，而机弥天，而音弥真。官采之，圣删之，巧诇必习？习诇必精？习而精焉，则唐人为最，然而人巧之极几于天。唐文皇神武定区寓，既手提戈与群逐鹿者角，又手操觚与群雕龙者角，王者精神，鼓扇一世。故当时海内士，士人毕力称诗。①

他认为那些流传于民间、传唱于学识不多的野人里妇之口的歌谣天真活泼、自然风趣，故而能够引起统治阶级的注意，派遣专员进行走访辑录，并由圣人进行筛选。因此工于雕琢的诗句不一定比民歌更有价值。

在《章台柳玉合记叙》中，屠隆提表明了他对戏曲的看法，同时提出了戏曲的评判标准：

> 夫机有妙，物有宜。非妙非宜，工无当也。虽有艳婥，以充夫人则羞；虽有庄姬，以习冶态则丑。故里讴不入于郊庙，古乐不列于新声。传奇者，古乐府之遗，唐以后有之，而独元人臻其妙者何？元中原豪杰，不乐仕元而发其雄心，洸洋自恣于草泽间，载酒徵歌，弹弦度曲，以其雄俊鹘爽之气，发而缠

---

①[明]屠隆：《屠隆集》（第五册），浙江古籍出版社2012年版，第183页。

绵婉丽之音。故泛赏则尽境，描写则尽态，体物则尽形，发响则尽节，骈丽则尽藻，谐俗则尽情。故余断以为元人传奇，无论才致，即其语语当家，斯亦千秋之绝技乎？其后椎鄙小人，好作里音秽语，止以通俗取妍，吕巷乐之，雅士闻之而欲呕。尔后海内学士大夫，则又别取周、秦、汉、魏文赋中庄语，悉韵而为词，谱而为曲，谓之雅音。雅则雅矣，皴其语多痴笨，调非婉扬，靡中管弦，不谐宫羽，当筵发响，使人闷然索然，则安取雅？令丰硕顷长之媪，施粉黛，披褕袴，而扬蛾啭喉，勉为妖丽，夷光在侧，能无哈乎？故曰非妙非宜，工无当也。传奇之妙，在雅俗并陈，意调双美。有声有色，有情有态。欢则艳骨，悲则销魂。扬则色飞，怖则神夺。极才致则赏激名流，通俗情则娱快妇竖。①

他认为民歌和戏曲有着不同的审美标准和演出场合，而"雅俗并陈，意调双美"确是戏曲应该追求的高标。屠隆鼓励使用民间的俚俗语言创作戏曲，使其达到表情达意生动自然的艺术效果，即满足"谐俗"的要求。同时顾及戏曲创作的文人性，也强调对戏曲语言进行适度的修饰。总结而言，戏曲创作应当力求雅俗平衡，满足不同阶层的需要。

万历年间的文学氛围十分浓厚，文人们对俗文学的注意达到了前所未有的高度。尽管俗文学并没有获得全部文人的支持，但他们对俗文学的欣赏和品评进一步促进了俗文学的发展，也使得俗文学从民间走向文坛。在文人们的不断探索中，完整的戏曲理论逐渐显现，各种俗文学文体也得到了保存和流传，成为中国古代文学的重要组成部分。

---

① [[明]屠隆：《屠隆集》（第五册），浙江古籍出版社2012年版，第197–198页。

第二节 万历文人的俗文学活动

万历年间，文人对俗文学的关注不仅止步于评价俗文学时所表现出的不同态度，而是更进一步地主动参与到了俗文学的活动中来，表现为记载、辑录、创作的不同形式，使明代文坛呈现出不同以往的独特面貌。

一、记载

关于俗文学活动的记录多出现在笔记和文人文集之中。

张瀚《松窗梦语》记载了明代民众喜听民歌的风俗，并指出江南三吴之地最为富庶，其民歌传唱也最为盛行。张岱及其友人亲自参与到了民歌和戏曲表演的行列中来。《陶庵梦忆》中记载云："杨与民弹三弦子，罗三唱曲，陆九吹箫"[1]，在这次不系园的集会当中，彭天锡、罗三和杨与民一道表演了本腔戏，楚生和女伶陈素芝一同表演了调腔戏。文人从单纯的欣赏者逐步转化为参与者，弹琴唱曲、观戏唱戏都成为文人日常的娱乐活动。沈德符《万历野获编》中列举民歌十六种，并记载了《挂枝儿》《山歌》的传唱盛况，这些都是关于民歌盛行情况的真实记录。

顾起元《客座赘语》中罗列了众多民歌曲目，主要集中于《俚曲》和《古词曲》两篇文章之中，现摘录如下：

> 里弄童孺妇媪之所喜闻者，旧惟有《傍妆台》《驻云飞》

---

① [明]张岱：《陶庵梦忆》，中华书局2007年版，第45页。

《耍孩儿》《皂罗袍》《醉太平》《西江月》诸小令，其后益以《河西六娘子》《闹五更》《罗江怨》《山坡羊》。《山坡羊》有沉水调，有数落，已为淫靡矣。后又有《桐城歌》《挂枝儿》《干荷叶》《打枣干》等，虽音节皆仿前谱，而其语益为淫靡，其音亦如之，视桑间濮上之音，又不翅相去千里，诲淫导欲，亦非盛世所宜有也。[①]

晋南渡后采入乐府者，多取闾巷歌曲为之，亦若今《干荷叶》《打枣干》之类。如吴声歌曲，则有《子夜歌》《子夜四时歌》《大子夜歌》《子夜警歌》《子夜变歌》《上声歌》《欢闻歌》《欢闻变歌》《前溪歌》《阿子歌》《团扇郎》《七日夜女歌》《长史变歌》《黄生曲》《黄鹄曲》《桃叶歌》《长乐佳》《欢好曲》《懊侬歌》《黄竹子歌》《江陵女歌》。如神弦歌曲，则有《宿阿曲》《道君曲》《圣郎曲》《娇女曲》《白石郎曲》《青溪小姑曲》《湖孰姑曲》《姑恩曲》《采莲童曲》《明下童曲》《同生曲》。如西曲歌，则有《三洲歌》《采桑度》《江陵乐》《青阳度》《青骢白马》《安东平》《女儿子》《来罗那呵滩》《孟珠》《翳乐》《夜度娘》《长松标》《双行缠》《黄督》《西平乐》《攀杨枝》《寻阳乐》《白附鸠》《拔蒲》《作蚕丝》《月节折杨柳》。如杂曲歌辞，则有《西洲曲》《长干曲》《东飞伯劳歌》《休洗红》《邯郸歌》。在宋吴声歌曲，则有《碧玉歌》《华山畿》《读曲歌》。西曲歌，则有《石城乐》《莫愁乐》《乌夜啼》《襄阳乐》《寿阳乐》《西乌夜飞》。在齐西曲歌，则有《共戏乐》《杨叛儿》。梁鼓角横吹曲，则有《企喻》《琅琊王》《巨鹿公主》《紫骝马》《黄淡思》《地驱乐》《雀劳利》《慕容垂》《陇头流水》《陇头》《隔谷》《淳于王》《东平刘生》《捉搦》《折杨柳枝》《幽州马客吟》《慕容家

---

①[明]顾起元：《客座赘语》，上海古籍出版社2012年版，第204页。

自鲁企由谷》《高阳乐人》。晋、宋皆江左俗间所歌。梁横吹曲则似间取北土所咏，仿其音节，衍而成之。[①]

《俚曲》中记载了十四种民间小调，《古词曲》按照乐府品类进行编排，分为吴声歌曲、神弦歌曲、西曲歌、鼓角横吹曲等，为后代学者研究明代歌曲民谣提供了丰富的素材。

谢肇淛的关注点有所不同，他对演奏南北曲的乐器产生了浓厚的兴趣：

> 今人间所用之乐则觱篥也，笙也，箫也，筝也，钟鼓也。觱篥多南曲而箫筝多北曲也，其它琴瑟箜篌之属徒自赏心，不谐众耳矣。又有所谓三弦者，常合箫而鼓之，然多淫哇之词，倡优之所习耳。有梅花角，声甚凄清，然军中之乐，世不恒用。余在济南葛尚宝家见二胡雏，能卷树叶作笳吹之，其音节不可晓，然亦悲酸清切。余谓主人："昔中国吹之能令胡骑北走；今胡儿吹之反令我辈堕泪乎？"一笑而已。
>
> 今鼓琴者有闽操、浙操二音，盖亦南北曲之别也。浙操近雅，故士君子尚之，亦犹曲之有浙腔耳。莆人多善鼓琴而多操闽音，至于漳、泉，遂有乡音，词曲侏离之甚，即吾郡人不能了了也。[②]

在《五杂组》中，谢肇淛记录了南北曲演唱中使用的不同乐器。演唱时，民间多使用觱篥、笙、箫、钟鼓等乐器，且南北有异，南方多使用觱篥而北方多使用箫筝。另外，三弦常和箫共奏，梅花角多用于军乐的演奏，二胡多表现凄凉悲哀的情感。除此之外，在音调上也有南北之别，分为近雅的浙操和近俗的闽音，故而浙操多为士君子赏识，而闽音则多为民众所喜爱。除了乐器和音调，谢肇淛还记载了擅长弹琵琶、演口技的盲人演奏者以及可以同时演奏多种乐器的民间艺人：

---

①[明]顾起元：《客座赘语》，上海古籍出版社2012年版，第213~214页。
②[明]谢肇淛：《五杂组》，上海古籍出版社2012年版，第230页。

中散之琴，李谟之笛，邹衍之管，梓庆之镲，皆冥通鬼神，功参造化。吾闻其语，未见其人也。中郎之识柯亭，嗣真之辨钟铎，宋沈之知编钟，李琬之听羯鼓，赏鉴入神，匠心独诣，求之于今，岂复有其人乎？太常之所师受，亦不过乐章之糟粕，里巷之所传习，率皆拍合之章程，守而勿失，便为知音矣，岂复有能新翻一曲、别造一调而叶之律吕，令人传诵者哉？故吾谓今之最不古若者，此一途也。

京师有瞽者善弹琵琶，能作百般声音。尝宴冠裳，匿屏帏后作之，初作老姬唤伎者声，继作伎者称疾不出，往复数四，诤诟勃谿，遂至掷器破钵，大小纷纭，或詈或哭，或劝或助，坐客惊骇欲散，徐撤屏风，则一瞽者抱一琵琶而已，它无一物也。又有以一人而歌曲击鼓、钹、拍板、钟、铙合五六器者，不但手能击，足亦能击，此亦绝世之技。惜乎但为玩弄之具，非知音者也。①

无论是对演奏乐器的记录，还是对民间艺人高超技艺的赞扬，都不失为谢肇淛关注和喜爱民谣俚曲的佐证。

此外，文人的文集中也不乏关于俗文学活动的记载。屠隆《白榆集》中有《长安元夕听武生吴歌》一诗，描绘了武生唱吴歌的生动场景：

出不愿金络青丝踏垂柳，入不愿绣箔雕楹对虚牖。人生不听武生歌，百岁流年空饮酒。武生眉抚横春云，石家樱桃何足论？千人楚调谁堪和，一曲吴歈总断魂。初疑绛河响流月，再听泠风舞回雪。欲换故迟声转媚，繁音已尽意不歇。秦家公主吹欲低，洞庭女儿悲乍咽。鸳鸯渌水浸明霞，蜻蜓暮飞红蓼花。有时娟娟入庭叶，有时袅袅留空沙。洛阳误识金吾子，片言不合翻然起。谁家王孙唤得来？对酒当歌月华紫。生情生态

---

① [明]谢肇淛：《五杂组》，上海古籍出版社2012年版，第231页。

世所无，却令英雄寸心死。武生莫惜宛转歌，为君大醉金叵罗。朱颜皓齿今不乐，白日黄河当奈何？[①]

屠隆认为人生在世如果没有听过武生唱吴歌，就如同虚度百年光阴，给予武生吴歌极高的赞美。他同张岱一样，不仅观赏艺人演奏，自身也参与其中。《栖真馆集》中记载了同王伯谷聚会的故事，屠隆回忆自己"兴到，或口讴下里曲"[②]，随口唱出当时流行的民间小调。旁边有一少年打鼓、吹笙为其伴奏，亲朋欢聚一堂，宾主各尽其兴。可见，与以往诗文会友的传统方式不同，文人相会也加入了流行于民间的唱曲等活动，表现出文人和市民的趋同性。屠隆还是一位著名的戏曲家，不但形成了独特的戏曲理论，还创作出了《昙花记》《修文记》《彩毫记》等戏曲作品，其中以《昙花记》最负盛名。邹迪光在《郁仪楼集》中记录下曾和屠隆一道观赏《昙花记》的旧事：

> 昨于秦园，玩尊使搬演《昙花》，寓鹿苑于梨园，以俳优为佛事。睹彼傀儡，念我肉团；听曲一声，胜似千偈。惟是尝鼎一脔，窥豹一斑。口目所嗜，尚未属厌，又彼其时恨不能挽义和、闭濛汜，而山日下匿，人意遂阑，登舟而归，觉兴未尽。此亦平生未了意愿，究竟圆满，定在何日？箑面四诗，愈玩愈真。出入怀袖，不啻至宝，勉课三首以报。物既相悬，数亦不敌，足下何谓？[③]

由于文人的特殊性，观戏时不免加入自身的思想感情，邹迪光就产生了人生如戏的慨叹，由观戏引申出生命无常的思考。正如其所说，看到场上装扮起的演员调笑戏谑，不由得想起生命如昙花一现，观看这场《昙花记》，比聆听千声佛偈更让人醍醐灌顶。民歌、戏曲等俗文学形式不仅仅有着娱乐的作用，更是寄托文人情感、表达文人思考的重要手段。

袁宏道则记录了虎丘中秋夜之时歌者竞唱的盛况。中秋之夜，无论

---

①[明]屠隆：《屠隆集》（第三册），浙江古籍出版社2012年版，第65~66页。
②[明]屠隆：《屠隆集》（第六册），浙江古籍出版社2012年版，第375页。
③[明]屠隆：《屠隆集》（第十二册），浙江古籍出版社2012年版，第285页。

市井小民，抑或文人士女，纷纷云集虎丘。上演了一场精彩绝伦的民间技艺表演：

> 布席之初，唱者千百，声若聚蚊，不可辨识。分曹部署，竞以歌喉相斗，雅俗既陈，妍媸自别。未几而摇头顿足者，得数十人而已。已而明月浮空，石光如练，一切瓦釜，寂然停声，属而和者，才三四辈。一箫，一寸管，一人缓板而歌，竹肉相发，清声亮彻，听者魂销。比至夜深，月影横斜，荇藻凌乱，则箫板亦不复用。一夫登场，四座屏息，音若细发，响彻云际，每度一字，几尽一刻，飞鸟为之徘徊，壮士听而下泪矣。①

在此观看表演的游人众多，进行表演的歌唱艺人纷纷拿出看家本领，他们的技艺能够使飞鸟听之不去、久久在此徘徊，能够使壮士悲恸不已、纷纷为其落泪，颇似韩娥演出的情状。

万历年间，民风开放，娱乐活动丰富，文人不再严格地与大众划清界限，反而主动地融入其中，在世俗常见的活动中获得乐趣。袁宏道文集中也有"丙子，宴于秦藩，乐七奏，杂以院本、北剧、跳舞"②的记载，戏曲演奏同歌舞表演一样，获得文人阶层的喜爱，无论在宴会场所还是日常生活中，俗文学都受到文人的欢迎，并得以蓬勃发展。

二、辑录

在俗文学辑录方面，最具有代表性的就是冯梦龙的两部民歌集《挂枝儿》《山歌》。冯梦龙的散曲选集《太霞新奏》，不仅收录了套数、杂曲、小令等内容，还附有其对曲的认识和理解，包含了作曲方法及曲坛掌故，内涵丰富，影响深远。周之标也有曲选《吴歈萃雅》，这些作品都是研究明代俗文学的重要资料，反映了万历年间文人的创作倾向和审美标准。

综合来看，文坛认为俗文学的独特价值主要体现在真、情、俗三个

①[明]袁宏道：《袁宏道集笺校》，上海古籍出版社2008年版，第157页。
②同上书，第1489页。

方面。冯梦龙在其作品的序言中对这一观点有着明确的表述：

太霞新奏序

文之善达性情者，无如诗，三百篇之可以兴人者，唯其发于中情，自然而然故也。自唐人用以取士，而诗入于套；六朝用以见才，而诗入于艰；宋人用以讲学，而诗入于腐。而从来性情之郁，不得不变而之词曲。胜国尚北，皇明专尚南，盖易弦索而箫管，陶激烈于和柔。令听者解烦释滞，油然觉化日之悠长。此亦太平鸣豫之一征已。先辈巨儒文匠，无不兼通词学者。而法门大启，实始于沈铨部《九宫谱》之一修。于是海内才人思聊臂而游宫商之林。然传奇就事敷演，易于转换，散套推陈致新，戛戛乎难之，当行也。语或近于学究本色也，腔或近于打油又或运笔不灵，而故事填塞侈多，闻以示博章法不讲而徤钉拾凑摘片，语以夸工此皆世俗之通病也。作者不能歌，每袭前人之舛谬，而莫察其腔之忤合，歌者不能作，但尊世俗之流传，而孰辨其词之美丑。自非知音人，亟为提其耳而开其蒙。则今日之曲，又将为昔日之诗。词肤调乱，而不足以达人之性情，势必再变而之《粉红莲》《打枣竿》矣，不亦伤乎！余扼揽此道，间取近日名家散曲，择其娴于词，而复不诡于律者，题曰《新奏》，而冠以"太霞"。太霞者，太极真人命青童所歌曲名也。[①]

叙山歌

书契以来、代有歌谣，太史所陈，并称风雅，尚矣。自楚骚唐律，争妍竞畅，而民间性情之响遂不得列于诗坛，于是别之曰山歌，言田夫野竖矢口寄兴之所为，荐绅学士家不道也。唯诗坛不列，荐绅学士不道，而歌之权愈轻，歌者之心亦愈浅。今所盛行者，皆私情谱耳。今能盛行者，皆私情谱耳。虽

---

①魏同贤：《冯梦龙全集》（15），上海古籍出版社2008年版，第1-7页。

然，桑间濮上，国风刺之，尼父录焉，以是为真情而不可废也。山歌虽俚甚矣，独非郑卫之遗欤？且今虽季世，而但有假诗文，无假山歌，则以山歌不与诗文争名，故不屑假。苟其不屑假，而吾籍以存真，不亦可乎？抑今人想见上古之陈于太史者如彼，而近代之留于民间者如此，倘亦论世之林云尔。若夫借男女之真情，发名教之伪药，其功于《挂枝儿》等，故录《挂枝词》而次及《山歌》。[①]

《太霞新奏序》批评了文人卖弄学问、使用晦涩难懂的书面语进行戏曲创作、以此彰显自身才华的做法。戏曲的创作者不懂音律，使得作品不能用于表演而无法流传；戏曲的表演者不懂创作，容易使作品流于粗鄙之列。冯梦龙选取词语通俗易懂且不违背音律的作品进行辑录，将其命名为"新奏"，希望为词曲创作提供新的范式。而他选择民歌的标准则以"真情"为主，以真情打破所谓学士大夫的虚伪面具，真实不造作的作品才是历经千年而不灭、值得保存和流传下来的经典。

周之标非常认可这一观点，她的戏曲观集中体现在《题辞》之中：

当今制科，率取时文，而士子穷年矻矻，精力都用之八股中矣。举秦汉唐宋以来，所谓工词赋、工诗、工策者，一切弃置。即有高手本逸杀除却八股，安所自见，而人亦安所见之？故辞赋之客，与夫诗之友，策之士，岁已靡极，不堪采用。间有一二骚人，祖昔人之所谓曲者，而殚精力焉。夫曲，则近谣。如昔人《大堤曲》《采莲曲》，今人听之思倦。况今时之曲，尤及其宛转流丽乎？表后工所云，千人后上，每度一字，迟一刻者，此类是也。斯及飞鸟闻之亦，且徘徊歌下而幽人壮士，概可知已噬乎？世道日衰，人心日下，毋论真文章，真事业。不可多得。即最下如淫词艳曲，求其近真者，绝少。惟是闺中思妇，塞外征人，情真境真，尚堪摹画。而骚人以自己笔

---

①魏同贤：《冯梦龙全集》（42），上海古籍出版社1993年版，《叙山歌》。

端，代他人口角，或灯之前，或月之下，或花之旁，或柳之畔，或山水之间。洋洋出其之宛然真也，歌之者亦宛然真也。然则八股何如十三腔，而学士家虽谓读烂时文，不如读真时曲也可。

余论时曲，而惟取其情真境真，则凡真者，尽可采，不问戏曲时曲也。时曲者，无是事有是情，而词人曲摩之者也。戏曲者，有是情且有是事，而词人曲肖之者也。有是情，这不论生旦丑净，须各按情之到而一折，便尽其情矣。有是事，则不论悲欢离合，须各按事之合而一折，便了其事矣。自古忠臣之忠烈，义夫之义，节妇之节，以至于佞臣之口、谗人之舌、昏主之丧国、荡子之丧家、冶妇之丧节，何一不具？何一不真？令观之者忽而眦尽裂，忽而顾尽解，又忽而若醉若狂，又忽而若醒若怪。何故哉？真故也。余尝谓：戏场面目，若是代涕及一二者，是也。然则诗三百篇，褒美刺恶，劝惩凛然，何独传奇而不然？尤合独传奇之一二折而不然者。兹编也，如观全众矣，遂令与时曲并付枣氏。[1]

周之标关注到数代以来的文人学士皆以做好八股文章、以求加官晋爵为目标，全部精力都用以辞赋、诗文创作。以致时文出现用词艰涩、滥用典故，磨灭真情的弊病。但曲，是一种不同于这些体裁的文体，它近乎歌谣，要求清丽婉转，真挚动人。周之标认为这样的作品更有价值，故进行辑录，明确提出但凡是情真境真的作品都可以入选，不论是时曲还是戏曲，都以"真"作为统一的辑录标准，表现出万历年间文人对于"真"的追求。周之标身为女流之辈，能够从事词曲选编、书籍出版的工作，在封建时代是不多见的，由此可见万历年间思想和社会的开放程度。不止周之标，在《全明散曲》中也收录了一些女性作家的作品，社会观念的进步，道德束缚的削弱，使得明代成为俗文学生长的沃土。

---

[1][明]周之标：《吴歈萃雅》，学生书局1984年版，第1~15页。

三、创作

除了收集整理之外，文人也亲自参与到俗文学的创作中来，他们所涉猎的文体非常丰富。

民歌方面，主要以屠隆、汪廷讷、冯梦龙为代表。

先来看屠隆，他作有《吴歌八首》：

> 下田春水深，高田春草绿。何故把长锄，无钱买黄犊。
> 两男易斗粟，犹胜委长渠。厨中无夜饭，门外收官租。
> 天上明月光，瞳胧照华堂。富家一夕宴，贫家千日粮。
> 莲子湖中生，亦在湖中长。娇女年十三，乘舟学荡桨。
> 风篷鸣夜雨，水槛出苍烟。夫妻湖口住，白首不相捐。
> 终朝出耕田，薄莫归织布。谁家怀春女，青衫若烟雾。
> 春风吹黄草，鸟雀下荒田。人烟灭来久，井灶尚依然。
> 公子服春罗，佳人画翠蛾。共乘青翰舫，倚醉唱吴歌。①

屠隆仿照民间俚曲创作了八首吴歌，旨在描绘出明代百姓真实的生活场景，不仅为后人留下了宝贵的明代风俗史的研究资料，同时也传达出文人创作的民间化倾向，表现出明代文人对民间小曲的喜爱和追慕。

汪廷讷则著有《山歌二首》：

> 齐云云起接黄山，山上花开黄白间。
> 曾见仙人骑鹤去，一声碧响复飞还。
> 春女春来春谷游，三三两两笑藏钩。
> 折取娇花比颜色，一声碧响误回头。②

这两首山歌使用了"三三两两"等通俗化的口头语言，明白简质，通俗易懂。景物描写质朴自然，以黄、白两色山花覆盖的黄山生机勃

---

① [明]屠隆：《屠隆集》（第二册），浙江古籍出版社2012年版，第125页。
② [明]汪廷讷：《坐隐先生全集十八卷》，《四库全书存目丛书》（第188册），齐鲁书社1997年版，第739页。

勃，而对民间日常生活场景的描摹更是生动活泼，别有趣味，深得民歌精髓。

冯梦龙在辑录了《挂枝儿》《山歌》两本民歌集后，采用顶真的修辞方式，创作了新的民歌样式《夹竹桃顶真千家诗山歌》，它是民歌和诗的结合，将雅俗的特征共同集中在一种文体上，是文学体裁方面的一种崭新尝试。例如：

尽是刘郎

　　津津流水过桥来，姐忆子情郎心里呆，相思病染，眼儿倦开，容颜消尽，刚剩瘦骸。小阿姐道，我俫个样病根弗是别人种，尽是刘郎去后栽。①

《尽是刘郎》第一、二、七句是当时的山歌，最后一句引用了《千家诗》第二十九首唐代刘禹锡的《玄都观桃花》的尾句，因此用诗的前四字命名。这种山歌和诗合二为一的体裁是冯梦龙的一次创举，并且"俫个样"等衬字的使用又融入了曲的元素，构思精巧，别开生面。

散曲方面的创作不胜枚举，《全明散曲》收录的万历年间散曲作家达百余位之多。散曲创作的语言多趋向口语，通晓易懂，即使有用典的情况，选用的多是为大众熟知的典故，基本达到老妪可解的要求。试看沈璟的几套小曲：

南仙吕【解袍歌】代友怀人

　　[解三醒]数日间不来不往。非关是不忖不量。我为你不茶不饭添惆怅。更不醒不醉如狂。

　　[皂罗袍]不眠不睡。日长夜长。不言不语。情长恨长。不明不白多磨障。

　　[排歌]撇不了。凑不双。浑如撞入打毬场。说不尽。意不防。争些两地忽参商。

---

① [明]冯梦龙、刘瑞明：《冯梦龙民歌集三种注解》，中华书局2005年版，第628页。

南仙吕【醉罗歌】思情

不吞不吐情拖逗。不轻不重病淹留。不醉不醒抱衾裯。不活不死捱更漏。不疼不痛。泪儿自留。不言不语。意儿转愁。不知不觉添消瘦。分不解，搅不休。不明不白殢心头。[①]

沈璟的这两套散曲虽然使用的全然是民间的口头语言，但"不…不…"的词语结构增强了人物的情感体验，将对对方日夜思念、如痴如狂的状态刻画得入木三分，即使使用了"参商永不相见"的典故比喻双方分离两地不得相见的状态，但因其在民间广为流传，不存在晦涩难懂的情况，达到了"老妪可解"的创作要求。

除了汤显祖、沈璟、王骥德、施绍莘等主要从事词曲创作的作家外，以诗文创作为主的袁宗道也作有北南吕【一枝花带折桂令】小令一首，现附录于下：

秋风高挂洞庭帆。夏雨深耕石浦田。春窗饱吃南平饭。笑先生归忒晚。明朝已是三三。雕虫呵懒拈象管。野鹿呵难聊鹭班。隙驹呵且养龟年。嫩柳成园。修竹围庵。讲什么道非道梦中的老聃。说怎么空非空纸上的瞿昙。只消过了寻常甲子万万千千。[②]

"忒""呵""怎么"等模拟民间口吻语言的运用，体现出作者的情感态度，并且使作品具有了通俗自然的特点，活泼俏皮，增添了趣味性，描绘出闲趣惬意的田园生活。这首小令语言通俗，即使里巷小民也能理解其中的含义，并且描绘的就是民间常见的田园生活，符合大众的审美趣味，达到了俗文学俚趣自然的特点，能够体现万历年间曲作家的创作追求。公安派在诗文方面的创作主张和俗文学有相似之处，也反映出万历年间文人创作的新趋向。

戏曲方面，出现了以汤显祖为代表的"临川派"和以沈璟为代表的

---

①谢伯阳：《全明散曲》，齐鲁书社2016年版，第3251页。
②同上书，第3324~3325页。

"吴江派"两大创作群体。汤显祖以《临川四梦》的创作闻名天下，《牡丹亭》是其最具有代表性的作品，沈德符有"《牡丹亭梦》一出，家传户诵，几令《西厢》减价"[①]的记录，可见其受欢迎的程度。临川派另有阮大铖《春灯谜》、孟称舜《娇红记》等作家作品。沈璟则著有《属玉堂传奇》十七种，成为吴江派的领袖。顾大典、吕天成、冯梦龙等人均是吴江派的戏曲作家。在戏曲创作之外，曲律、曲论也成为文人关心的对象。沈璟强调戏曲创作中的格律问题，编纂了《南九宫十三调曲谱》，另有曲论《唱曲当知》等著作，今已不存于世。王骥德《曲律》、吕天成《曲品》、凌濛初《南音三籁》及徐复祚《三家村老委谈》都是关于戏曲理论的著作，规范着戏曲创作的语言、格律、关目结构等内容。曲的创作在明代达到高潮，成为文人普遍使用的创作体裁。在论曲、作曲的反复探索中，逐步形成了完整的戏曲理论，成为戏曲创作和鉴赏的统一规范。

万历年间，小说的发展也进入新的阶段。成书于万历年间的《西游记》是我国历史上第一部浪漫主义的长篇神魔小说，开启了小说创作的新形势。冯梦龙三部短篇小说集《喻世明言》《警世通言》《醒世恒言》以及凌濛初两部拟话本小说集《初刻拍案惊奇》《二刻拍案惊奇》虽然刊刻于天启年间，但其在万历年间已经开始整理创作。"三言两拍"从宋元话本发展而来，是宋元"说话"技艺从口头转向书面的表达形式，部分故事也出自宋元旧篇。话本是说话人讲演故事时所使用的底本，故事题材多采自历史传奇、社会现状，因其创作者和欣赏者都是民间大众的缘故，其语言均为民间口语，即百姓平时生活中所用语言。白话小说继承了话本的这些特点，文人逐步从对其的整理加工走上独立创作的道路，除了帝王将相、神仙鬼怪、文人学士、才子佳人的故事外，也包含着一些民间故事，如《醒世恒言》中有《李玉英狱中讼冤》《徐老仆义愤成家》的故事，《警世通言》中则有《杜十娘怒沉百宝箱》《万秀娘仇报山亭儿》的故事，《拍案惊奇》中开篇便是《程元玉店肆

---

①[明]沈德符：《顾曲杂言》，《中国古典戏曲论著集成》（四），中国戏剧出版社1959年版，第206页。

代偿钱，十一娘云冈纵谭侠》。故事内容涉及日常生活的方方面面，人物形象的选择也丰富多样，尤其是对奴仆、妇女、妓女等弱势群体的关注更能够体现出文人的社会关怀。在语言使用方面，全部采用白话进行创作，是对传统文言小说的一次突破，体现着万历年间文学创作的通俗化趋势。

除了文体上的创作，对民间艺人的关注也是明代文人的一大亮点。李开先曾为艺人刘九写过传记：

> 刘九，乃济宁都御史泽之远族，自谓是其第九子。其艺能足以名世。不必假此可也。名守，号修亭，歌弹乃瞽者常事，刘九于二事有出乎瞽者之外矣。博雅记诵，有目者或不能及。市语方言，不惟腾之口说，而且效其声音。卜算符咒，医药方术，天文地理，内养外丹，悉通大略。半非无目者所能行也，徒以起人敬听而已。击鼓黏滑撺断，双槌颠倒搬弄，不失一版；善以首著地竖立，歌长套词，两手两足代版，亦不失一。虽久郁积忧者遇之，欢笑速于解郁之药，而远过忘忧之草也。惟是未醉使气，既醉使酒，初见人亲之，久则人畏之耳。

> 尝在高唐祷雨有验，州首致礼酬谢，以口语得罪，避之而东。予素不延接瞽者，而一二友人尤甚焉，以为与其听善瞽歌讴，不如受丑妇怒骂。两次相访，友人不一荐，门者不一通，乃使一小童传言："愿一相见，有可采则少留，否则长往，不苦求也。"因棋士吴橘隐在座，托之试其何如，吴谓拒之则失人，遂馆之城中闲第及城外小园，自恨得之晚，惟恐去之速也。曾于酒后口出大言："吾世习先天之学，腹罗列宿之图，三教九流，百工众技，无一不通。有目者惟让山东李中麓，无目者惟让在京徐惟霖耳。"予实无他长，霖乃淮之子，而维楫之弟，果是该博无双者也。[1]

---

①[明]李开先：《李开先全集》，上海古籍出版社2014年版，第906~907页。

明初艺人的身份地位十分卑贱，李开先为一个艺人写传足以见得他对俗文学的喜爱以及对于民间艺人的尊敬。他称赞刘九博文雅志，不仅长于歌唱弹奏等技艺，并且学习能力极强，对于市井方言一听便会，而于占卜、方术、医药、天问、地理、修丹

【钱谦益和柳如是】

等学问皆有所知，学问之广博远强于明眼人。字里行间充溢着对刘九的敬佩和欣赏。

出生于万历年间的柳敬亭是得到文人赞赏最多的说书艺人，许多文人都为他写诗作传。以钱谦益为例，他为柳敬亭创作过诗歌和传记，描绘其高超的说书技艺。

其诗曰：

左宁南画像为柳敬亭作

何人踞坐戎帐中，宁南彻侯昆山公。

手指抨弹出狮象，鼻息呼吸成虎龙。

帐前接席柳麻子，海内说书妙无比。

长揖能令汉祖惊，摇头不道楚相死。

是时宁南大出师，江湘千里连军麾。

每当按甲休兵日，更值椎牛飨士时。

夜营不喧角声止，高座张灯拂筵几。

吹唇芒角生烛花，掉舌波澜沸江水。

宁南闻之须猬张，伙飞枥马俱腾骧。

誓剜心肝奉天子，挤洒毫毛布战场。

秦灰烧残汉帜靡，鸣呼宁南长已矣。

时来将帅长头角，运去英雄丧首尾。

倚天剑老亲身匣，垂毙犹兴晋阳甲。

数升赤血喷余皇，万斛青蝇掩墙翠。

白衣残客哭江天，画像提携诉九泉。

舌端有锷肠堪断，泣下无珠血可怜。

柳生柳生吾语尔，欲报恩门仗牙齿。

凭将玉帐三年事，编作《金陀》一家史。

此时笑噱比传奇，他日应同汗竹垂。

从来百战青燐血，不博三条红烛词。

千载沉埋国史传，院本弹词万人羡。

盲翁负鼓赵家庄，宁南重为开生面。[1]

其文曰：

书柳敬亭册子

太史公《滑稽转》曰："优孟摇头而歌，负薪者以封。"吾观汉人孙叔敖碑文，言楚王置酒招客，优孟前举酒为寿，即为孙叔敖衣冠，抵掌谈笑其中。楚王欲立为相，归而谋之其妻。为言廉吏不可为。孙叔敖之子，贫贱负薪，为之歌辞，以感动楚王，复封其子。此盖优孟登场扮演，自笑自说。如金元院本，今人弹说之类耳，而太史公叙述。则如真有其事，不露首尾。使后世纵观而自得之，此亦太史公之滑稽也。嗟乎！孙叔敖相楚之烈，自若敖蚡冒荜路蓝缕之后，于荆无两。一旦身死，其子贫贱负薪，楚之列卿大夫。无一人为楚王言者。而寝丘之封，乃出于一优人之口。则卿大夫之不足恃赖，而优人之

---

①[清]钱谦益：《牧斋有学集》，《四部丛刊初编》（第272册），上海书店出版社1989年版，第7~9页。

不当鄙夷也，自古已然矣。虽然，孙叔敖之身后有优孟可以属其子。假令优孟而穷且无后也，楚国之人，岂复有一优孟为之摇头而歌者乎？士大夫恬不知愧，顾用是訾謷优孟，以为莫己若也。斯可为一喟已矣！

柳生敬亭，今之优孟也。长身疎髯，谈笑风生。齰齿牙，树颐颊，奋袂以登王侯卿相之座。往往于刀山血路骨撑肉薄之时，一言导窾，片语解颐，为人排难解纷，生死肉骨。今老且耄矣，犹然掉三寸舌，餬四方口。负薪之子，溘死逆旅，旅榇萧然，不能返葬，伤哉贫也。优孟之后，更无优孟。敬亭之外，宁有敬亭？此吾所以深为天下士大夫愧也。

三山居士，吴门之义人也，独引为己责。谋卜地以葬其子，并为敬亭营兆域焉。延陵嬴博之义，伯鸾高侠之风。庶几兼之。余谓梁氏生赁伯通之庑，死旁要离之墓。今谋其死而不谋其生，可乎？平陵七尺，玉川数间。故当并营，不应偏举。敬亭曰："此非三山只手所能办也。士大夫之贤者，吾侍焉游焉，章甫靺韦之有闻者，吾交焉友焉。闾巷之轻侠，裘马之少年。轻死重气，骨腾肉飞者，吾兄事焉，吾弟畜焉。生数椽而死一抔，终不令敬亭乌鹊无依而乌鸢得食也。某不愿开口向人，惟明公以一言先之。"余笑曰："太史公记孟尝君客，鸡鸣狗盗。信陵君从屠狗卖浆博徒游。生之所称引者。冶游则六博蹴踘之流，豪放则椎埋臂鹰之侣，富厚则驵侩洗削之类，其人多重然诺、好施与。岂齷齪阘茸，两手据一钱惟恐失者。要离专诸，春秋时吴门市儿也。岂可与褒衣博带大冠如箕者，比长而较短哉？子姑以吾言号于吴市。吴市之人，有能投袂奋臂感慨而相命者。吾知其人可以愧天下士大夫者也。子当次第记之，他日吾将按籍而从游焉。"[1]

①[清]钱谦益：《牧斋有学集》，《四部丛刊初编》（第272册），上海书店出版社1989年版，第79~80页。

　　钱谦益认为柳敬亭的说书职业非常值得尊敬，可以载入史册，流传千古。虽然人们将听书作为调剂生活的娱乐手段，但其中讲述的历史故事值得深思，也是向民间大众传播文化的重要手段，故而有"千载沉埋国史传，院本弹词万人羡"之句。同时，钱谦益认为柳敬亭的盛名不亚于鼓词《蔡中郎》，两者难较伯仲"盲翁负鼓赵家庄，宁南重为开生面"。在《书柳敬亭册子》一文中，钱谦益对柳敬亭的说书技艺大加赞赏，将其与春秋时期楚国著名的艺人优孟比肩，认为其具有劝诫世人的社会功用，对于整顿风俗、教化人心有着不可忽视的作用。柳敬亭在明代盛极一时，其他文人也曾为其写诗作传，如张岱著有《柳敬亭说书》、吴伟业和黄宗羲各自创作了《柳敬亭传》、周蓉则撰写了《杂艺七传·柳敬亭》，足以见得文人对俗文学的认同以及对民间艺人的尊敬。

　　俗文学成为万历年间联系在民众和文坛之间的一根纽带，文人的参与使得俗文学获得了更为强盛的生命力，而文坛对于俗文学俚、情、真等特点的保护也使得俗文学能够持续在民间传播。通过民间传唱和文集刊刻的方式，俗文学得以长久地流传和保存下来。

第三章

万历年间的戏曲理论

自明代开国之初，戏曲就受到社会各阶层的广泛关注，由于其影响巨大，皇室还曾颁布圣旨对戏曲行业进行种种约束。明代关于戏曲本色内涵的讨论主要集中在嘉靖、万历两个时期。嘉靖时期，文人们的贡献是将曲从诗文等其他体裁中剥离出来，确立曲文体的独立性。他们对戏曲本色的探讨主要集中在语言风格方面，经过这一阶段，确立了戏曲创作浅显易懂、少用典故、俚趣自然的语言特色。但戏曲不仅仅是案头文学，更是表演艺术，仅仅解决语言的问题还远远不能够满足戏曲表演的需要。万历年间，文人们展开了关于戏曲本色理论的第二次大探讨，赋予其更为丰富的内涵，也提出了更为全面的戏曲理论。讨论范围涉及语言风格、音调格律、组织构思、情感态度等各个方面。

第一节　语言风格：本色雅正　兼而得之

嘉靖时期，为了彻底清除曲坛典雅化的弊病，曲论家提倡清丽流变、家常自然的语言风格。万历年间，社会经济的繁荣刺激着戏曲等文艺活动的兴盛，人们的审美观念随之改变，不再严格地要求戏曲创作不能使用典故或文雅的词语，而是根据剧本安排和人物性格选择更为恰当的语言。继承嘉靖流传下来的传统，提倡使用俚俗语言进行戏曲创作的声音依然强劲。同时，倡导雅俗得间的曲论家也开始崭露头角。

一、尚俗派

沈璟是吴江派的开创者，他崇尚规范，严格遵守戏曲创作的要求，坚守"诗词异体"的观念，以为戏曲创作必须达到"本色"标准。在他看来，本色语的含义就是大众使用的方言或者民间语言。

万历年间戏曲家们之间的联系非常紧密，他们常常会互通书信来探讨戏曲创作的方法，也会在戏曲理念上产生分歧，于书信中陈述自己的观点。沈璟在与王骥德的书信来往中，两次提及了戏曲的本色问题。

【沈璟】

答王骥德

顷来两勤芳讯，仅能一致报束。何乃又烦先生注念，重以佳集之贶耶。日盥洗庄诵，真使人作天际真人之想。岂直时辈不敢称小巫，遂令元美先生难为前矣。

所寄《南曲全谱》，鄙意僻好本色，殊恐不称先生意指，何至慨焉辱许叙首简耶！翘首南鸿，日跂琳璧，为望不浅耳。王实甫新释，顷受教已有端绪，俟既脱稿，千乞寄示。或有千虑之一得，可备采择也。小儿幸荐，至勤吕公动色相闻，而兹先生亦借齿牙。感矣，感矣。病后不能作字，又属沍寒，呵冻草复，仰希在宥。嘉平望日。①

---

① [明]沈璟：《沈璟集》，上海古籍出版社2012年版，第767页。

答王骥德二

作从瑶山丈所，得先生所致手札，并新咏二册，旷若复面。何先生之不吐弃不佞至此也。感且次骨矣。

顷辱示《西厢》考注，业精详矣，更无毫发遗憾矣。真所谓茧丝牛毛，无微不举者耶。既承下问，敢不尽其下臆。

盖作北词者难于南词几倍，而谱北词又难于南词几十倍。北词去今益远，渐失其真。而当时方言及本色语，至今多不可解。即《正音谱》所收亦或有未确处，谁复正之哉。今先生所正，诚至当矣。又以经史证故事，以元剧证方言。至千古之冤，旧为群小所窜，若众喙所訾者，具引据精博，洗发痛快，自有此传以来，有此卓识否也？敬服，敬服。①

《答王骥德》是和王骥德探讨《古本西厢记》的出彩之处，两人都认为王实甫《西厢记》是本色戏曲的典范，因此沈璟特意写书求取王骥德新释的《西厢记》书稿。信中提及的《南曲全谱》是沈璟编纂的《南九宫十三调曲谱》，因不满戏曲作家不谙音律的现状，特意编纂此谱希冀成为传奇的谱曲法典。同时，为了纠正戏曲创作骈俪靡缛的风气，沈璟旗帜鲜明地高举"鄙意僻好本色"的旗帜，倡导将"本色"作为戏曲创作的最高法则，并亲身实践，希望一扫曲坛繁缛卖弄之风。《答王骥德二》实则还是对戏曲本色语言、戏曲创作格律的重申。沈璟说道，由于去日已久，现今创作杂剧要比传奇难度大得多。杂剧流行于元代和明前期，当时的方言和民间用语已不同于今日，所以不能以杂剧的语言和格律来要求当今的传奇创作。一代有一代之文学，当下的传奇应当使用现今本色语和曲律规范来进行创作。

通过这两封信札，我们可以看到沈璟在创奇创作中有两项标准，一是使用当今本色语，二是符合南曲的曲律规范。

沈璟共创作传奇十七部，以《红蕖记》最为闻名，但由于其中故事

①[明]沈璟：《沈璟集》，上海古籍出版社2012年版，第768页。

情节的刻意拼凑，语言使用的典雅规范，涵盖知识的丰富多样而被他自己视为是不本色戏曲，故而不喜。自此之后，沈璟创作戏曲时有意使用常俗语言，向民间靠拢，确保达到老妪可解的程度。《双鱼记》就是典型的代表：

　　南吕过曲【秋夜月】（净上）家富豪，不慕为官好。红日三竿方才觉，清和风景开怀抱。正茶余饭饱，正茶余饭饱。①

　　【前腔】（净）小儿曹从幼痴顽，恐尊师不耐烦。终朝讲读，只怕口燥唇干。如何捱得，淡茶粗饭。②

　　【南侥侥令】（净）如今居世路，举足总迷途。多少聪明总被聪明误，不如痴呆的享尽福，痴呆的享尽福。③

　　【南园林好】（二丑）休问取鸦窝凤雏，但只想骑牛跨犊，把竹马光辉门户。谁揣着闷葫芦，谁揣着闷葫芦？④

　　中吕引子【思园春】（旦上）家破亲亡天一涯，怎提防又有这波查。已拼一命死，非礼敢相加，那日分离乱似麻，又谁知重见故园花。⑤

　　【玉抱肚】（生）我因留乡校，把功名与姻缘误了。送得人四海无家，只落得万里尘劳。夺人官爵又不相饶，只怕天网恢恢没处逃。⑥

　　以上曲文中总共出现了四个角色：净、丑、旦、生。其中，净、丑是副角，他们的语言纯用口头白话，浅显易懂，"茶余饭饱""粗茶淡

---

①[明]沈璟：《沈璟集》，上海古籍出版社2012年版，第254页。
②同上书，第255页。
③同上书，第262页。
④同上书，第263页。
⑤同上书，第265页。
⑥同上书，第293页。

饭"　"聪明反被聪明误"虽略带文雅，但都是百姓口头常说的俗语，符合民众的欣赏特点。值得注意的是，不仅净、丑等副角的唱词使用民间语言，就连生、旦这样的主角语言也是极为简单明白的，"心乱如麻""天网恢恢""四海为家"虽然是成语，但早为大众所熟知，已与白话无异，并不算得典雅，可见沈璟对于"本色"的追求。

《双鱼记》中另一支双调过曲【玉交枝】则略显粗俗"是个贱才歪货，泼弩胎全不忖度。他有钱使鬼能推磨，你缘何却便抛躲"①。这段唱词不仅使用了"有钱能使鬼推磨"这样的民间俗语，更是将"贱才歪货""泼奴胎"这些民间骂人的话语也写入了戏曲中。万历年间，文人戏曲往往在每一出的【尾声】后面以诗句收尾，现列举《红蕖记》第八出和《双鱼记》第二十一出收尾诗如下：

水尽南天不见云，雁行中断惜离群。鄂州亲友如相问，唯有青山远送君。（《红蕖记》）②

物离乡则贵，人离乡则贱。凡事留人情，后来好相见。（《双鱼记》）③

《红蕖记》的收尾诗文人气息浓厚，不仅化用王昌龄"洛阳亲友如相问"④的诗句，并且使用大雁、青山等人文意象增添了诗的典雅性，是一首典型的文人诗。《双鱼记》的收尾诗则使用民间俗语，即便没有古典文化修养也能够读懂理解。通过这两首诗的比较，可以看出沈璟对于通俗化戏曲语言的追求。

沈璟在戏曲语言上的努力影响着吴江派的创作者和曲论家，作为吴江派中坚力量的吕天成就十分赞同沈璟的戏曲主张。吕天成著有戏曲理论著作《曲品》，和王骥德的《曲律》并称万历年间曲论著作的"双璧"，他

①[明]沈璟：《沈璟集》，上海古籍出版社2012年版，第276页。
②同上书，第26~27页。
③同上书，第290页。
④中华书局编辑部点校：《全唐诗》（增订本），中华书局1999年版，第1449页。

赞成戏曲语言应具有浅、俗等民间性的特点，并将戏曲作品分为神品、妙品、能品等级别，通过对它们的点评凸显出自身的戏曲评价体系。

拜　月

云此记出施君美笔，亦无的据。元人词手，制为南词，天然本色之句，往往见宝，遂开临川玉茗之派。何元朗绝赏之，以为胜《琵琶》，而谈词定论则谓次之而已。（旧传奇·神品二）[1]

香　囊

词工，白整。尽填学问。此派从《琵琶》来，是前辈最佳传奇也。（旧传奇·妙品三）[2]

杀　狗

事俚，词质。旧存恶本，予为校正。词多有味，此真写事透澈，不落恶腐，所以为佳。（旧传奇·能品二）[3]

吕天成评《拜月亭》为神品、《香囊记》为妙品、《杀狗记》为能品，三者的水平高下立判。他认为本色语言的使用是《拜月亭》最为突出的特点，而《拜月亭》的语言就是不用一毫典故、不着一文字的常俗语言，本色在吕天成看来即为质朴自然的语言风格。说到《香囊记》时，批评其中净是些卖弄学问的词语堆砌，使戏曲丧失了原本鲜活灵动的生命力，故而不如《拜月亭》。《杀狗记》则因其"事俚，词质"受到吕大成的襃奖，它的故事选材于民间，语言质朴自然，两项都符合本色的要求，所以列为能品第二。吕天成和沈璟一道，在戏曲创作中格外推崇朴实自然的本色语言。

徐复祚虽然不算严格意义上的吴江派作者，但却对沈璟的戏曲理论十分推崇，给予其极高的赞誉：

---

①[明]吕天成：《曲品》，《中国古典戏曲论著集成》（六），中国戏剧出版社1959年版，第224页。
②同上。
③同上书，第225页。

沈光禄（璟）著作极富，有《双鱼》《埋剑》《金钱》《鸳被》《义侠》《红蕖》等十数种，无不当行。《红蕖》词极赡，才极富，然于本色不能不让他作。盖先生严于法，《红蕖》时时为法所拘，遂不复条畅；然自是词家宗匠，不可轻议。至其所著《南曲全谱》《唱曲当知》，订世人沿袭之非，产俗师扭捏之腔，令作曲者知其所向往，皎然词林指南车也，我辈循之以为式，庶几可不失队耳。①

徐复祚将沈璟称为"词家宗匠"，跟其秉持一致的理论主张，在实质上扩大了吴江派的影响力。他认同沈璟将《红蕖记》列为不本色戏曲的做法，称《红蕖记》是一部优秀的戏曲作品，但是语言过于雕琢工致，不符合戏曲语言的本色要求，但瑕不掩瑜。徐复祚奉沈璟为作曲者的榜样，称其为"词林指南车"，可见对于沈璟的敬慕之情。

徐复祚对曲作家和作品多有批评，在他的评价中，不难看出他对"本色"的理解：

《香囊》以诗语作曲，处处如烟花风柳。如"花边柳边""黄昏古驿""残星破暝""红入仙桃"等大套，丽语藻句，刺眼夺魄。然愈藻丽，愈远本色。《龙泉记》《五伦全备》，纯是措大书袋子语，陈腐臭烂，令人呕秽，一蟹不如一蟹矣。此后作者倍起，坊刻充栋，而佳者绝无。②

郑虚舟（若庸），余见其所作《玉玦记》手笔，凡用僻事，往往自为拈出，今在其从侄学训（继学）处。此记极为今学士所赏，佳句故自不乏，如"翠被拥鸡声，梨花月痕冷"等，堪与《香囊》伯仲。《赏荷》《看潮》二大套，亦佳。独其好填塞故事，未免开钉饾之门，辟堆垛之境，不复知词中本

---

①[明]徐复祚：《曲论》，《中国古典戏曲论著集成》（四），中国戏剧出版社1959年版，第240页。
②俞为民、孙蓉蓉：《历代曲话汇编》明代编第二集，黄山书社2009年版，第256~257页。

色为何物，是虚舟实为之滥觞矣；乃其用韵，未尝不守德清之约。虚舟尚有《四节记》，不足观已。①

《昙花》《彩豪》，屠长卿（隆）先生笔，肥肠满脑，莽莽滔滔，有资深逢源之趣，无捉衿漏肘之失，然又不得已以浓盐、赤酱訾之，昔未守沈先生三章耳。②

《西厢》后四出，定为关汉卿所补，其笔力迥出二手，且雅语、俗语、措大语、白撰语层见叠出，至于"马户""尸巾"云云，则真马户尸巾矣！且《西厢》之妙，正在于草桥一梦，似假疑真，乍离乍合，情尽而意无穷，何必金榜题名、洞房花烛而后乃愉快也？丹丘评汉卿曰："观其词语，乃在可上可下之间，盖所以取者，初为杂剧之始，故卓以前列。"则王、关之声价，在当时已自有低昂矣。王弇州取西厢"雪浪拍长空"诸语，亦直取其华艳耳，神髓不在是也。语其神，则字字当行，言言本色，可为南北之冠。王渼陂句"望东华人乱拥，紫罗襕老尽英雄。"此【水仙子】也，弇州题作【折桂令】，卤莽可知矣。至于实甫之意，谓元微之通于姑之子而托名张生，是不必核。③

在徐复祚看来，《香囊记》《龙泉记》《五伦全备记》《玉玦记》《昙花记》《彩豪记》都不属于本色戏曲。它们的共同特征是采用作诗的语言进行戏曲创作，把戏曲文本当成作家卖弄才学的阵地，一味地滥用典故以彰显学问，完全不顾及戏曲的受众群体是民间大众。同时忽视戏曲人物的身份阶级，惯用雕琢堆砌的文言语言进行人物刻画。戏曲家将多年的八股经验用于戏曲创作，并以此为荣，四处搬演卖弄。徐复祚

---

①俞为民、孙蓉蓉：《历代曲话汇编》明代编第二集，黄山书社2009年版，第257~258页。
②[明]徐复祚：《曲论》，《中国古典戏曲论著集成》（四），中国戏剧出版社1959年版，第240页。
③俞为民、孙蓉蓉：《历代曲话汇编》明代编第二集，黄山书社2009年版，第264-265页。

指出，越是藻丽华美的词语离本色越远，越是填塞典故的作品越是远离戏曲的本质。

徐复祚认为《西厢记》的后四出称得上是本色戏曲。其本色之源在于其符合人物身份的语言使用、情真意切的情感流露，能让观者有如入其境之感，一言以蔽之，曰"字字当行，言言本色"，是戏曲作品中的典范之作。因此，本色语应当是指清新活泼的民间语言。

凌濛初同样是吴江派的成员，他的《初刻拍案惊奇》《二刻拍案惊奇》和冯梦龙的"三言"一起，并称"三言两拍"，在我国小说史上有着重要的地位和意义。在戏曲理论方面，也秉承着以金元为准的本色观念，主要表现在语言风格和典故运用两个方面。在戏曲语言上，提倡家常自然、俚趣诙谐的语言风格，直白易懂是戏曲语言的核心要素：

> 曲始于胡元，大略贵当行不贵藻丽。其当行者曰"本色"。盖自有此一番材料，其修饰词章，填塞学问，了无干涉也。故《荆》《刘》《拜》《杀》为四大家，而长材如《琵琶》犹不得与，以《琵琶》间有刻意求工之境，亦开琢句修词之端，虽曲家本色故饶，而诗余弩末亦不少耳。国朝如汤菊庄、冯海浮、陈秋碧辈，直闯其藩，虽无嵩本戏曲，而制作亦富，元派不绝也。自梁伯龙出，而始为工丽之滥觞，一时词名赫然。盖其生嘉、隆间，正七子雄长之会，崇尚华靡；弇州公以维桑之谊，盛为吹嘘，且其实于此道不深，以为词如是观止矣，而不知其非当行也。以故吴音一派，就为剿袭。靡词如绣阁罗帏、铜壶银箭、黄莺紫燕、浪蝶狂蜂之类，启口即是，千篇一律。甚者使僻事，绘隐语，词须累诠，意如商谜，不惟曲家一种本色语抹尽无余，即人间一种真情话，埋没不露已。至今胡元之窍，塞而未开，间以语人，如锢疾不解，亦此道之一大劫哉![1]

---

① [明]凌濛初：《谭曲杂札》，《中国古典戏曲论著集成》（四），中国戏剧出版社1959年版，第253页。

【梁辰鱼】

元曲源流古乐府之体，故方言、常语，沓而成章，着不得一毫故实；即有用者，亦其本色事，如蓝桥、祆庙、阳台、巫山之类。以拗出之为警俊之句，决不直用诗句，非他典故填实者也。一变而为诗余集句，非当可矣，而未可厌也。再变而为诗学大成、群书摘锦，可厌矣，而未村煞也。忽又变而文词说唱、胡诌莲花落，村妇恶声、俗夫亵谑无一不备矣。①

凌濛初上溯金元，说明传奇创作之初就是在教坊中搬演供大众观赏的，所以无论是曲子还是宾白都不应该太深奥。其中有诙谐幽默的、有俊俏奇特的、有独特风格的，都是本色语。这些语言的共同特征是能够满足不同阶级的观赏需求，使得平民百姓也能够听得懂、看得明白。自魏良辅《曲律》问世，梁辰鱼率先创作了《浣纱记》，昆曲便由此发端，逐渐成为风靡全国的戏曲样式。但是梁辰鱼的文辞十分典雅，加之

---

①[明]凌濛初：《谭曲杂札》，《中国古典戏曲论著集成》（四），中国戏剧出版社1959年版，第255页。

嘉靖、隆庆年间经济的大幅度发展，世风崇尚华靡，引起人们争相效仿，致使戏曲创作偏离本色。人们追求生僻的典故、隐晦的词句，而将本色抹杀殆尽，曲解了戏曲的初衷。凌濛初认为这种风气十分危险，若不及时纠正，戏曲就有被扼杀的危险。

凌濛初强调，在创作宾白时，尤其要注意语言的通俗易懂：

> 白谓之"宾白"，盖曲为主也。《戒庵漫笔》曰："两人对说曰宾，一人自说曰白。"未必确。古戏之白，皆直截道意而已；惟《琵琶》始作四六偶句，然皆浅浅易晓。盖传奇初时本自教坊供应，此外止有上台拗拦，故曲白皆不为深奥。其间用诙谐曰"俏语"，其妙出奇拗曰"俊语"。自成一家言，谓之"本色"，使上而御前、下而愚民，取其一听而无不了然快意。今之曲既斗靡，而白亦兢富。甚至寻常问答，亦不虚发闲语，必求排对工切。是必广记类书之山人，精熟策段之举子，然后可以观优戏，岂其然哉？又可笑者：花面丫头，长脚髯奴，无不命词博奥，子史淹通，何彼时比屋皆康成之婢、方回之奴也？总来不解本色二字之义，故流弊至此耳。或曰："然则如《琵琶》黄门、早朝等语亦非乎？"曰："说书家非不是通俗演义，而'但见'云云，尽有偶句描写工妙者，此自是其一种铺排本色，人自不识其体耳。"[1]

宾白是推动戏曲情节发展、串联故事结构的要素，若使用骈俪文体，皆成对句，就失去了宾白的功效，也会妨碍民众对戏曲的理解。因此，凌濛初特别指出宾白的用语尤要简单直白，使用寻常的问答语言就可以，不必苛求工整。并且提出本色为本来特征之意，故而语言的选择要符合人物本身的身份特征。譬如丫鬟奴仆之类，本身是供富贵人家驱使的下人，文化程度不高，如果他们也动辄引经据典，出口成章，不仅没有体现作者才学，反而与客观现实不符，削弱了戏曲的表现力和感染

---

[1][明]凌濛初：《谭曲杂札》，《中国古典戏曲论著集成》（四），中国戏剧出版社1959年版，第259页。

力，不符合"本色"标准。凌濛初指出，戏曲在创作之初就是为了搬演上台，戏曲语言要达到上使君王、下使平民都能够听得明白、领悟作者创作主旨的目的，因此它必然是明白易懂而不是晦涩深奥的。

同时，凌濛初反对在戏曲创作中滥用典故的创作手法。批评梁辰鱼等曲作家在戏曲中引用生僻的典故、使用隐晦难懂的语言的方式，认为这样最终会招致戏曲尽失本色的恶果。再次指出金元时期的戏曲全部采用方言、常语，并没有出现使用典故的现象。即使一定要用，也是直用其本事，例如蓝桥、巫山之类，不会直接引用诗句。词曲和诗文是不同的两种文体，若把词曲也变为诗文集句，不仅不恰当，反而使人厌恶。

浅显直白是戏曲语言的特色，但不能将俚俗混同于鄙俗，凌濛初指出沈璟后期就犯了这样的错误。沈璟恪守传奇的创作规范，但才情不足，他深刻认识到戏曲创作不能够使用典故，极力地想使用本色语创作戏曲但又达不到这样的要求，极端地认为只要是民间市井用语就是本色语。殊不知戏曲也是经过处理的艺术形式，民间语的使用同样需要经过筛选和修饰，像【玉交枝】里骂人的话语显然不适合出现在艺术文本中。这就是没有理解俚俗和鄙俗的关系，长此以往会导致戏曲陷入村妇恶声、俗夫亵谑的境地。

万历年间，从曲的独特性出发，倡导戏曲创作应采用浅俗自然的本色语言的文人不在少数，体现出对于嘉靖时期戏曲理论观念的传承。同时，曲论家们也对鄙俗和俚俗进行了区分，既反对滥用典故、堆垛文字、卖弄才学的语言使用方式，也反对一味追求俚俗，不加斟酌、全面使用市井语言的做法，要求对民间语言进行艺术化的加工处理，使戏曲作品达到符合场上搬演、能够为民众所理解的创作标准。

二、雅俗得间派

王骥德曾师从徐渭，并与沈璟、吕天成等曲论家来往密切，是吴江派的中坚力量。他著有戏曲理论著作《曲律》和《南调正韵》，并创作了《男王后》等杂剧及传奇《题红记》，校注了《西厢记》，是万历年间著名的戏曲创作者和评论家。

王骥德深受徐渭本色理论的影响，评论戏曲时也以"本色"为基本

【王骥德】

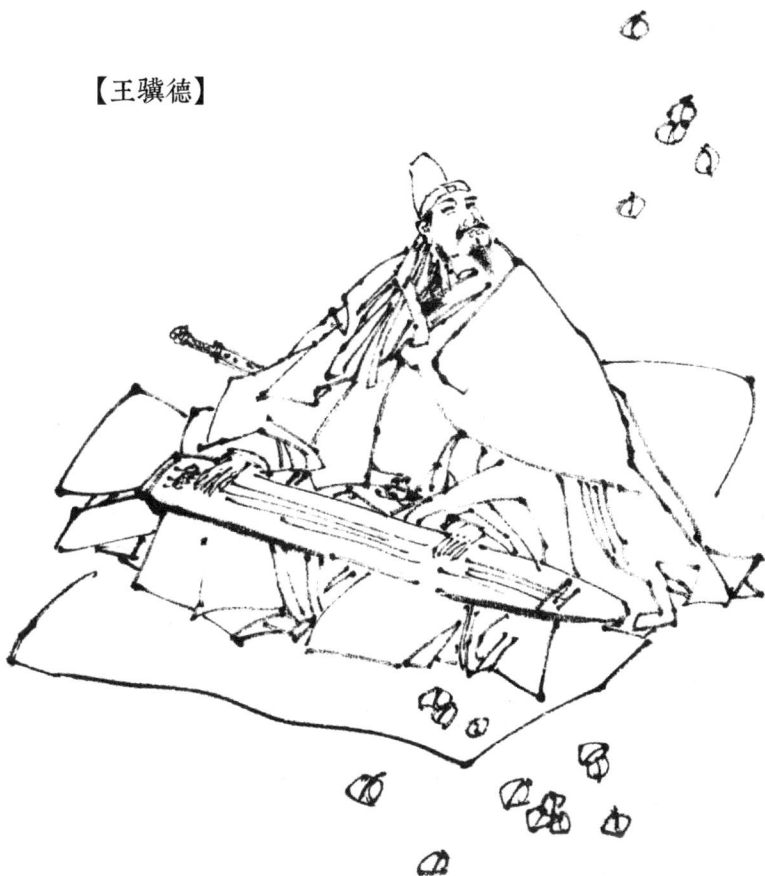

标准。经过嘉靖时期对本色的探讨，戏曲语言出现了不可逆转的雅化趋势。在这种趋势的影响下，他结合徐渭、沈璟的本色观，别开生面地提出了"大雅与当行参间，可演可传"[①]的本色观念，使戏曲理论升华到了一层新的境界。

王骥德溯本追源，探寻"本色"一词的由来：

当行本色之说，非始于元，亦非始于曲，盖本宋严沧浪之说诗。沧浪以禅喻诗，其言："禅道在妙悟，诗道亦然。惟悟

---

①[明]王骥德：《曲律》，《中国古典戏曲论著集成》（四），中国戏剧出版社1959年版，第137页。

乃为当行，乃为本色。有透彻之悟，有一知半解之悟。"又云："行有未至，可加工力；路头一差，愈骛愈远。"又云："须以大乘正法眼为宗，不可令堕入声闻辟支之果。"知此说者，可与语词道矣。①

"本色""当行"原是诗文批评的文体理论，最早出现于严羽《沧浪诗话》中，后来才逐渐引入到戏曲批评领域。王骥德在校注《西厢记》时指出董解元的《西厢记》是北词之祖，其"独以俚俗口语谱入弦索，是词家所谓'本色''当行'之祖"②。王实甫的《西厢记》则："粉饰婉媚，遂掩前人"③。董《西厢》以民间俚俗语言创作词曲，开创了戏曲界"本色""当行"的先河，质朴俊秀。而王《西厢》则加以粉饰，典雅艳丽，与董《西厢》完全不同。这两种不同的词风却"千古之后，并称两绝"④，没有孰优孰劣之分，只是欣赏标准不一样罢了，质与雅没有绝对的高下之分。王骥德兼采众长，认为两种不同的审美标准是可以同时存在的：

> 曲之始，止本色一家，观元剧及《琵琶》《拜月》二记可见。自《香囊记》以儒门手脚为之，遂滥觞而有文词家一体。近郑若庸《玉玦记》作，而益工修词，质几尽掩。夫曲以模写物情，体贴人理，所取委曲宛转，以代说词，一涉藻缋，便蔽本来。然文人学士，积习未忘，不胜其靡，此体遂不能废，犹古文六朝之于秦、汉也。大抵纯用本色，易觉寂寥；纯用文调，复伤琱镂。《拜月》质之尤者，《琵琶》兼而用之，如小曲语语本色，大曲引子如"翠减祥鸾罗幌""梦绕春闱"，过曲如"新篁池阁""长空万里"等调，未尝不绮绣满眼，故是

---

① [明]王骥德：《曲律》，《中国古典戏曲论著集成》（四），中国戏剧出版社1959年版，第152页。
② 俞为民，孙蓉蓉：《历代曲话汇编》，明代编第二集，黄山书社2009年版，第161页。
③ 同上。
④ 同上。

正体。《玉玦》大曲，非无佳处；至小曲亦复填垛学问，则第令听者愦愦矣！故作曲者须先认其路头，然后可徐议工拙。至本色之弊，易流俚腐；文词之病，每苦太文。雅俗浅深之辨，介在微茫，又在善用才者酌之而已。[1]

最初戏曲只有"本色"一家，以北曲《琵琶记》和南曲《拜月亭》为代表。自从邵璨《香囊记》开始，文人将诗文创作的手法转移到戏曲上，就有了"文词"一家。戏曲是通过演员的场上表演完成的艺术形式，需要摹物写情体贴入微，而"文词"家的弊病在于太过藻丽而失去原先的情感俚趣。王骥德用"大抵纯用本色，易觉寂寥；纯用文调，复伤琱镂"概括其理论观点。认为纯用本色作曲，语言不够优美，有些寡淡平白；全用诗文的方式作曲，又过于精雕细琢，失却原先的清新活泼。所以，赞同两者的结合。他尤其推崇《琵琶记》，认为其中的小曲部分保留了本色面目，同时大曲蕴含典致文雅的风格，兼有两者的长处，值得肯定。虽然《拜月亭》是本色戏曲，但却过于质朴而不够雅致；《玉玦记》则太过工致，不是本色戏曲。两者都有不足之处。正如《论语》中所讲的"质胜文则野，文胜质则史。文质彬彬，然后君子"[2]，王骥德在雅俗取舍之间，努力探寻两者的平衡，做到"君子"的标准。然而这个标准却难以把握，需要作者自行斟酌度量。

在提出了雅俗得间的理论主张后，王骥德又对雅俗的使用和分配问题进行了阐释：

> 过曲体有两途：大曲宜施文藻，然忌太深；小曲宜用本色，然忌太俚。须奏之场上，不论士人闺妇，以及村童野老，无不通晓，始称通方。[3]

---

①[明]王骥德：《曲律》，《中国古典戏曲论著集成》（四），中国戏剧出版社1959年版，第121-122页。
②杨伯峻：《论语译注》，中华书局1980年版，第61页。
③[明]王骥德：《曲律》，《中国古典戏曲论著集成》（四），中国戏剧出版社1959年版，第138-139页。

对口白需明白简质，用不得太文字：凡用之、乎、者、也，俱非当家。《浣纱》纯是四六，宁不厌人！①

首先，在过场曲中，有大曲和小曲两种形制。大曲适宜施以辞藻，但不能过于深奥；小曲适合本色自然，但不能过于鄙俗。其次，在宾白上，应该采用明白、简洁的语言，而不能使用像之乎者也等太过文言的语言。《浣纱记》的宾白都是四六的骈偶句式，故其作者也不是戏曲行家。再次，在曲牌中，应该使用文雅的语言，但是也要用得巧妙，没有生搬硬造之感。能够将文人化的用语不留痕迹地融入整出戏曲里，符合情节的发展和人物的性格特征，才称得上语言运用的行家，那些恨不得将世间学问全部堆垛进去的作者并不是真正的大雅之士。创作戏曲，不论戏曲语言是雅是俗，都以在场上搬演时村野妇孺能听得明白为宜，体现出本色的内涵。

徐渭的"本色"观要求不着一毫脂粉、不杂一毫糠衣、不着一文字、不扭捏一典故事。②不仅反对语言的典雅华丽，也反对在南戏创作中使用典故。王骥德批判地继承了这一观点，认为戏曲作家应当多读书，有深厚的学术功底才能够写出动人心魄的作品。

词曲虽小道哉，然非多读书，以博其见闻，发其旨趣，终非大雅。须自《国风》《离骚》、古乐府及汉、魏、六朝三唐诸诗，下迨《花间》《草堂》诸词，金、元杂剧诸曲，又至古今诸部类书，俱博搜精采，蓄之胸中，于抽毫时，撷取其神情标韵，写之律吕，令声乐自肥肠满脑中流出，自然纵横该洽，与剿袭口耳者不同。胜国诸贤，及实甫、则诚辈，皆读书人，其下笔有许多典故，许多好语衬副，所以其制作千古不磨；至卖弄学问，堆垛陈腐，以吓三家村人，又是种种恶道！古云：

①[明]王骥德：《曲律》，《中国古典戏曲论著集成》（四），中国戏剧出版社1959年版，，第141页。
②[明]徐渭：《徐渭集》（三），中华书局1983年版，第1093页。

"作诗原是读书人，不用书中一个字"。吾于词曲亦云。①

王骥德指出，戏曲作家只有具备了丰富的知识积累，才能在创作时信手拈来、妙用无痕。并且以王实甫、高明等人为例，正是由于他们学识渊博，故而在创作时才情迸发，留下了《西厢记》《琵琶记》这样流传万世的优秀作品。王骥德并不反对在戏曲中运用典故，但是对典故的选取和运用有着自己的评判标准：

> 曲之佳处，不在用事，亦不在不用事。好用事，失之堆积；无事可用，失之枯寂。要在多读书，多识故实，引得的确，用得恰好，明事暗使，隐事显使，务使唱去人人都晓，不须解说。又有一等事，用在句中，令人不觉，如禅家所谓撮盐水中，饮水乃知咸味，方是妙手。②

王骥德把戏曲分成三个等级：最好的戏曲是融汇大雅与本色，既可以进行场上表演，又可以作为优秀的文学作品流传。第二等戏曲是纯用文调创作的戏曲，辞藻华丽，用律工整，成句意义深远，但是不符合民间俚趣的特点，只能作为文人案头之书。最差的就是雅致和本色二者不占其一，既不符合雅致的要求，也没有做到本色。要么就成为卖弄学问的学究，要么胡乱拼凑些民间俚语成为张打油一类的作品。他认为典故用得过多，就会有堆积之感；完全不用，又显得略为枯燥。戏曲创作的主力由最初文化水平不高的民间艺人一变而为专业的书会才人，再变而为饱读诗书的文人学士。因此创作戏曲也讲求多读书，多了解典故，恰到好处地运用它们。王骥德不反对在戏曲创作中使用典故，但强调典故的运用必须符合作品的需要，若一味使用"烟云花鸟、金碧丹翠"③这些典雅古奥的词语，那就好像售卖古董的商贩一样，自以为可以博才炫

---

①[明]王骥德：《曲律》，《中国古典戏曲论著集成》（四），中国戏剧出版社1959年版，第121页。
②同上书，第127页。
③同上书，第153页。

技，殊不知却惹人生厌，真正懂得戏曲的作家是不会这么做的。作为博古通今的读书人，在创作戏曲时要对典故进行筛选，选用那些唱出来不需解说、人人都能明白的故实。而不着痕迹则是典故运用的最高境界，典故用于戏曲作品中如同盐溶于水一样妙合无痕，这样的方式才是戏曲家应当学习和追求的。

王骥德将沈璟和汤显祖都列为本色作家，由于他和沈璟的本色观不同，所以对于戏曲的评价也有所出入。在王骥德看来，《红蕖记》虽然语言典雅工巧，存在用典的情况，但却做到了用典恰好，不着痕迹。如【前腔】：

> 你不把胭脂画牡丹，怎入时人眼。（生）倒也说得是。（小丑）如何，算从来豪杰，数奇何限。（末）你说那几个数奇？（小丑）冯唐易老时难挽，李广无功命总悭。①

里面化用了李唐《题画》中的诗句，并运用了冯唐易老、李广难封的典故。在这段对话中，生、丑、末的语言都符合人物形象的特征，典故运用也巧妙无痕，不见斧凿的印迹。按照王骥德的评判标准，《红蕖记》算得上是一部真正的本色作品。

王骥德虽然是吴江派后劲，但却最为推重汤显祖的作品：

> 临川汤奉常之曲，当置"法"字无论，尽是案头异书。所作五传，《紫箫》《紫钗》第修藻艳，语多琐屑，不成篇章；《还魂》妙处种种，奇丽动人，然无奈腐木败草，时时缠绕笔端；至《南柯》《邯郸》二记，则渐削芜颣，俛就矩度，布格既新，遣词复俊，其掇拾本色，参错丽语，境往神来，巧凑妙合，又视元人别一溪径，技出天纵，匪由人造。使其约束和鸾，稍闲声律，汰其剩字累语，规之全瑜，可令前无作者，后鲜来喆，二百年来，一人而已。②

---

① [明]沈璟：《沈璟集》，上海古籍出版社2012年版，第74页。
② [明]王骥德：《曲律》，《中国古典戏曲论著集成》（四），中国戏剧出版社1959年版，第165页。

问体孰近？曰："于文辞一家得一人，曰宣城梅禹金，搞华捵藻，斐亹有致；于本色一家，亦惟是奉常一人，其才情在浅深、浓淡、雅俗之间，为独得三昧。余则修绮而非埰则陈，尚质而非腐则俚矣。若未见者，则未敢限其工拙也。"①

世所谓才士之曲，如王弇州、汪南溟、屠赤水辈，皆非当行。仅一汤海若称射雕手，而音律复不谐。曲岂易事哉！②

王骥德将戏曲作家分为文辞派和本色派，并且推举汤显祖是唯一一位本色作家，认为二百年间天才作家仅汤显祖一人而已。汤显祖的作品擅长以情动人，能够准确地把握住戏曲创作中的雅俗关系，每部作品都雅俗得宜，在本色的基础上融入妙语丽言，文辞雅致而又不失浅显，既增加了文本的观赏性，同时又兼顾了文本的通俗性，因而得到曲论家的赞赏。其代表作《牡丹亭》就集中凸显了这一优点：

【鲍老催】这本色人儿妙，助美的谁家裱？要练花绡，帘儿莹、边阑小，教他有人问着休胡嘌。日炙风吹悬衬的好，怕好物不坚牢。把咱巧丹青休浣了。③

【前腔】〔旦〕俺不为度仙香空散花，也不为读书灯闲濡蜡。俺不似赵飞卿旧有瑕，也不似卓文君新守寡。秀才呵，你也曾随蝶梦迷花下。〔生想介〕是当初曾梦来。〔旦〕俺因此上弄莺簧赴柳衙。若问俺妆台何处也，不远哩，刚则在宋玉东邻第几家。④

这两段曲词充分体现了雅俗结合的特点。【鲍老催】中"嘌""咱"都是民间口语，整体风格偏向俚俗，但其中"怕好物不坚牢"一

---

①[明]王骥德：《曲律》，《中国古典戏曲论著集成》（四），中国戏剧出版社1959年版，第170-171页。
②同上书，第180页。
③[明]汤显祖：《汤显祖集全编》，上海古籍出版社2016年版，第2656页。
④同上书，第2710页。

句化用了白居易《简简吟》中的诗句，放在句中却贴切精炼，毫无突兀之感。【前腔】是生和旦的一段对话，柳梦梅是进京赶考的秀才，杜丽娘则是官宦人家的千金，两人的语言理应略带文雅，这段曲词中包含着赵飞燕、卓文君、庄生梦蝶、宋玉东墙等典故，符合他们的身份。但"俺不为""秀才呵""不远哩"等口语的表达又使其贴近民间，兼得雅俗。汤显祖往往能够使典故和词曲自然地融为一体，不似沈璟那般费力琢磨，王骥德评价二人"大匠能与人规矩，不能使人巧也。其所能者，人也；所不能者，天也"①。沈璟创作戏曲的规矩和方法是可以通过学习达到的，而汤显祖的天资奇巧则是人力所不及者，沈汤二人，高下立判。

汤显祖戏曲语言文雅，王骥德提倡用典，不过他们并没有混淆戏曲和诗文的区别，仍将大众视为戏曲的主要传播对象，坚持戏曲语言应当符合大众的口味，不可艰涩难懂。王骥德称："世有不可解之诗，而不可令有不可解之曲"②，提倡雅俗兼得的本色观，并且将"老妪可解"作为平衡戏曲语言雅俗关系的标准。

【臧懋循】

------

①[明]王骥德：《曲律》，《中国古典戏曲论著集成》（四），中国戏剧出版社1959年版，第166页。

②同上书，第154页。

　　臧懋循在《元曲选》序二中有云，戏曲语言的标准是"雅俗兼收，串合无痕"[1]，并指出汪道昆的《高唐梦》等四部南曲作品，语言虽然文雅但太过绮丽华靡，不符合本色要求；徐渭的《祢衡》等四部北曲作品，语言虽然通俗但太过俚俗，也不符合本色的要求。汤显祖的作品却"庶几近之"[2]，基本上达到了本色的标准。

　　屠隆是明代著名戏曲家，不仅参与戏曲创作，并且在家中蓄养戏班、亲自登台演出，他认为传奇的独特之处，就在于其能够做到雅俗并陈、意调双美：

> 　　传奇者，古乐府之遗，唐以后有之，而独元人臻其妙者何？元中原豪杰，不乐仕元而发其雄心，洸洋自恣于草泽间，载酒徵歌，弹弦度曲，以其雄俊鹘爽之气，发而缠绵婉丽之音。故泛赏则尽境，描写则尽态，体物则尽形，发响则尽节，骈丽则尽藻，谐俗则尽情。故余断以为元人传奇，无论才致，即其语语当家，斯亦千秋之绝技乎？其后椎鄙小人，好作里音秽语，止以通俗取妍，吕巷悦之，雅士闻之而欲呕。尔后海内学士大夫，则又别取周、秦、汉、魏文赋中庄语，悉韵而为词，谱而为曲，谓之雅音。雅则雅矣，顾其语多痴笨，调非婉扬，靡中管弦，不谐宫羽，当筵发响，使人闷然索然，则安取雅？令丰硕顾长之媪，施粉黛，披祸裆，而扬蛾啭喉，勉为妖丽，夷光在侧，能无哈乎？故曰非妙非宜，工无当也。传奇之妙，在雅俗并陈，意调双美。有声有色，有情有态。欢则艳骨，悲则销魂。扬则色飞，怖则神夺。极才致则赏激名流，通俗情则娱快妇竖。[3]

　　屠隆回顾了传奇产生的历史，认为其继承了古乐府的特质。戏曲之所以能在元代取得较为辉煌的成就，是因其谐俗尽情，语语本色。当今

---

①[明]臧懋循：《元曲选》，中华书局1958年版，第4页。
②同上。
③[明]屠隆：《屠隆集》（第五册），浙江古籍出版社2012年版，第197—198页。

有些曲作家一味描摹，以为只要使用民间语言就是本色，故而将市侩秽语也写入传奇剧本，令人咂舌；另一部分曲作家则又矫枉过正，纯用诗词文赋中的庄雅语言，使得戏曲佶屈聱牙，难以入乐，失却了曲子的娱乐功能。这两者都太过极端，断不可取，真正好的戏曲作品应当兼备雅俗、妙和音律、有声有色、有情有态。在他看来，好友梅禹金的《章台柳》《玉合记》就符合这样的标准：

> 梅生禹金，吾友沈君典总草交。生平所为歌若诗，洋洋大雅，流播震旦。词擅上将，繁弱先登矣。以其余力为《章台柳》新声，其词丽而婉，其调响而俊。既不悖于雅音，复不离其本色。洄洑顿挫，凄沉掩抑。扣宫宫应，扣羽羽应。每至情语，出于人口，入于人耳。人快欲狂，人悲欲绝。梅生得之，故足赏也。余顷观禹金，偿荡有英雄器略，与君典埒。降心而为此，季豹所谓有托其然乎？余少颇解此技，常思讬以稍自见其洸洋，会夺于他冗。今黄冠入道，舍不复焉。而禹金业为之，而过于余。余复何措意焉？吾聊以叙之，以销吾胸臆。[①]

在评价《章台柳》时，屠隆称赞其语言流丽而婉转，曲调响亮且俊俏，不论是作为案头阅读，还是场上搬演，都能够使人获得愉悦的精神享受。梅禹金用语端正典雅却不失本色风味，既体现了文人的文学修养又兼顾了大众的审美接受能力，受到了屠隆的赞扬。屠隆倡导雅正和本色相结合的创作方式，主张使用典雅婉转的语言写出真挚自然的情感，但其自身戏曲作品的语言多有典雅华丽、扭捏造作的弊病，受到其他曲论家的诟病。

祁彪佳是天启年间的进士，他在创作完《远山堂曲品》后，对曲坛的现状进行了沉思：

> 品成作而叹曰：词至今日而极盛，至今日而亦极衰。学究、屠沽，尽传子墨；黄钟、瓦缶杂陈，而莫知其是非。予操

①[明]屠隆：《屠隆集》（第五册），浙江古籍出版社2012年版，第198页。

三寸不律，为词场董狐，予则予，夺则夺，一人而瑕瑜不相掩，一帙而雅俗不相贷，谁其能幻我以黎丘哉。然《阳春》调寡，巴人之和者众，必且不自安其位，齐起而为楚咻，予舌危，予笔且为南山之移矣。不知夫予之品也，慎名器，未尝不爱人材。韵失矣，进而求其调；调诡矣，进而求其词；词陋矣，又进而求其事。或调有合于韵律，或词有当于本色，或事有关于风教，苟片善之可称，亦无微而不录。故吕以严，予以宽；吕以隘，予以广；吕后词华而先音律，予则赏音律而兼收词华。要亦以执牛耳者代不数人，虑词帜之孤标，不得不奖诩同好耳。世有知者，吾言不与易也。如或罪我，吾亦任之。[1]

祁彪佳认识到明代晚期戏曲创作进入了一个鼎盛的时期，此时各种弊病也开始凸显。曲坛好像进入了一种循环，忽视格律的问题出现了，大家就一股脑儿地强调格律；语言脱离民间的问题出现了，大家又一窝蜂地追求本色。戏曲创作的标准总是在不停地改变，始终没有一个确论。

祁彪佳同其他曲论家一样，也使用"本色"来评价戏曲，但他的本色观却与众不同，被沈璟自身否定的《红蕖记》，在他看来竟是本色的典范：

> 此词隐先生初笔也。记中有十巧合，而情致淋漓，不啻百转。字字有敲金戛玉之韵，句句有移宫换羽之工；至于以药名、曲名、五行、八音，及联韵、叠句入调，而雕镂极矣。先生此后一变为本色，正惟能极艳者方能极淡；今之假本色于俚俗，岂知曲哉！[2]

祁彪佳认为这部戏曲字斟句酌，处处符合声律，不仅语言优美，并

---

①[明]祁彪佳：《远山堂曲品》，《中国古典戏曲论著集成》（六），中国戏剧出版社1959年版，第5页。
②同上书，第18页。

且十分符合舞台表演的要求。《红蕖记》包含十段巧合，构思奇特，故事情节跌宕起伏，人物情感饱满丰富。更包含有药名、曲名、五行、八音等知识，加之使用联韵叠句的方法进行创作，可谓工巧至极，祁彪佳认为《红蕖记》着实是一部本色戏曲。并指出文人的创作风格是处于变化中的，"有自浓而归淡，自俗而趋雅"①的转化过程，不必拘泥于固有的形式。祁彪佳反对将本色等同于俚俗的观念，为本色增添了文雅华美的内涵，在他看来，雅俗共举方为真本色。

戏曲是民间大众和文人士子共同创造的文化产物，它产生于民间，带有俚俗的本质特点；由文人阶级创作，又沾染文雅的创作风格。雅俗兼收的评判标准兼顾了戏曲的大众性和文人性，体现出文人的创作特点和民间的欣赏水平。

雅俗兼得的本色观的出现，表明戏曲这种俗文学逐渐受到雅文学的影响，雅致的语言、适当的典故使用、精巧的学问穿插逐渐被曲坛所接受，戏曲语言的雅化倾向日益明显。但曲论家们仍以"老妪能解"作为戏曲语言应当遵守的标准，雅的成分需要通过俗的形式显现出来，化雅于俗成为戏曲语言的新形式。

---

①[明]祁彪佳：《远山堂曲品》，《中国古典戏曲论著集成》（六），中国戏剧出版社1959年版，第7页。

第二节 音律文辞：和则双美 离则两伤

嘉靖时期，曲坛探讨的核心主要是曲的语言风格和文体的独立性，确立了"本色"的戏曲理念，解决了曲的语言问题。万历年间，关于曲的音乐问题尚不明确，格律和文辞孰重孰轻成为这一时期文人关注的焦点。

一、格律派

沈璟认为戏曲的本质是"曲"，因此戏曲创作必须要首先满足音乐性的要求，才能符合其本质属性。沈璟关注到戏曲表演性的要求，也察觉到文人作家不懂音律、不懂舞台表演的困境，故而大力倡导"格律"，"格律论"是吴江派戏曲理论的中心。

从作品来看，沈璟的每部传奇都符合音律的法则。以《红蕖记》为例，吕天成评其"曲白工美"[1]，曲文直白，格律工整。王骥德将《红蕖记》评为本色戏曲的另一个原因是由于其"于声韵、宫调，言之甚悉"[2]，字字句句都严守声律、宫调的要求，极为符合音律的规范。徐复祚认为《红蕖记》之所以在语言上有所不足，是因为沈璟过于恪守法则，被格律的规范所束缚，限制了语言的使用。祁彪佳的评价更为详尽："字字有敲金戛玉之韵，句句有移宫换羽之工"[3]，可见沈璟创作在格律上着力甚多。

---

①[明]吕天成：《曲品》，《中国古典戏曲论著集成》（六），第229页。
②[明]王骥德：《曲律》，《中国古典戏曲论著集成》（四），中国戏剧出版社1959年版，第164页。
③[明]祁彪佳：《远山堂曲品》，《中国古典戏曲论著集成》（六），中国戏剧出版社1959年版，第18页。

《全明散曲》收录沈璟南商调【二郎神】一套，至今广为流传：

南商调【二郎神】何元朗，一言儿启词中宝藏。道欲度新声休走样。名为乐府，须教合律依腔。宁使时人不鉴赏，无使人挠喉捩嗓。说不得才长，越有才越当着意斟量。

【前腔·换头】参详，含宫泛徵，延声促响，把仄韵平音分几项。倘平音窘处，须巧将入韵埋藏。这是词隐先生独秘方，与自古词人不爽。若遇调飞扬，把去声儿填他几字相当。

【啭林莺】词中上声还细讲，比平声更觉微茫。去声正与分天壤，休混把仄声字填腔。析阴辨阳，却只有平声分党，细商量，阴与阳，还须趁调低昂。

【前腔】用律诗句法当审详，不可厮混词场。《步步娇》首句堪为样，又须将《懒画眉》推详。休教卤莽，试比类当知趋向。岂荒唐，请细阅，《琵琶》字字平章。

【啄木鹂】《中州韵》，分类详，《正韵》也因他为草创。今不守《正韵》填词，又不遵中土宫商，制词不将《琵琶》仿，却驾言韵依东嘉样。这病膏肓，东嘉已误，安可袭为常？

【前腔】北词谱，精且详，恨杀南词偏费讲。今始信旧谱多讹，是鲰生稍为更张。改弦又非翻新样，按腔自然成绝唱。语非狂，从教顾曲，端不怕周郎。

【黄莺儿】奈独力怎隄防？讲得口唇干空闹攘，当筵几度添惆怅。怎得词人当行，歌客守腔，大家细把音律讲？自心伤，萧萧白发，谁与共雌黄？

【前腔】曾记少陵狂，道细论文晚节详。论词亦岂容疏放？纵使词出秀肠，歌称绕梁，倘不谐律吕也难褒奖。耳边厢，讹音俗调，羞问短和长。

【尾声】吾言料没知音赏，这《流水》《高山》逸响，直待后世钟期也不妨。①

---

①谢伯阳：《全明散曲》，齐鲁出版社2016年版，第3255~3256页。

这是沈璟最为著名的一套散曲，尤其以第一首最为大众熟知，整套曲词都彰显着他对音律的追求。在南商调【二郎神】中，他盛赞何良俊注重戏曲音律的做法，明确提出了"名为乐府，须教合律依腔。宁使时人不鉴赏，无使人挠喉捩嗓"①的观点，"合律依腔"是沈璟曲论的关键要素。沈璟将自己的戏曲理论融入散曲作品中，开创了以曲论曲的新模式。要求戏曲创作应明确声调特征，区分平仄，严守宫调。按照《中州韵》的字调标准和《洪武正韵》的格律规范作曲，在他眼中，符合音律规范的作品才是本色戏曲。

沈璟严格按照曲论规范来进行戏曲创作，在语言方面，遵照传统本色尚俗的观点，力求体现戏曲语言浅、俗、真的特点；在音律方面，则以《中州韵》《洪武正韵》为准则，满足戏曲的音乐性要求。他毕生致力于"场上之曲"的创作，希望戏曲作品都可以适用于舞台表演。为了实现这一目标，沈璟创作了《南九宫十三调曲谱》等音律韵谱，为文人提供了便捷的入门技巧。曲律韵书正是文人学习戏曲创作的入门指导书，沈璟提出格律论的目的就是为了解决文人作曲的音乐性问题，提供戏曲创作的新方法和新思路，对曲坛有着突出的贡献。

从他人记载来看，沈璟对于格律的追求则近于痴狂。王骥德《曲律·杂论三十九下》中就记载了沈璟和客人探讨音律的事情：

> 松陵词隐沈宁庵先生，讳璟。其于曲学、法律甚精，泛澜极博。斤斤返古，力障狂澜，中兴之功，良不可没。先生能诗，工行、草书。弱冠魁南宫，风标白皙如画。仕由吏部郎转丞光禄，值有忌者，遂屏迹郊居，放情词曲，精心考索者垂三十年。雅善歌。与同里顾学宪道行先生，并畜声伎，为香山、洛社之游。所着词曲甚富，有《红蕖》《分钱》《埋剑》《十孝》《双鱼》《合衫》《义侠》《分柑》《鸳衾》《桃符》《珠串》《奇节》《凿井》《四异》《结发》《坠钗》《博笑》等十七记。散曲曰《情痴㾕语》、曰《词隐新词》二卷；

---

① 谢伯阳：《全明散曲》，齐鲁出版社2016年版，第3255页。

取元人词，易为南调，曰《曲海青冰》二卷。《红蕖》蔚多藻语，《双鱼》而后，专尚本色，盖词林之哲匠，后学之师模也。又尝增定《南曲全谱》二十一卷，别辑《南词韵选》十九卷。又有《论词六则》《唱曲当知》《正吴编》及《考定琵琶记》等书，半已盛行于世；未刻者，存吾友郁蓝生处。生平故有词癖，每客至，谈及声律，辄娓娓剖析，终日不置。尝一命余序南九宫谱，既就梓，误以均为韵。余请改正，先生复札，巽辞为谢。比札至，而先生已捐馆舍矣。先是数年，道行先生亦卒。自两先生殁，而吴中遂无复有继其迹者，悲夫！

词隐传奇，要当以《红蕖》称首。其余诸作，出之颇易，未免庸率。然尝与余言，歉以《红蕖》为非本色，殊不其然。生平于声韵、宫调，言之甚悉，顾于己作，更韵、更调，每折而是，良多自恕，殆不可晓耳。①

王骥德的这段记载，可以说是沈璟的传记，将沈璟平生所作的传奇、曲谱、词选、考订书目等逐一列出，写下这段文字时，沈璟已然离世，从中可见王骥德对沈璟的敬佩和怀念。文中提及沈璟生平最喜欢与人谈论音律，每当有客人到访，谈及有关音律的问题，沈璟总能详尽细致地进行分析、阐释，谈论终日而不觉疲惫。他对于自己的作品要求更为严格，细致到每一个韵脚、每一个声调都要严格地合律依腔。王骥德将沈璟列为词曲创作的典范，称赞其苦心孤诣的音律追求：

词隐生平，为挽回曲调计，可谓苦心。尝赋【二郎神】一套，又雪夜赋【莺啼序】一套，皆极论作词之法。中【黄莺儿】调，有："自心伤萧萧，白首谁与共雌黄。"【尾声】："吾言料没知音赏，这《流水》《高山》逸响，直待后世钟期也不妨。"二词见勤之刻中。至今读之，犹为怅然。苏长公有

_____

①[明]王骥德：《曲律》，《中国古典戏曲论著集成》（四），中国戏剧出版社1959年版，第163—164页。

言："少游已矣，虽万人何赎！"吾于词隐亦云。[①]

王骥德记录了沈璟创作【二郎神】套曲的之事，并谈及另有一套【莺啼序】也是对作曲之法的讲解，两套词曲中表达了共同的主旨思想：以音律作为词曲创作的高标。王骥德赞赏沈璟孜孜不倦、上下求取的精神，倡导后人向其学习。

吕天成与沈璟交往密切，他的作品中也不乏关于沈璟的记载：

沈光禄金、张世裔，王、谢家风，生长三吴歌舞之乡，沉酣胜国管弦之籍。妙解音律，花、月总堪主盟，雅好词章，僧、妓时招佐酒。束发入朝而忠鲠，壮年解组而孤高。卜业郊居，遁名词隐。嗟曲流之泛滥，表音韵以立防；痛词法之蓁芜，订全谱以辟路。红牙馆内，誊套数者百十章；属玉堂中，演传奇者十七种。顾盼而烟云满座，咳唾而珠玉在毫。运斤成风，乐府之匠石；游刃余地，词坛之庖丁。此道赖以中兴，吾党甘居北面。[②]

---

①[明]王骥德：《曲律》，《中国古典戏曲论著集成》（四），中国戏剧出版社1959年版，第166页。
②[明]吕天成：《曲品》，《中国古典戏曲论著集成》（六），中国戏剧出版社1959年版，第212页。

吕天成对沈璟多有赞扬之情，尤其在音律方面，更是觉得当今无人能与之匹敌。他记载到沈璟在充满音乐的环境中成长，自小就熟悉音律，耳濡目染，练就了妙解音律的本领，甚至将其比喻为曲坛庖丁，认为沈璟能够一扫曲坛陈气，带来中兴的局面。雅好音律在当时曲坛上几乎可以成为沈璟的代名词。

吕天成与沈璟的曲论观一脉相承，认可戏曲创作应符合格律的理论主张。提倡创作者应该懂得音韵平仄，只有句句协韵、字字和声才能够使戏曲婉转动听，成为场上之曲。格律也成为其常用的评判标准之一，来关注他对一些戏曲格律的品评：

琵 琶

永嘉高则诚，能作为圣，莫知乃神。特创调名，功同仓颉之造字；细编曲拍，才如后夔之典音。志在笔先，片言宛然代舌；情从境转，一段真堪断肠。化工之肖物无心，大冶之铸金有式。关风教特其粗耳，讽友人夫岂信然？勿亚于北剧之《西厢》，且压乎南声之《拜月》。①

荆 钗

以真切之调，写真切之情，情、文相生，最不易及。词隐称其"能守韵"。然则今本有失韵者，盖传钞之伪耳。真当仰配《琵琶》而鼎峙《拜月》者乎！②

双 卿

本传虽俗，而事奇，予极赏之，贻书美度度以新声，浃日而成。景趣新逸，且守韵调甚严，当是词隐高足。③

《琵琶记》被吕天成标为神品的很大一部分原因在与它的曲调合

---

①[明]吕天成：《曲品》，《中国古典戏曲论著集成》（六），中国戏剧出版社1959年版，第210页。
②同上书，第224页。
③同上书，第234页。

宜、曲律合乐，吕天成甚至将高则诚与后夔并举，足见对于《琵琶记》音律的赞赏。《荆钗记》情真意切，因其达到了文、情、乐的相生共融，沈璟都认为其符合音律的规范，故而列入了"妙品"。叶宪祖的《双卿记》能够恪守格律要求，不愧为沈璟高徒，受到吕天成的认可。因此，严守宫调也是吕天成的戏曲理论主张之一。

沈德符也格外关注作家创作时的音律问题，谈及沈璟时他说道："惟沈宁庵吏部后起，独恪守词家三尺，如庚清、真文、桓欢、寒山、先天诸韵，最易互用者，斤斤力持，不少假借，可称度曲申、韩，然词之堪入选者殊尠。"[①]沈璟已然成为音律的化身，他对于格律的追求得到了曲坛的公认。

沈德符著有戏曲理论著作《顾曲杂言》，他在其中阐述了对戏曲音律的见解，体现出在音律方面的造诣：

> 元人如乔梦符、郑德辉辈。俱以四折杂剧擅名，其余技则工小令为多；若散套，虽诸人皆有之，惟马东篱"百岁光阴"、张小山"长天落彩霞"为一时绝唱，其余俱不及也。元人俱娴北调，而不及南音。今南曲如"四时欢""窥青眼""人别后"诸套最古。或以为元人笔亦未必然，即沈青门、陈大声辈南词宗匠，皆本朝化、治间人。又同时如康对山、王渼陂二太史，俱以北擅场，并不染指于南。渼陂初学填词，先延名师，闭门学唱三年，而后出手，其专精不泛及如此。章邱李中麓太常亦以填词名，与康王俱□友，而不娴度曲。即如所作《宝剑记》，生硬不谐，且不知南曲之有入声，自以《中原音韵》叶之，以致吴侬见诮。同时惟临朐冯海桴差为当行，亦以不作南词耳。南词自陈沈诸公外，如"楼阁重重""因他消瘦""风儿疎剌剌"等套，尚是化、治遗音。此外吴中词人，如唐伯虎、祝枝山，后为梁伯龙、张伯起辈。纵有才情，俱非本色矣。[②]

---

①[明]沈德符：《顾曲杂言》，《中国古典戏曲论著集成》（四），中国戏剧出版社1959年版，第206页。
②同上书，第202~203页。

这段文字得罪了不少著名戏曲作家。沈德符讲解到戏曲分为北曲和南曲，南北曲在音律上存在着诸多差异，最明显一点在于北曲只有平上去三声，而南曲中则保留了入声韵，有平上去入四声。文中记载王九思为了创作词曲，专门请乐师学唱三年方才下笔，赞扬其对戏曲的严谨态度。转而批评李开先不懂音律，用北曲曲谱《中原音韵》创作南曲作品《宝剑记》，出现了生硬不谐的弊病，应当引起曲坛的重视。

在《顾曲杂言》中，沈德符还通过对《琵琶记》不合音律、不能够适应戏曲表演要求的批评，和对《拜月亭》字字稳贴、称其"盖南词全本可上弦索者惟此耳"①的赞赏，表明《拜月亭》优于《琵琶记》的观点。可见，沈德符对格律的要求较为严格，因此沈璟是他最为赞赏的戏曲作家。

徐复祚也是格律派的支持者，在其《曲论》中多次强调格律的重要性：

> 王弇州一代宗匠，文章之无定品者，经其品题，便可折衷，然于词曲不甚当行。其论《琵琶》也，曰："则诚所以冠绝诸剧者，不惟琢句之工，使事之美而已。其体贴人情，委曲必尽；描写物态，仿佛如生；问答之际，了无捏造；所以佳耳。至于腔调微有未谐，譬如见钟、王迹，不得其合处，当精思以求谐，不当执末以议本也。"夫"作曲先要明腔，后要识谱，切记忌有伤于音律"。此丹丘先生之言也。腔调未谐，音律何在？若谓不当执末以议本，则将抹杀谱板，全取词华而已乎？②

这段文字抨击了王世贞重文辞而轻音律的观点，认为这是本末倒置的做法。徐复祚提出戏曲创作首先要明白声腔之间的区别，其次要能够识得曲谱，不符合音律是作曲的大忌。以合律为要求，徐复祚对《拜月亭》大加赞赏，称其"宫调极明，平仄极叶"③，在合律依腔的基础

---

①[明]沈德符：《顾曲杂言》，《中国古典戏曲论著集成》（四），中国戏剧出版社1959年版，第210页。
②[明]徐复祚：《曲论》，《中国古典戏曲论著集成》（四），中国戏剧出版社1959年版，第235页。
③同上。

上，全部采用了浅俗的民间语言进行创作，称得上是一部标准的本色戏曲。评《浣纱记》："不多出韵，平仄甚谐，宫调不失"[①]，因其在音调格律上的优势，组织结构和语言运用方面的瑕疵都可以忽略不计。评价屠隆的戏曲作品时，则称"未守沈先生三章耳"[②]，没有按照沈璟提出的格律要求进行创作，故而不属于本色作品。

沈宠绥在《度曲须知》中对南北曲调的区别作出了说明：

> 院本有南北二种，六宫十一调，初无异格，特南无唱，北无歌，不得不分胡越。吾吴魏良辅，审音而知清浊，引声而得阴阳，爰是引商刻羽，寻变合节，判毫杪于龠张，别玄微于高下，海内翕然宗之。[③]

他说明戏曲分为北曲和南曲两类，原先两者没有区分出各自的曲谱规范，在作曲时都按照统一的格律标准进行创作，常常被混为一谈。自魏良辅创作《曲律》以来，南曲有了自己的曲律要求，创作者们无不以符合音律作为戏曲创作的标准，格律成为曲论家评价戏曲的关键要素。

以沈璟为代表的格律派曲论家，将音乐性视为戏曲的核心所在，强调戏曲创作中音律的重要性。越来越多的曲论家关注到了戏曲的音律问题，对戏曲音律的重视实则是对戏曲音乐性、舞台性等功能的强调。

二、文辞派

魏良辅是嘉靖时期著名的戏曲音乐家，因创作了《曲律》而被称为昆曲之祖。《魏良辅曲律十八条》最早见于万历四十四年（1616）周之标刊刻的《吴歈萃雅》卷首，内容涉及音调曲式、唱法、南北曲区别等各个方面，对戏曲创作有着较大的指导作用。

梁辰鱼的《浣纱记》是根据魏良辅《曲律》创作的第一部昆曲传

---

① [明]徐复祚：《曲论》，《中国古典戏曲论著集成》（四），中国戏剧出版社1959年版，第239页。
② 同上书，第240页。
③ [明]沈宠绥：《度曲须知》，《中国古典戏曲论著集成》（五），中国戏剧出版社1959年版，第189~190页。

奇，受到世人喜爱。自此之后，明代曲坛出现了以昆山腔为主体的现象，文人也多采用昆山腔进行创作。以梁辰鱼为首的昆山派，在戏曲创作时以语言的工整雅丽为优，崇尚华靡的创作风格，典雅化的现象再度出现在曲坛之上。万历年间，汤显祖、屠隆继承了昆山派典雅的语言风格，戏曲创作显现出文辞优美、使用典故的特征。

汤显祖的曲论观和沈璟不同，认为戏曲的本质在于"文"，只有使用优美文雅的语言，才能够体现戏曲的文体特征。汤显祖的戏曲作品用语雅致，通常会出现使用典故的情况。以【牡丹亭】为例：

> 【蝶恋花】〔末上〕忙处抛人闲处住。百计思量，没个为欢处。白日消磨肠断句，世间只有情难诉。玉茗堂前朝复暮，红烛迎人，俊得江山助。但是相思莫相负，牡丹亭上三生路。①

---

① [明]汤显祖：《汤显祖集全编》，上海古籍出版社2016年版，第2611页。

【前腔】吾家杜甫，为漂零老愧妻孥。①

末一般在开场时出现，说明戏曲搬演的内容。在这段唱词中，有"忙处抛人闲处住""但是相思莫相负，牡丹亭上三生路"等话语，带有明显的文人特征，语句文雅，含义隽永。而【前腔】中则引用了杜甫一生漂零、有愧妻孥的故事，用典巧妙而恰当。

汤显祖虽然在创作戏曲时经常使用典故，但他选用的都是些大众耳熟能详的文化常识和历史故事，充分考虑到了民众的理解能力和接受程度，例如：

【尾犯序】心喜转心焦。喜的明妆俨雅，仙珮飘飘。则怕呵，把俺年深色浅，当了个金屋藏娇。虚劳，寄春容教谁泪落？做真真无人唤叫。〔泪介〕堪愁天，精神出现留与后人标。②

【前腔】每日绕娘身有百十遭，并不见你向人前轻一笑。他背熟的班姬《四诫》从头学，不要得孟母三迁把气淘。也愁他软苗条忒恁娇，谁料他病淹煎真不好。〔哭介〕从今后谁把亲娘叫也？一寸肝肠做了百寸焦。③

【前腔】夫人，不是你坐孤辰把子宿罢，则是我坐公堂冤业报。较不似老仓公多女好。撞不着赛卢医他一病蹻。天，天，似俺头白中年呵，便做了大家缘何处消，见放着小门楣生折倒。夫人，你且自保重。便作你寸肠千断了也，则怕女儿呵，他望帝魂归不可招。④

【前腔】〔末〕尾生般抱柱正题桥，做倒地文星佳兆。论草包似俺堪调药，暂将息梅花观好。〔生〕此去多远？〔末指

①[明]汤显祖：《汤显祖集全编》，上海古籍出版社2016年版，第2615页。
②同上书，第2655页。
③同上书，第2676页。
④同上。

介〕看一树雪垂垂如笑，墙直上绣幡飘。①

【前腔】〔旦〕俺不为度仙香空散花，也不为读书灯闲濡蜡。俺不似赵飞卿旧有瑕，也不似卓文君新守寡。秀才呵，你也曾随蝶梦迷花下。〔生想介〕是当初曾梦来。〔旦〕俺因此上弄莺簧赴柳衙。若问俺妆台何处也，不远哩，刚则在宋玉东邻第几家。②

【尾犯序】中用了汉武帝刘彻"金屋藏娇"的典故，余下四则【前腔】中用到的典故有班昭《女诫》、孟母三迁、望帝啼鹃、尾生抱柱、赵飞燕、卓文君、宋玉东墙，这些故实在寻常百姓家已经广为流传。加入这些典故，不仅便于叙述，并且提高了戏曲作品的文学价值，也使读者和观众能够从文字之美中获得更好的情感体验和艺术享受。

在每折的收尾诗中，汤显祖采用了集句的形式，如：

往年何事乞西宾？（柳宗元）
主领春风只在君。（王建）
伯道暮年无嗣子，（苗发）
女中谁是卫夫人？（刘禹锡）③

其中的诗句都取自前人成句，并将作者姓名标注在诗句之后，这一做法也是文人性的集中体现。汤显祖天资聪颖，戏曲创作婉转动人。万历二十六年（1598），《牡丹亭》最终定稿并在舞台上搬演，受到民众的一致追捧。汤显祖的全部作品都建立在"情"的基础上，他"至情论"的提出，更是吸引了广大的文人阶级和民众群体，受到读者和观众一致好评，形成著名的戏曲派别"临川派"，声名显赫一时。

汤显祖的作品注重意趣，常有不合音律的情况出现，以格律著称的吴江派人士对此大为不满。沈德符在《顾曲杂言·填词名手》中记录了

①[明]汤显祖：《汤显祖集全编》，上海古籍出版社2016年版，第2684页。
②同上书，第2710页。
③同上书，第2616页。

《牡丹亭》搬演的盛况，但批评汤显祖"不谐曲谱，用韵多任意处，乃才情自足不朽也"[①]，认为汤显祖作曲不严守曲谱的规范，批评其不懂音律。徐复祚一直将沈璟视为学习的榜样，以沈璟的作品为标准评价其他戏曲。其对汤显祖《玉茗堂四传》仅有简单的记录，并没有过多的评价。

王骥德非常敬服汤显祖的才情，但也指出了其作品不合音律的瑕疵：

> 临川汤奉常之曲，当置"法"字无论，尽是案头异书。所作五传，《紫箫》《紫钗》第修藻艳，语多琐屑，不成篇章；《还魂》妙处种种，奇丽动人，然无奈腐木败草，时时缠绕笔端；至《南柯》《邯郸》二记，则渐削芜颣，俛就矩度，布格既新，遣词复俊，其撷拾本色，参错丽语，境往神来，巧凑妙合，又视元人别一溪径，技出天纵，匪由人造。使其约束和鸾，稍闲声律，汰其剩字累语，规之全瑜，可令前无作者，后鲜来喆，二百年来，一人而已。[②]

王骥德说到汤显祖全然不顾及格律的规范，他的创作多构思奇特、巧夺天工，用语婉转动人、催人泪下。正所谓瑕不掩瑜，即使在格律上稍有欠缺，但并没有削弱作品的艺术感染力，肯定了其语言的文雅，并始终坚信汤显祖是曲坛上首屈一指的本色作家，给予其极高的赞誉。

据王骥德记录，沈璟曾经按照曲谱规范修改了汤显祖的《牡丹亭》，吕天成将此事告知汤显祖后，引起了汤显祖极人的不满：

> 临川之于吴江，故自冰炭。吴江守法，斤斤三尺，不欲令一字乖律，而毫锋殊拙；临川尚趣，直是横行，组织之工，几与天孙争巧，而屈曲聱牙，多令歌者齚舌。吴江尝谓："宁协律而不工。读之不成句，而讴之始协，是为中之之巧。"曾为

---

①[明]沈德符：《顾曲杂言》，《中国古典戏曲论著集成》（四），中国戏剧出版社1959年版，第206页。

②[明]王骥德：《曲律》，《中国古典戏曲论著集成》（四），中国戏剧出版社1959年版，第165页。

临川改易《还魂》字句之不协者，吕吏部玉绳（郁蓝生尊人）以致临川，临川不怿，复书吏部曰："彼恶知曲意哉！余意所至，不妨拗折天下人嗓子。"其志趣不同如此。郁蓝生谓临川近狂，而吴江近狷，信然哉！①

此段文字将沈璟和汤显祖进行了一番对比，突出了各自的优势。沈璟恪守格律，为了满足音律的要求，不得不时常改换字句，损害了文本的连贯性。汤显祖构思奇特，异想天开，用语准确，直击人心，但是却在音律上却有所欠缺，因此两人也互有龃龉。吕天成将沈璟改编的《牡丹亭》寄予汤显祖后，汤显祖气愤地给沈璟写信，批评其没有理解《牡丹亭》的精髓，并且说到为了保持作品的语言艺术和构思的完整性，不惜对音律有所损害。在汤显祖看来，戏曲创作不需要完全拘泥于格律的要求，而以意境、情感的表达为主，在文辞和格律有所冲突的情况下，首先要保全文辞，而后再考虑格律。

屠隆虽然提倡雅俗并陈的戏曲观，但其戏曲作品却偏向典雅。徐复祚称其"以浓盐、赤酱訾之"②，批评其粉饰太过，有词语堆垛之嫌。屠隆的戏曲作品不属于本色戏曲，他本人也并非本色作家。吕天成对屠隆的作品评价较细，认为《昙花记》的优点在于"其词华美充畅"③，《修文记》的优点也在于语言"其词固足采也"④，《彩毫记》同样有"词采秀爽"⑤的优点。清代的曲论家李调元评价《彩毫记》则称"其词涂金缋碧"⑥，语言修饰过于华美，而失去了戏曲语言应有的本真、浅俗的特点。总体看来，屠隆的戏曲创作表现出华美秾丽的语言风格，

①[明]王骥德：《曲律》，《中国古典戏曲论著集成》（四），中国戏剧出版社1959年版，第165页。
②[明]徐复祚：《曲论》，《中国古典戏曲论著集成》（四），中国戏剧出版社1959年版，第240页。
③[明]吕天成：《曲品》，《中国古典戏曲论著集成》（六），中国戏剧出版社1959年版，第235页。
④同上书，第235页。
⑤同上。
⑥[明]屠隆：《屠隆集》（第十二册），浙江古籍出版社2012年版，第495页。

同昆山派的语言风格相近。

以汤显祖为代表的临川派注重文辞甚于音律，将戏曲作品视为特殊的文本表现形式，强调戏曲"文"的属性。文辞和音律的冲突也就是临川派和吴江派的区别所在。

三、兼容派

沈璟和汤显祖不同的戏曲理念引发了曲坛的思考，戏曲的本质究竟是"曲"还是"文"，戏曲创作究竟是先考虑音乐性还是文本性，成为曲坛新的关注焦点。不同于格律派或文辞派偏执一端的理念，部分曲论家融合两家所长，提出了"和则双美"的理论观点。

王骥德将戏曲分为三个等级，分别是：

> 其词格俱妙，大雅与当行参间，可演可传，上之上也；词藻工，句意妙，如不谐里耳，为案头之书，已落第二义；既非雅调，又非本色，掇拾陈言，凑插俚语，为学究、为张打油，勿作可也！[①]

第一个等级要求语言和格律兼顾，既可以供人们传阅又可以适应舞台的需要，是上上等，即所谓"可演可传"。"可传"说的是要满足文本性的要求，要使其像诗词歌赋等其他文本作品一样具有流传后世的价值，那么语言不能太过粗糙鄙俚，而应当进行适度的修饰。《曲律·论曲禁第二十三》中将"俚俗（不文雅）、粗鄙（不细腻）、方言（他方人不晓）、太文语（不当行）、太晦语（费解说）、经史语、学究语、书生语"[②]都列在禁忌之列，这些都是不适合出现在戏曲创作中的语言，王骥德认为戏曲语言应当是经过修饰的浅显易懂的语言。"可演"则是针对戏曲的音乐性提出的要求，戏曲作品要符合歌唱的需要，能够用于场上表演，否则就只是文而称不上曲，在格律方面，王骥德严禁

---

①[明]王骥德：《曲律》，《中国古典戏曲论著集成》（四），中国戏剧出版社1959年版，第137页。
②同上书，第130~131页。

"拗嗓（平仄不顺）、宫调乱用"①的情况出现。第二个等级做到了语言上的词整句工，语言雅丽，句义新奇，但是不符合音律的要求，只能成为案头阅读之书，可以总结为大雅但不当行。最末一等的就是二者不占其一，既没有达到语言典雅的大雅的要求，也没有做到俚趣自然的本色的要求，要么成为学究掉书袋子语，要么像张打油诗一样鄙俚。在这个划分中，王骥德充分考虑到了戏曲文本性和音乐性的要素，关注到戏曲搬演上场的实用性要求。

王骥德属于吴江派代表人，但却不完全认同沈璟的曲论：

> 词隐所著散曲《情痴寱语》及《词隐新词》各一卷，大都法胜于词。《曲海青冰》二卷，易北为南，用工良苦。前二种，吕勤之已为刻行；后一种，勤之既逝，不知流落何处，惜哉！

> 词隐《坠钗记》，盖因《牡丹亭记》而兴起者，中转折尽佳，特何兴娘鬼魂别后，更不一见，至末折忽以成仙会合，似缺针线。余尝因郁蓝之请，为补又二十七卢二舅指点修炼一折，始觉完全。今金陵已补刻。②

他赞赏沈璟严守音律的创作方法，肯定沈璟在戏曲音律方面的贡献，但反对其刻意追求俚俗的语言风格。面对沈璟的作品，在肯定其音律成就的同时，也明确地指出了其格律胜于文辞的弊病。谈及沈璟受到《牡丹亭》的启发而创作的《坠钗记》时，对其组织构架中转折过于生硬、针线申合不够连贯的问题进行了批评。因此，在戏曲创作方面，王骥德对汤显祖更为推崇，他说道：

> 词隐之持法也，可学而知也；临川之修辞也，不可勉而能也。大匠能与人规矩，不能使人巧也。其所能者，人也；所不能者，天也。③

---

①[明]王骥德：《曲律》，《中国古典戏曲论著集成》（四），中国戏剧出版社1959年版，第130~131页。
②同上书，第166页。
③同上。

沈璟和汤显祖，仿若杜甫和李白，一个按部就班，给人以规矩，一个天才狂放，桀骜不驯。沈璟总结的创作规律，世人可以通过模仿、练习来掌握。而汤显祖的奇思妙想、不拘一格却无人可以比拟，人才和天才之间终究存在着不可逾越的鸿沟。

然而，汤显祖作品也并非完美无瑕。虽然他构思奇特，情节动人，语言使用恰到好处，属于本色第一家，但却没有完全按照格律的要求进行创作。王骥德认为，若能使其"约束和鸾，稍闲声律"①，符合格律的要求，就能够达到前无古人、后无来者"二百年来，一人而已"②的境界。又称当今世上只有汤显祖的戏曲符合本色要求，但却不谐音律，可谓憾事。可见，王骥德对语言和格律都有着严格的标准，希望戏曲作家能够结合沈璟的格律规范和汤显祖的文辞特征，创作出"上之上"的戏曲作品。

吕天成赞成王骥德的理论主张，他给汤显祖的评价是：

> 汤奉常绝代奇才，冠世博学。周旋狂社，坎坷宦途。当阳之谪初还，彭泽之腰乍折。情痴一种，固属天生；才思万端，似狭灵气。搜奇《八索》，字抽鬼泣之文；摘艳六朝，句叠花翻之韵。红泉秘馆，春风檀板敲声；玉茗华堂，夜月湘廉飘馥。丽藻凭巧肠而浚发，幽情逐彩笔以纷飞。蘧然破霾梦于仙禅，鳜矣销尘情于酒色。熟拈元剧，故琢调之妍媚赏心；妙选生题，致赋景之新奇悦目。不事刁斗，飞将军之用兵；乱坠天花，老生公之说法。原非学力所及，洵是天资不凡。③

认为汤显祖是世间少见的奇才，由于多年的科举经历，所以博览群书，才华横溢。仕途的不顺造就了曲坛的奇迹，汤显祖将毕生学问和绝

---

① [明]王骥德：《曲律》，《中国古典戏曲论著集成》（四），中国戏剧出版社1959年版，第165页。
② 同上。
③ [明]吕天成：《曲品》，《中国古典戏曲论著集成》（六），中国戏剧出版社1959年版，第213页。

世才情相结合，塑造出了杜丽娘、柳梦梅等经典的戏曲人物，让他们的故事流传千古，其中生可以死、死可以生的情节安排，实则是作者对于脱离封建礼教束缚的呐喊，一字一泪，言言心声，故而能够引起文人和市民的共情。吕天成称赞汤显祖语言运用之妙仿若飞将军用兵一样熟练自如而又出尘翻新，情随笔转而引人入胜，是天资所为而非学力可及。而沈璟对格律的熟识则如同庖丁对牛的了解一样，游刃有余，可谓是曲坛泰斗，乐府匠石。结合两人的特点，吕天成破天荒地地提出：

> 此二公者，懒作一代之诗豪，竟成千秋之词匠，盖震泽所涵秀而彭蠡所毓精者也。吾友方诸生曰："松陵具词法而让词致，临川妙词情而越词检。"善夫，可为定品矣！乃光禄尝曰："宁律协而词不工，读之不成句，而讴之始叶，是曲中之工巧。"奉常闻之，曰："彼恶知曲意哉！予意所至，不妨拗折天下人嗓。"此可以观两贤之志趣矣。予谓：二公譬如狂、狷，天壤间应有此两项人物。不有光禄，词硎不新；不有奉常，词髓孰抉？倘能守词隐先生之矩矱，而运以清远道人之才情，岂非合之双美者乎？而吾犹未见其人，东南风雅蔚然，予且旦暮遇之矣。予之首沈而次汤者，挽时之念方殷，悦耳之教宁缓也。略具后先，初无轩轾。允为上之上。①

沈璟是格律宗匠，汤显祖是文辞大家。沈璟为了音律可以牺牲文辞，汤显祖为了文辞必然舍弃音律，两人各有优势，各有短板，且互不相让。吕天成想到如果能够出现像沈璟一样恪守格律并且具有汤显祖才情文笔的戏曲作家，那就能够达到"合之双美"的创作境界，只可惜至今还没有出现这样的人物。

沈宠绥也认识到了沈璟、汤显祖风格上的差别：

> 昭代填词者，无虑数十百家，矜格律则推词隐，擅才情则

---

① [明]吕天成：《曲品》，《中国古典戏曲论著集成》（六），中国戏剧出版社1959年版，第213页。

推临川。临川胸罗二酉，笔组七襄，《玉茗四种》，脍炙词坛，特如龙脯不易入口，宜珍览未宜登歌，以声律未谐也。词隐独追正始，字叶宫商，斤斤周失尺寸，《九宫谱》爰定章程，良一代宗工哉，特奉行者过当，或不免逢迎白家老姬。求乎雅俗惬心，既惊四筵。亦赏独座，庶几极则，嗟呼盖难言之。①

《弦索辩讹·序》中推选沈璟、汤显祖为戏曲创作的楷模，但是两人的优缺点也非常明显。沈璟主攻格律，一字一句都要符合曲律的要求，过于死守规则而削弱了戏曲的文本性。同时又太过追求本色，显得语言直白且有流于鄙俚的倾向。汤显祖构思奇特、妙笔生花，他的作品读来令人口齿生香，回味无穷，每部作品都称得上是优秀的文学作品。但是由于想象奇特，用语大胆，所以常有不符合音律规范的现象出现，不太利于场上演出。沈宠绥也希望戏曲创作能够结合两家之所长，达到"雅俗惬心"的艺术高标，不过这个愿望却是很难实现的。

臧懋循虽然欣赏汤显祖的语言风格，却称其"学罕协律之功，所下句字，往往乖谬"②。汤显祖为了保持作品的文本性，选用字句往往精妙得当却不顾及格律的要求，因而演唱起来会有突兀不顺之感，是其缺憾所在。臧懋循认为戏曲创作有"三难"，其中有"情词稳称之难"③，即戏曲语言的使用之难，汤显祖达到了这一要求。还有"音律谐叶之难"④，即创作者应当精通字调、声韵、宫调等音律知识，使得创作出来的作品音律和谐，汤显祖没有达到这一要求。不难看出，臧懋循认为戏曲创作应当兼顾语言和声律的标准。将二者结合起来的观点得到万历年间曲论家的一致认同，成为曲坛共识。

沈璟和汤显祖的分歧在于曲的本质问题，沈璟认为是"曲"，而汤

①[明]沈宠绥：《弦索辩讹》，《中国古典戏曲论著集成》（五），中国戏剧出版社1959年版，第19页。
②[明]臧懋循：《元曲选》，中华书局1958年版，第4页。
③同上。
④同上。

显祖认为是"文",但两者都没有否定曲另一方面的需求。敬晓庆指出汤、沈二人都是在对昆山派的风格进行修正:汤显祖发扬了昆山一路"丽"的一面,并将其"艳丽"修正为"婉丽";而沈璟则强化了"音律谐美"的一面,并以"协律"与"本色语"来修正昆山华丽浓艳之曲风①,两者采取了不同的方式 力图规范戏曲的发展。沈璟在恪守格律的基础上,也追求语言的简易明白,积极向民间性靠拢,注重戏曲的大众性特征。汤显祖虽然有"拗折天下人嗓子"的戏言,但绝非不懂音律,其创作的《临川四梦》广为流传,多次搬上戏曲表演的舞台,倘若真的完全生硬不谐,就不具备戏曲的传唱性,可见"拗折天下人嗓子"只是一种夸张的说法。两人只是在面对格律和文辞冲突的情况下所选择的侧重点不同。

由沈汤二人引发的关于戏曲格律和文辞的关系问题在曲论家们"和则双美,离则两伤"的理论观点中得到解决,并受到曲论家们的一致认可。通过这次讨论,本色观逐渐确立了声辞双美的审美内涵。

---

①敬晓庆:《明代戏曲本色说考论》,西北师范大学硕士学位论文,2004年,第122页。

第三节　组织结构：本色当行 时离时合

除了本色外，当行同样是曲论家评论戏曲时的常用词语，但对于这一术语，曲论家的认识和理解也不尽相同。

一、当行即本色

明代文人将目光从雅文学转向了俗文学，产生了大量的戏曲理论著作。然而起初文人对于戏曲的评价标准并不统一，也没有形成规范的专业术语和理论内涵。此时"当行"的概念尚不明确，许多曲论家将当行与本色并举，把两者之间画上等号，认为当行即是本色。

王骥德引用南宋诗论家严羽《沧浪诗话》中"惟悟乃为当行，乃为本色"①的观点，说明本色原本用于诗论的现象，把当行和本色的标准统一起来，认为做到了"悟"，就做到了当行，做到了本色，两者是等同的关系。在其戏曲划分的三个标准中，最高要求是"大雅与当行参见"②，最低标准是"既非雅调，又非本色"③，可见大雅与当行、雅调与本色是相互对立的关系。而大雅即雅调，指文雅的语言；当行就是本色，指浅俗的语言。所以，当行和本色的理论内涵是一致的。

凌濛初在《谭曲杂札》的开篇便写明了"当行"即为"本色"的观点：

> 曲始于胡元，大略贵当行不贵藻丽。其当行者曰"本

①[明]王骥德：《曲律》，《中国古典戏曲论著集成》（四），中国戏剧出版社1959年版，第152页。
②同上书，第137页。
③同上。

色"。盖自有此一番材料，其修饰词章，填塞学问，了无干涉也。故《荆》《刘》《拜》《杀》为四大家，而长材如《琵琶》犹不得与，以《琵琶》间有刻意求工之境，亦开琢句修词之端，虽曲家本色故饶，而诗余弩末亦不少耳。国朝如汤菊庄、冯海浮、陈秋碧辈，直闯其藩，虽无专本戏曲，而制作亦富，元派不绝也。自梁伯龙出，而始为工丽之滥觞，一时词名赫然。盖其生嘉、隆间，正七子雄长之会，崇尚华靡；弇州公以维桑之谊，盛为吹嘘，且其实于此道不深，以如是观止矣，而不知其非当行也。以故吴音一派，竞为剿袭。靡词如绣阁罗帏、铜壶银箭、黄莺紫燕、浪蝶狂蜂之类，启口即是，千篇一律。甚者使僻事，绘隐语，词须累诠，意如商谜，不惟曲家一种本色语抹尽无余，即人间一种真情话，埋没不露已。至今胡元之窍，塞而未开，间以语人，如锢疾不解，亦此道之一大劫哉！[1]

从元代开始，戏曲便以当行本色者为佳。所谓当行本色，指的是戏曲创作要自然家常，语句如生。因此，虽然《琵琶记》中运用了许多典故和修辞，文笔华美，知识丰富，但是在艺术成就上却不如"荆刘拜杀"四大南戏，究其根本，就是因为其一味地填塞学问而远离了本色。凌濛初从语言风格的角度出发，把"藻丽"和"当行"视为一组反义词。他反对戏曲创作的工丽雅致，批评梁伯龙、王世贞等人的作曲方式，认为绣阁罗帏、黄莺紫燕这些远离百姓生活的靡词丽语不应该出现在戏曲文本中，而广用生僻的典故以及文人间隐语的方式不仅没有起到锦上添花的作用，反而损害了戏曲本身质朴自然的特点，失却了戏曲的"真"和"情"。因此，在凌濛初看来，戏曲创作应当使用民间常俗语言，如此便是"当行"，便是"本色"。故而"当行"的意思就是指浅俗易懂的语言风格，和本色含义相同，凌濛初将两者视为对等的关系。

临川派的孟称舜也抱有相同的看法：

---

①[明]凌濛初：《谭曲杂札》，《中国古典戏曲论著集成》（四），中国戏剧出版社1959年版，第253页。

　　诗变而为词，词变而为曲。词者诗之余，而曲之祖也。乐府
以蹇逐扬厉为工，诗余以宛转流畅为美。故作词者，率取柔音曼
声。如张三影、柳三变之属。而苏子瞻、辛稼轩之清俊雄放，皆
以为豪而不入于格。宋伶人所评《雨霖铃》《酹江月》之优劣，
遂为后世填词者定律矣。余窃以为不然。盖词与诗曲，体格虽异
而同本。于作者之情，古来才人豪客、淑姝名媛，悲者喜者，怨
者慕者，怀者想者，寄兴不一。或言之而低徊焉，宛恋焉。或言
之而缠绵焉，凄怆焉。又或言之而嘲笑焉，愤怅焉，淋漓痛快焉
作者极情尽态，而听者洞心骇耳，如是者皆为当行，皆为本色。
宁必姝姝媛媛学儿女子语，而后为词哉。[①]

　　他先说明了诗词曲三者之间的承袭迭代关系，进而以词为例，表明
自己对词的评判标准。他指出词在发轫期多以女子口吻写就，描绘其深
闺生活和爱憎离愁，因此人们视花间派为正统，举张先、柳永为一流词
手。后来出现了以苏轼、辛弃疾为首的豪放派，一时不为词坛所接纳。
孟称舜指出不论是花间也好，豪放也好，只要能真切地表达作者的情
感，引发读者的共鸣，就是好的词作，它们都称得上是当行，称得上是
本色。在此，孟称舜也将当行和本色画上了等号，认为两者所指皆为一
种文体的本质特征。

　　在这种理论观点的指导下，凡是属于本色的戏曲作品则必然符合当
行的标准，凡是属于当行的戏曲作品也必然符合本色的要求，两者同生
共存。王骥德评董解元《西厢记》，称其在戏曲创作中使用俚俗口语，
被认为是戏曲创作的"本色""当行"之祖，明确说明两者的共同标准
就是俚俗口语的使用。在评价汤显祖时，亦有"于本色一家，亦惟是奉
常一人"[②]和"世所谓才士之曲……皆非当行。仅一汤海若称射雕手"[③]

---

　　①[明]卓人月、徐士俊：《古今词统十六卷》，《续修四库全书·集部》，
第1728册，上海古籍出版社2002年版，第437页。
　　②[明]王骥德：《曲律》，《中国古典戏曲论著集成》（四），中国戏剧出
版社1959年版，第170页。
　　③同上书，第180页。

的评语，称汤显祖是本色、当行作家，同样是将两者等同起来的做法。

当行和本色混同现象的出现，揭露了曲论家对戏曲评价标准划分不清的问题，说明戏曲理论领域仍然存在着诸多需要完善的地方。

二、当行即守律

在不断摸索中，曲论家们逐渐意识到当行和本色应当是两种不同的曲论标准，并进一步探索"当行"的理论内涵。以沈璟为首的吴江派作曲家把格律从本色的标准中脱离出来，将其独立为"当行"，认为当行的含义是遵守格律。

沈璟是最守规矩的曲作家，在语言上要求达到本色的标准，即使用大众能懂的通俗语言。在音律上也恪守典范，完全按照声律标准进行创作，他把恪守音律称为"当行"。南商调【二郎神】套数中有"怎得词人当行，歌客守腔，大家细把音律讲"①一句，"词人当行"和"歌客守腔"成为并列的对举关系，词人即戏曲的创作者，歌客即戏曲的表演者。创作者应当达到当行的要求，而表演者则需要依腔唱曲，从"大家细把音律讲"一句可以看出，当行和守腔都与音律相关，那么创作者在创作时应当合律依腔，这个标准就是当行。

沈德符《万历野获编》记载王渼陂创作词曲时先向名师学唱三年的故事，而后批评李开先不懂南北音律的差别，以北曲曲律规范创作南曲，所作戏曲生硬不谐，不属于当行作品。

沈德符对《太和记》的评价是：

> 向年曾见刻本《太和记》，按二十四气，每季填词六折，用六古人故事。每事必具始终，每人必有本末。出即曼衍，词复冗长，若当场演之，一折可了一更漏，虽似出博洽人手，然非本色当行。又南曲居十之八，不可入弦索。②

他指出《太和记》在组织架构上极为严明，按照二十四节气来进行

---

① 谢伯阳：《全明散曲》，齐鲁出版社2016年版，第3256页。
② [明]沈德符：《万历野获编》，中华书局1959年版，第643页。

衔接，每季用六个不同的古人事迹填写六折曲词，将人物的生平和事件的始终都交代得明明白白，如此，一本戏曲竟包含了二十四位名人事迹，恰合二十四节气，构思之巧妙令人赞叹。此外，曲文儒雅，用词考究，一定是出自博古通今的文士之手。这样一部作品却因为不符合声律规范的要求，不能称得上当行。由此可知，沈德符对于当行的理解和沈璟一致，认为当行就是指戏曲创作要符合声律的规范。

徐复祚是沈璟的追随者，他的观点和沈璟相同。徐复祚曾在《曲论》中批评了王世贞重文辞而轻音律的戏曲观点，认为王世贞不是当行作家：

> 王弇州一代宗匠，文章之无定品者，经其品题，便可折衷，然于词曲不甚当行。其论《琵琶》也，曰："则诚所以冠绝诸剧者，不惟琢句之工，使事之美而已。其体贴人情，委曲必尽；描写物态，仿佛如生；问答之际，了无捏造；所以佳耳。至于腔调微有未谐，譬如见钟、王迹，不得其合处，当精思以求诣，不当执末以议本也。"夫"作曲先要明腔，后要识谱，切记忌有伤于音律"。此丹丘先生之言也。腔调未谐，音律何在？若谓不当执末以议本，则将抹杀谱板，全取词华而已乎？[1]

他说王世贞写文章是一把好手，但却不适合创作戏曲，因为戏曲和诗文是两种完全不同的文体，所以不能用统一的标准来衡量。王世贞认为戏曲的重点在于辞藻的华美，即使不协音律也无损于戏曲的整体价值。徐复祚指出戏曲的关键在"曲"，务必要符合唱腔、曲谱等音律方面的要求，如此才可场上搬演，舍弃音律追求词华完全是本末倒置。只有明腔识谱、保全音律，才是当行的做法。

徐复祚评价《拜月亭》时，认为其宫调严谨、平仄分明，字字句句都符合声律的规范，称其为"当行本色语"。他对于本色的理解同沈璟

---

[1] [明]徐复祚：《曲论》，《中国古典戏曲论著集成》（四），中国戏剧出版社1959年版，第235页。

是一致的，即常俗语言。那么这里的当行就是指符合音律的戏曲创作方法，当行的内涵就是守律。

在这部分曲论家的观点中，当行和本色是有所区分的，两者不完全等同。故而戏曲作品可以分为当行本色作品、不当行不本色作品、当行不本色作品以及本色不当行作品。例如《红蕖记》，沈璟因其中语言文雅而视其为不本色戏曲，但其依然达到了合律依腔的要求，故而属于当行戏曲。徐复祚的评价中就有"沈光禄（璟）著作极富，有《双鱼》《埋剑》《金钱》《鸳被》《义侠》《红蕖》等十数种，无不当行"①，肯定沈璟的作品都是当行戏曲，又云"《红蕖》词极赡，才极富，然于本色不能不让他作"②。可以判定，《红蕖记》是一部当行不本色戏曲。

把遵守音律的要求称为当行的做法体现出曲论家在戏曲理论方面的不断努力，但这种理解尚不能涵盖戏曲创作的各个方面，也无法形成完整的理论系统，故而不是对当行最为合理的解释。

三、当行兼论作法

将当行等同于格律的观点并没有得到曲坛的全部认可，一些曲论家顺着这一思路，考察了戏曲的布局构思、创作方法、情节设置等各个方面，对"当行"的理论内涵进行了深入挖掘。

陈继儒在《牡丹亭题词》中云："独汤临川最称当行本色"③，认为汤显祖做到了当行和本色的要求。又称赞《牡丹亭》"翻空转换极矣"④，显然不是针对语言或格律而言，而是指作者的构思之巧和创作之奇。《牡丹亭》描写了杜丽娘因情而死又因情而生的奇幻故事，这种构思在万历年间是非常新颖别致的，汤显祖采用了浪漫主义的创作手法将其展现出来，构思之奇特、创作之精妙形成了其与众不同的创作风

①[明]徐复祚：《曲论》，《中国古典戏曲论著集成》（四），中国戏剧出版社1959年版，第240页。
②同上。
③[明]汤显祖：《汤显祖集全编》，上海古籍出版社2016年版，第3135页。
④同上。

格。陈继儒另有"插科打诨，方是当行；咬文嚼字，终非本色"①一句，指出当行也包含使用俚俗语言的内涵。

陈继儒的当行论有两层含义：一是通俗俚语的使用，二是奇妙的构思和独特的创作手法。

臧懋循的当行论更为丰富，他将当行视为评论戏曲的首要标准，称"曲上乘者首曰当行"，戏曲作品的最高要求就是达到当行的标准。要做到当行，应当克服"三难"，一是"情词稳称之难"，二是"关目紧凑之难"，三是"音律谐叶之难"。②第一点是指戏曲语言，第三点是指声调格律，第二点则是其认识的独到之处。臧懋循云"填词者必须人习其方言，事肖其本色。境无旁溢，语无外假。"③要求戏曲作家懂得所创作戏曲中的地域方言，比如《浣纱记》写的是吴越之地的故事，那么作者就要懂得吴越之地的方言。并且语言风格和行为举止都要符合人物特征，西施的形象是柔弱、美丽的，就不能够描绘成健壮妇人的模样。故事情节应当环环相扣，层层深入，不能出现关目散乱、旁出斜溢的现象。

臧懋循把曲作家分为"名家""行家"两类。"名家"即文辞一派，文采斐然，学问通博。"行家"则是当行作家，其刻画人物、描摹情境无不逼真传神，使观者仿佛置身戏中，达到感同身受的戏曲效果。孟称舜在《古今词统序》中有"作者极情尽态，而听者洞心骇耳，如是者皆为当行，皆为本色"④的说法，也将形象逼真的人物刻画和真切自然的情境描写视为当行。

臧懋循的当行观包括戏曲创作的各个方面，既要使用雅俗兼收的戏曲语言，又要符合音律规范，同时还要考虑到戏曲的表演性，在人物刻画、情境创造、情节安排等方面都提出了要求。在他看来，当行包括了本色，两者是包含与被包含的关系。

---

①[明]汤显祖：《汤显祖集全编》，上海古籍出版社2016年版，第3135页。
②[明]臧懋循：《元曲选》，中华书局1958年版，第4页。
③同上。
④[明]卓人月、徐士俊：《古今词统十六卷》，《续修四库全书》（第1728册），上海古籍出版社2002年版，第437页。

吕天成认识到曲坛出现了当行与本色混淆不清的情况，从舞台表演的实际需求出发，详细分析了本色和当行的区别，较好地处理了两者的关系问题：

> 博观传奇，近时为盛。大江左右，骚、雅沸腾；吴浙之间，风流掩映。第当行之手不多遇，本色之义未讲明。当行兼论作法，本色只指填词。当行不在组织饾饤学问，此中自有关节局概，一毫增损不得；若组织，正以蠹当行。本色不在摹勒家常语言，此中别有机神情趣，一毫妆点不来；若摹勒，正以蚀本色。今人不能融会此旨，传奇之派，遂判而为二：一则工藻缋少拟当行，一则袭朴淡以充本色。甲鄙乙为寡文，此嗤彼为委质。殊不知果属当行，则句调必多本色；果具本色，则境态必是当行。今人窃其似而相敌也，而吾则两收之。即不当行，其华可撷；即不本色，其朴可风。进而有宫调之学。类以相从，声中缓急之节；纷以错出，词多礚庆之音。难欺师旷之听，莫招公瑾之顾。按谱取给，故自无难；逐套注明，方为有绪。又进而音韵平仄之学。句必一韵而始协，声必迭置而后谐。响落梁尘，歌翻扇底。昧者不少，解者渐多。又进而有八声阴阳之学，吹以天籁，协乎元声，律吕所以相宣，神人用以允翕。抑扬高下，发调俱圆；清浊宫商，辨音最妙。此韵学之钜典，曲部之秘传，柳城启其端，方诸阐其教。必究斯义，厥道乃精；考之今人，褎如充耳。广陵散已落人间，霓裳曲重翻天上。后有作者，不易吾言矣。嗟乎！才豪如雨，持论不得太苛；曲广如林，抡收何忍过隘？僭分九等，开列左方。入吾品者，可许流传；轶吾品者，自惭腐秽。作《新传奇品》。①

吕天成提出"本色"只是用来概括戏曲创作语言风格的理论观念，"当行"则包括关目结构、表演技巧、人物情态等各个层面的内容，这

---

①[明]吕天成：《曲品》，《中国古典戏曲论著集成》（六），中国戏剧出版社1959年版，第211—212页。

一标准多出于对舞台表演的考虑。判断一部作品是否当行，不在于戏曲中学问的多少，而在于整体的结构布局和关目间的衔接。戏曲的本色，虽然是指语言的风格，但不是通过对家常语言的刻意模仿就可以达到的，而是自然而然地运用民间俗语进行创作，刻意模仿反而会侵蚀本色。吕天成认为当下的戏曲家们没有准确地理解两者内涵，于是出现了"一则工藻缋少拟当行，一则袭朴淡以充本色"①的两种弊病。要么使用华丽辞藻冒充当行，要么模拟民间语言来充当本色。自认当行的一方批评对方寡淡无味，自认本色的一方则批评对方过于繁复丧失俚质。实质上，两者并非对立，而是相辅相成的关系。真正当行的作品在语言创作上必然符合本色的要求，真正本色的作品在情境、物态的描写和关目结构上也应当是当行的。

吕天成将本色和当行分离开来，成为两个相互独立而又有所交叉的评论标准。如对《琵琶记》的评价中用"志在笔先，片言宛然代舌"②评价其语言精到，即本色；又用"情从境转，一段真堪断肠"③评价其情境安排，即当行，故而《琵琶记》是本色当行作品。评价《红蕖记》则用"曲白工美"④评价其格律，又用"郑德璘事固奇，无端巧合，结撰更宜"⑤评价其情节安排，故而《红蕖记》是一部符合格律的当行作品。对《珠串记》使用"事足传。写出有情景"⑥来概括其选材立意之独到，也符合当行的要求。

通过曲论家的不断探索，本色和当行最终成为两个既相对独立而又相互联系的理论系统，本色主要指戏曲语言的风格问题，而当行则是对选材构思、情节安排、关目衔接等方面的要求。两者相辅相成，共同促进着戏曲理论的发展。

---

①[明]吕天成：《曲品》，《中国古典戏曲论著集成》（六），中国戏剧出版社1959年版，第211页。
②同上书，第210页。
③同上。
④同上书，第229页。
⑤同上。
⑥同上书，第230页。

第四节 情感态度：重情察意 真挚自然

除了语言、格律、关目结构外，曲论家还强调戏曲创作应当真实地刻画人物形象、表达人物情感。沈德符将《拜月亭》划为本色戏曲不仅是由于其使用了家常俗语，更在于其中安排旦角唱了盛行于民间的《髻云堆》小曲，符合人物的身份和性格，真切地表现出年轻女子在闺房中的娇憨情态，惟妙惟肖，真挚动人，戏曲应当从实际出发，如实地反映事物的本来面貌，突出事物的本质属性。

张伯起《江东白苎小序》如是说：

> 曲之兴也，发舒乎性情，而节宣其欣戚者也。自习于道听者，俚而不文；偏于炫博者，室而弗达，失之均矣。梁伯子多宋玉之微词，慕向长之远游，触物感怀，抒情吊古，宫商按而凌凤韵生，律吕协而掷地声作。不俚不窒，虽落索数语，玲珑百言，有不足谢者。吴中好事，编集成帙，题曰《江东白苎》。将梓以传，携以相示。予感夫知音者稀，而喜其予善之切，视彼甘包鱼而易家丘者不侔也。为之题其端而归之。①

将曲的产生和发展归结为人们抒发情感、节制和宣泄欣喜悲伤等情绪的需要。进而称赞梁辰鱼的作品文辞既达、律吕亦协、真情动人，所以为其作序，希望知音者可以共赏。

王骥德也同意曲尽人情的观点，他说道：

---

① [明]梁辰鱼：《梁辰鱼集》，上海古籍出版社2010年版，第345页。

晋人言："丝不如竹，竹不如肉。"以为渐近自然。吾谓：诗不如词，词不如曲，故是渐近人情。夫诗之限于律与绝也，即不尽于意，欲为一字之益，不可得也。词之限于调也，即不尽于吻，欲为一语之益，不可得也。若曲，则调可累用，字可衬增。诗与词，不得以谐语方言入，而曲则惟吾意之欲至，口之欲宣，纵横出入，无之而无不可也。故吾谓：快人情者，要毋过于曲也。①

王骥德认为诗受到格律的束缚不能充分地表达情感，如若创作一首七言绝句，那么就不能够随意增添字数。词则受到词牌的限制，每个词牌都有固定的曲调和字数要求，也不能随意增减。唯有曲，不仅能够叠用宫调，并且在字数上没有严格的规定，可以通过衬字的方式更加完整地表达情感。在诗词创作中不能使用方言俚语，曲则没有这一要求，因此曲是最能够表达作者情感的文艺样式。

曲宜有情、曲情宜真的观点得到曲坛的普遍认同，成为本色的内涵之一。吕天成称《琵琶记》"情从境转，一段真堪断肠"②，人物情感跟随所处情境不断发展变化，逼真传神；又称《荆钗记》"以真切之调，写真切之情，情、文相生，最不易及"③，展现出人物真实的情感，结合了语言使用和表情达意的优点，最为难得。《桃符记》《珠串记》《结发记》也有情致婉转、情景曲折的特点。④

陈继儒在《秋水庵花影集叙》中认同曲是最能表达情感的文体，并大力推崇施绍莘的戏曲作品：

夫曲者，谓其曲尽人情也。诗人人可学，而词曲非才子决不能。子野才太俊，情太痴，胆太大，手太辣，肠太柔，心太

①[明]王骥德：《曲律》，《中国古典戏曲论著集成》（四），中国戏剧出版社1959年版，第160页。
②[明]吕天成：《曲品》，《中国古典戏曲论著集成》（六），中国戏剧出版社1959年版，第210页。
③同上书，第224页。
④同上书，第229~230页。

巧，舌太纤。抓搔痛痒，描写笑啼太逼真、太曲折。当其志敞
意得，摇笔如风雨，强半为旁人掣去。或写素屏纨扇，或题邮
壁旗亭，或流播于红绡丽人、黄衣豪客之口，而犹未睹子野之
大全也。①

陈继儒赞叹施绍莘才俊情痴、胆大手辣，心思缜密而描写细致，故
而其作品能够逼真地描写人物的嬉笑怒骂，情感表达细腻传神，情节安
排曲折生动，达到了以曲写情的标准，是优秀的词曲作家。

临川派创作群体以"情"作为其创作的核心，汤显祖的作品就突出
反映了这一特点。以《牡丹亭》为例，其主人公杜丽娘是一位世所罕见
的痴情女子，杜丽娘在梦中与柳梦梅相会后就一病不起，留下自己画像
后便离开了人世，死后三年又因情复生，在《牡丹亭》中，真情成为能
够跨越生死的精神力量。《牡丹亭》的题词是多么地催人泪下：

天下女子有情，宁有如杜丽娘者乎！梦其人即病，病即弥
连，至手画形容，传于世而后死。死三年矣，复能溟莫中求得
其所梦者而生。如丽娘者，乃可谓之有情人耳。情不知所起，
一往而深。生者可以死，死可以生。生而不可与死，死而不可
复生者，皆非情之至也。梦中之情，何必非真？天下岂少梦中
之人耶？必因荐枕而成亲，待挂冠而为密者，皆形骸之论也。
传杜太守事者，仿佛晋武都守李仲文，广州守冯孝将儿女事。
予稍为更而演之。至于杜守收拷柳生，亦如汉睢阳王收拷谈生
也。嗟夫！人世之事，非人世所可尽。自非通人，恒以理相格
耳！第云理之所必无，安知情之所必有邪！②

汤显祖逾越了生死的跨度，提出真情可以超越生死的观点，认为凡
是不能逾越生死界限的情感都不是最真挚的情感，引出"至情论"。并

---

①[明]施绍莘：《秋水庵花影集五卷》，《续修四库全书》，集部·曲类，
第1739册，上海古籍出版社2002年版，第211页。
②[明]汤显祖、徐朔方、杨笑梅：《牡丹亭》，人民文学出版社1982年版，
第1页。

且在文中说明了《牡丹亭》的取材来源，说明世间确实存着真挚的爱情，自己只不过发挥想象力，将其演绎得更为动人、更为传奇而已。在开场时，副末仅用"白日消磨肠断句，世间只有情难诉"①一句唱词，就引出了整部戏曲的故事内容；又用"但是相思莫相负，牡丹亭上三生路"③一句，说明了杜丽娘奇幻的爱情经历，由此显现出汤显祖重视情感和构思奇特的创作特点。

孟称舜是继汤显祖后又一位临川派代表作家，在《古今词统序》中说明了戏曲创作中情感表达的重要性。他认为自古以来人皆有情"悲者喜者，怨者慕者，怀者想者，寄兴不一"②，情感的种类多样、表现方式也丰富多变，作者的职能就是要将这些情感传神地表现出来，使观赏者能够与角色产生共鸣，获得感同身受的艺术效果。

孟称舜不仅提出了重情的戏曲理论，并且将其贯彻在自身的戏曲创作中，《娇红记》就是这一思想的集中体现。《娇红记》取材于北宋年间的真实故事，是一部关于申纯和娇娘这一对青年男女反对封建礼教、争取婚姻自由的爱情悲剧，它在题词中表明了"至情"的主旨：

> 天下义夫节妇，所谓至死而不悔者，岂以是为理所当然而为之邪？笃于其性，发于其情，无意于世之称之，并有不知非笑之为非笑者而然焉。自昔忠臣孝子，世不恒有，而义夫节妇时有之。即义夫犹不多见，而所称节妇则十室之邑必有之。何者？性情所种，莫深于男女，而女子之情，则更无借诗书理义之文以讽谕之，而不自知其所至，故所至者若此也。③

孟称舜说在历史的长河中有许多忠臣义士、义夫节妇守节赴死的故事，但是忠臣孝子的数量远远少于义夫节妇，义夫的数量又远远少于节妇。所以，性情之真往往多见于女子，故而要为她们演作传奇，让世人知晓她们的传奇经历。

---

① [明]汤显祖：《汤显祖集全编》，上海古籍出版社2016年版，第2611页。
② [明]卓人月、徐士俊：《古今词统十六卷》，《续修四库全书》（第1728册），上海古籍出版社2002年版，第437页。
③ [明]孟称舜：《孟称舜集》，中华书局2005年版，第559页。

《娇红记》的曲词中多次凸显出对真情的追求，例如：

【月上五更】花落残红罢，孤魂自潇洒。地老天荒际，一点情难化。趁着这闪闪尸尸，昏黄月色下，轻轻的转过蔷薇架。见半炬残灯，泪花流蜡，伴着个俊脸儿书生幽凄煞。惹的俺心魂不住、不住把他牵挂。鬼病新来，较我生前还大。①

【糖多令】花落水空流，天台古渡头。忆真情，生死相投，镜约钗盟今始就，携手向碧云游。[生]雨丝晴片两情牵，[旦]结得韦家隔世缘。[生]几点梨花坟上土，[旦]半开半落已经年。②

【前腔】美情投，贴上数年周。（叹介）不料中遭间阻，一朝的紫箫声断凤凰楼。[生]如今也休题了。缘簿上谐鸳偶，都是些旧根由。今朝死也符密咒，可正是一点真情无尽头。[旦]我今到此，俺爹爹和飞红可知道么？（悲介）死生分阻，幽明路殊。[合]回思前事，千休万休，也当做从来女大不中留。③

【尾声】死生交，鸾凤友，一点真诚永不负。则愿普天下有有情人做夫妻呵，一一的皆如心所求。④

【月上五更】出自第三十九出《妖迷》，娇娘孤魂游荡，心中始终放不下申纯，即便已死为鬼，也免不了相思疾苦。【糖多令】【前腔】【尾声】都选自末出《仙圆》，娇娘与申纯双双离世后，侍女飞红梦见两人已位列仙班，后两家将二人合葬，见到有一对鸳鸯戏于墓边，故将他们的陵墓命名为"鸳鸯冢"，供后人凭吊。娇娘与申纯的爱情不被封建礼教所统治的现实世界所接纳，故而只得在殉情后于虚无缥缈的天界

①[明]孟称舜：《孟称舜集》，中华书局2005年版，第220页。
②同上书，第262页。
③同上书，第263页。
④同上书，第268页。

寻得圆满，这一主题其实是对封建礼教的血泪控诉，也是对青年男女追求真情的肯定和赞扬。最后一曲【尾声】用"则愿普天下有有情人做夫妻呵，——的皆如心所求"①的曲词点明整部戏曲的主旨，表达出作者祝愿世人都能觅得真情的美好祝愿。同汤显祖一样，孟称舜认为情至深处可以不顾生死，歌颂男女主人公对真情的执着追求。《娇红记》文笔细腻，情调缠绵，充分体现出临川派戏曲作品的特色。

人物形象的逼真生动，情感表达的自然真挚同样是戏曲评判的重要标准，达到这些要求的作品才可以称之为"本色戏曲"。

真情实感不仅是戏曲作品的写作要求，还是俗文学创作的共同标准。冯梦龙辑录民歌的缘由是"借以存真"，认为民歌包含着大众真实的情感状态，其中的真情不可抛却，并且抨击文坛众口一声、千篇一律的创作方式，希望通过民歌的传播可以达到"借男女之真情，发名教之伪药"②的目的，民歌因其情真得以流传。

冯梦龙在其选录的短篇小说集《情史》中提出了他的"情教论"：

> 情史，余志也。余少负情痴，遇朋侪必倾赤相与，吉凶同患。闻人有奇穷奇枉，虽不相识，求为之地。或力所不及，则嗟叹累日，中夜展转不寐。见一有情人，辄欲下拜；或无情者，志言相忤，必委屈以情导之，万万不从乃已。尝戏言：我死后不能忘情世人，必当作佛度世，其佛号当云"多情欢喜如来"。有人称赞名号，信心奉持，即有无数喜神前后拥护，虽遇仇敌冤家，悉变欢喜，无有嗔恶妒嫉种种恶念。又尝欲择取古今情事之美者，各著小传，使人知情之可久，于是乎无情化有，私情化公，庶乡国天下，蔼然以情相与，于浇俗冀有更焉。而落魄奔走，砚田尽芜，乃为詹詹外史氏所先，亦快事也。是编分类著断，恢诡非常，虽事专男女，未尽雅训，而曲终之奏，要归于正。善读者可以广情，不善读者亦不至于导

---

①[明]孟称舜：《孟称舜集》，中华书局2005年版，第268页。
②魏同贤：《冯梦龙全集》（42），上海古籍出版社1993年版，《叙山歌》。

欲。余因为序,而作《情偈》以付之,偈曰:

天地若无情,不生一切物。一切物无情,不能环相生。生生而不灭,由情不灭故。

四大皆幻设,惟情不虚假。有情疏者亲,无情亲者疏。无情与有情,相去不可量。

我欲立情教,教诲诸众生。子有情于父,臣有情于君。推之种种相,俱作如是观。

万物如散钱,一情为线索。散钱就索穿,天涯成眷属。若有贼害等,则自伤其情。

如睹春花发,齐生欢喜意。盗贼必不作,奸宄必不起。佛亦何慈悲,圣亦何仁义。

倒却情种子,天地亦混沌。无奈我情多,无奈人情少。愿得有情人,一齐来演法。[①]

冯梦龙声称自己将编纂"情史"作为毕生追求,即便肉身已死也不能忘却世间真情,所以死后也要化作佛祖来普度世人,还给自己起了个佛号叫做"多情欢喜如来",只要有人念诵他的佛号并且诚心供奉,他便给这个人带来诸多欢喜,哪怕是遇上仇敌冤家,也能摒弃怨愤、心生欢喜。希望创造一个人人皆有情、人人皆欢喜的真情世界,并且号召有情人能够跟他一道宣扬"情教"。

冯梦龙认为情感是天地万物生生不息的力量来源,世间唯有情是真实可信的。并指出儒家经典也是使用情来对大众进行教化:《易经》讲述了阴阳之理,《诗经》中有《关雎》这样的爱情诗,《尚书》的首篇《尧典》是关于婚姻嫁娶的事情,《礼记》则规范了婚姻的礼仪,《春秋》中详细记载了女性的言语。这是由于人民由情而生,因此从情入手最能够打动人心,达到事半功倍的效果。冯梦龙之所以有化身佛祖的戏言,也是希望能够通过真情感化民众。在冯梦龙看来,情的感染力度远

---

①魏同贤:《冯梦龙全集》(37),上海古籍出版社1993年版,第1-10页。

远大于单调乏味的说教，因此选录了二百七十多篇关于男女之情的短篇小说辑为《情史》一书，以此教化百姓。

俗文学作品强调真实情感的自然流露，也要求创作者从真实的情感出发进行创作，真情成为评判俗文学作品的重要标准。

万历时期，戏曲本色理念涵盖了语言风格、音律文辞、组织结构和情感态度等领域，考虑到戏曲创作和场上搬演的各个方面，逐渐形成了完整的戏曲理论体系，成为指引文人创作戏曲的基本法则。

第四章

万历年间雅文学的俗化倾向

万历年间，文人阶级的加入使得以戏曲为代表的俗文学呈现出语言文雅、格律规范、用典自然的雅化倾向。雅俗之间的交融具有双向性特质，雅文学的发展也受到了俗文学的影响并且表现出俗化倾向，具体体现为诗的俗化、词的俗化和文的俗化。

第一节　诗的俗化：民歌入诗

《明史·文苑一》记载了明代诗文风格的流变情况，云：

　　明初，文学之士承元季虞、柳、黄、吴之后，师友讲贯，学有本原。宋濂、王祎、方孝孺以文雄，高、杨、张、徐、刘基、袁凯以诗著。其他胜代遗逸，风流标映，不可指数，盖蔚然称盛已。永、宣以还，作者递兴，皆冲融演迤，不事钩棘，而气体渐弱。弘、正之间，李东阳出入宋、元，溯流唐代，擅声馆阁。而李梦阳、何景明倡言复古，文自西京、诗自中唐而下，一切吐弃。操觚谈艺之士翕然宗之。明之诗文，于斯一变。迨嘉靖时，王慎中、唐顺之辈，文宗欧、曾，诗仿初唐。李攀龙、王世贞辈，文主秦、汉，诗规盛唐。王、李之持论，大率与梦阳、景明相倡和也。归有光颇后出，以司马、欧阳自命，力排李、何、王、李，而徐渭、汤显祖、袁宏道、钟惺之属，亦各争鸣一时，于是宗李、何、王、李者稍衰。至启、祯时，钱谦益、艾南英准北宋之矩矱，张溥、陈子龙撷东汉之芳华，又一变矣。有明一代，文士卓卓表见者，其源流大抵如此。今博考诸家之集，参以众论，录其著者，作《文苑传》。①

---

① [清]张廷玉等：《明史》，中华书局1974年版，第7307~7308页。

明代文风几变，明初文人荟萃，各具风格。永乐、宣德时期，文风渐弱，诗坛不兴。弘治、正德时期，以李梦阳、何景明为代表的前七子高举复古的旗帜，提出"文必秦汉，诗必盛唐"的诗文理念，文坛兴起复古的浪潮。嘉靖、隆庆期间，李攀龙、王世贞等人继承前七子的复古主张，形成后七子的文学流派，文学复古思潮再度涌起，诗宗盛唐成为明代文人作诗的不二法则。

万历年间，文人们逐渐脱离文学复古风潮，将俗文学俚趣自然、真挚动人的创作特点引入到雅文学创作之中。提出了以真、俚为主的诗论，并以此作为诗歌的创作标准。更有甚者创作出了诗与民歌相结合的新文体，诗的俗化现象日益显现。

一、俗化的诗论

嘉靖时期，李开先喜闻民间小曲，并仿照其样式风格创作了散曲集《市井艳词》，他将民间小曲提拔到和《诗经》一样的高度，并称其为"真诗"：

> 忧而词衰，乐而词亵，此古今同情也。正德初尚【山坡羊】，嘉靖初尚【锁南枝】，一则商调，一则越调。商，伤也；越，悦也；时可考见矣。二词哗于市井，虽儿女子初学言者，亦知歌之。但淫艳亵狎，不堪入耳，其声则然矣，语意则直出肺肝，不加雕刻，俱男女相与之情，虽君臣友朋，亦多有托此者，以其情尤足感人也。故风出谣口，真诗只在民间。三百篇太半采风者归奏，予谓今古同情者，此也。

> 尝有一狂客，浼予仿其体，以极一时谑笑，随命笔并改窜传歌未当者，积成一百以三，不应弦，令小仆合唱。市井闻之响应，真一未断俗缘也。久而仆有去者，有忘者，予亦厌而忘之矣。客有老更狂者，坚请目其曲，聆其音，不得已，群仆人于一堂，各述所记忆者，才十之二三耳。晋川栗子，又曾索去数十，未知与此同否？复命笔补完前数。孔子尝欲放郑声，今之二词可放，奚但郑声而已。虽然，放郑声，非放郑诗也，是

词可资一时谑笑，而京韵、东韵、西路等韵则放之不可，不亟
以雅易淫，是所望于今之典乐者。①

李开先指出忧愁时创作的词曲有悲哀之情，欢乐时创作的词曲有轻佻
之感，这是古往今来人们共同的情感体验。正如正德初年人们喜唱的【山
坡羊】，因其为商调，故而能够使闻者伤心；嘉靖初年传唱甚广的【锁南
枝】则为越调，听来便令人心生欢悦。这两支曲子盛传于市井，即便是不
通文字的女子或者刚刚学会说话的孩童也能记住其中的曲词并且随口哼
唱。虽然在曲词中有些淫艳鄙俗的成分，但却是民众心声的自由表达，充
满了天真自由的气息，真情足以动人，因此在民间传唱不衰。李开先认
为，当今小曲用最朴素的语言传达着最真实的感情，具有质朴自然、不加
雕饰的特点，颇有《诗经·国风》的风采。《诗经》是中国诗歌的源头，
那么小曲也可以称得上是"诗"，并且是"真诗"，这种"真诗"只能是
产生于民间，流传于民间，最后被文人阶级所接受和认可的。

李开先反对前七子"诗必盛唐"的复古理论，倡导真言真情、随心
随性的诗文创作方式，他从民间小曲中获得灵感，创作了一系列类似的
曲词。因其活跃于民间，故称为"市井"；又因曲词内容多为男女相欢
之情，故称为"艳词"，此集名为《市井艳词》。李开先首次提出以民
歌为诗的观点，反映出其尚俗尚真的诗文理论观念。

同时期的唐顺之，从诗文本色出发，提出了求"真"不求"工"的
诗文创作标准：

> 至如鹿门所疑于我本是欲工文字之人，而不语人以求工文
> 字者，此则有说。鹿门所见于吾者，殆故吾也，而未尝见夫槁
> 形灰心之吾乎？吾岂欺鹿门者哉！其不语人以求工文字者，非
> 谓一切抹杀，以文字绝不足为也；盖谓学者先务，有源委本末
> 之别耳。文莫犹人，躬行未得，此一段公案，姑不敢论，只就
> 文章家论之。虽其绳墨布置，奇正转折，自有专门师法；至于

---

① [明]李开先：《李开先全集》，上海古籍出版社2014年版，第565~566页。

中一段精神命脉骨髓，则非洗涤心源、独立物表、具古今只眼者，不足以与此。今有两人，其一人心地超然，所谓具千古只眼人也，即使未尝操纸笔呻吟，学为文章，但直抒胸臆，信手写出，如写家书，虽或疏卤，然绝无烟火酸馅习气，便是宇宙间一样绝好文字；其一人犹然尘中人也，虽其专专学为文章，其于所谓绳墨布置，则尽是矣，然番来覆去，不过是这几句婆子舌头语，索其所谓真精神与千古不可磨灭之见，绝无有也，则文虽工而不免为下格。此文章本色也。即如以诗为喻，陶彭泽未尝较声律、雕句文，但信手写出，便是宇宙间第一等好诗。何则？其本色高也。自有诗以来，其较声律、雕句文、用心最苦而立说最严者，无如沈约，苦却一生精力，使人读其诗，只见其绌缚龌龊，满卷累牍，竟不曾道出一两句好话。何则？其本色卑也。本色卑，文不能工也，而况非其本色者哉！

且夫两汉而下，文之不如古者，岂其所谓绳墨转折之精之不尽如哉？秦汉以前，儒家者有儒家本色，至如老庄家有老庄本色，纵横家有纵横本色，名家、墨家、阴阳家皆有本色。虽其为术也驳，而莫不皆有一段千古不可磨灭之见。是以老家必不肯剿儒家之说，纵横家必不肯借墨家之谈，各自其本色而鸣之为言。其所言者，其本色也。是以精光注焉，而其言遂不泯于世。唐宋而下，文人莫不语性命，谈治道，满纸炫然，一切自托于儒家。然非其涵养畜聚之素，非真有一段千古不可磨灭之见，而影响剿说，盖头窃尾，如贫人借富人之衣，庄农作大贾之饰，极力装做，丑态尽露。是以精光枵焉，而其言遂不久湮废。然则秦汉而上，虽其老、墨、名、法、杂家之说而犹传，今诸子之书是也；唐宋而下，虽其一切语性命、谈治道之说而亦不传，欧阳永叔所见唐四库书目百不存一焉者是也。后之文人，欲以立言为不朽计者，可以知所用心矣。①

---

①[明]唐顺之：《荆川集》，《四库明人文集丛刊》本，上海古籍出版社1993年版，第273~274页。

以上选自《与茅鹿门主事书》。茅鹿门即茅坤，他反对前后七子"文必秦汉"的复古主张，提出学习唐宋古文的观念，因此评选了《唐宋八大家文钞》，"唐宋八大家"由此定型，成为家喻户晓的文学名词。

唐顺之既不同意前、后七子"文必秦汉，诗必盛唐"的复古主张，也不应和茅坤模拟唐宋的做法，他在这篇书笺中提出了崇尚诗文"本色"、崇尚真实的文论主张，充分表现了其对诗文的创作要求与鉴赏标准。在诗文"工"与"不工"的问题上，认为不能刻意求工、死守格律、泥古不化。首先，通过两种不同写作方式的对比来表明观点。指出与其追求文章辞藻的华丽、格律的规范、风格的典雅，倒不如像写家书一样，信笔写出，笔随心转，直抒胸臆，这样的文章没有模拟承袭的腐旧之气，全是日常真实文字，便称得上宇宙间最为上等的绝好文字。其次，将陶渊明和沈约进行对比。陶渊明的田园诗一直被人们津津乐道，其风格恬淡自然，醇厚隽永，使人读来回味无穷。沈约对诗文的贡献主要在声律方面，以其撰写的《四声谱》为代表。他创作的诗歌，力求依拍和律，必定字斟句酌，但杨慎批评他的诗作连篇累牍，全然堆砌，连一两句出彩的诗句都找不出来。之所以产生云泥之别的根本原因就在于沈约没有掌握诗文的本色。从两位诗人的比较中可以看出，唐顺之的本色观是指行文作诗不加斟酌、信手拈来、直抒胸臆、真切自然。通俗地讲，就是"以吾手写吾心"，手中所写就是心中所想，追求"真"的创作标准。最后，笔锋一转，追溯到先秦两汉时期，认为从那时期起，三教九流各有其特色，儒、道、墨、名、法、纵横、阴阳都有其本色，这里的本色应指"本来面目""本来风格"，是属于一个流派或一个作家的特有风格。各家从其本色出发，终于形成百家争鸣的学术面貌，只要保持本身独特的风格，就可以因其独特性而长久流传。唐顺之的本色观有两层含义，一是求真，二是本来风格，他的作品也充分印证了他的本色观。

万历年间，文人们在此基础上更进一步，形成了尚真尚俗的诗论，以此来反对前、后七子崇尚复古的诗文创作理论。其中，以李贽的"童心说"、公安派的"性灵说"以及屠隆的诗论最具代表性。

李贽的对诗坛复古模拟之风大为不满，他以"真"为出发点，提出了影响深远的"童心说"。

所谓"童心"即绝假纯真的"真心",是指根据本心最初产生的那一个念头、刹那间的一种想法。李贽认为只有保持童心、不被后天的学习和规则所侵蚀殆尽,才是一个真人,才能写出真诗歌、真文章。与其相对应的就是"假",凡不是出自"童心"的诗文都是假诗文,代古人说教,模拟他人言语都是"假"的表现,这种诗文的盛行会导致无所不假、满场皆假的诗坛现象,以此遏制了真诗文的发展。李贽高举"童心"的旗帜,以"真"作为其文学创作的根本要求。

公安三袁主张性灵,反对承袭,推重通俗文学。大哥袁宏道便是以民歌为诗的代表性人物,在《伯修》一篇中,称自己"诗学大进,诗集大饶,诗肠大宽,诗眼大阔"[1],于诗的创作方面有了大的进益,而作诗境界的提高正是得益于民歌。提出以唐诗为标准会使诗人受制于规范的限制,为诗所苦;倘若以《打草竿》《劈破玉》等民歌为标准作诗,那么就会得到作诗的乐趣了。在《答李子髯》的诗篇中有"当代无文字,闾巷有真诗。却沽一壶酒,携君听竹枝"[2]的诗句,此处"竹枝"即"竹枝曲",泛指民歌,认为民歌就是存于民间的真诗,更加明确地表达出以民歌为诗的观点。

袁宏道的诗论观充分体现在《叙姜陆二公同适稿》中:

> 苏郡文物,甲于一时。至弘、正间,才艺代出,斌斌称极盛,词林当天下之五。厥后昌谷少变吴歈,元美兄弟继作,高自标誉,务为大声壮语,吴中绮靡之习,因之一变。而剽窃成风,万口一响,诗道寝弱。至于今市贾庸儿,争为讴吟,递相临摹,见人有一语出格,或句法事实非所曾见者,则极诋之为野路诗。其实一字不观,双眼如漆,眼前几则烂熟故实,雷同翻复,殊可厌秽。故余往在吴,济南一派,极其呵斥,而所赏识,皆吴中前辈诗篇,后生不甚推重者。

---

① [明]袁宏道:《袁宏道集笺校》,上海古籍出版社2008年版,第492页。
② 同上书,第81页。

高季迪而上无论，有以事功名而诗文清警者，姚少师、徐武功是也。铸辞命意，随所欲言，宁弱无缚者，吴文定、王文恪是也。气高才逸，不就羁绁，诗旷而文者，洞庭蔡羽是也。有为王、李所摈斥，而识见议论，卓有可观，一时文人望之不见其崖际者，武进唐荆

【袁宏道】

【袁中道】

川是也。文词虽不甚奥古，然自辟户牖，亦能言所欲言者，昆山归震川是也。半趋时，半学古，立意造词，时出己见者，黄五岳、皇甫百泉是也。画苑书法，精绝一时，诗文之长因之而掩者，沈石田、唐伯虎、祝希哲、文徵仲是也。其他不知名，诗文可观者甚多。

大抵庆、历以前，吴中作诗者，人各为诗；人各为诗，故其病止于靡弱，而不害其为可传。庆、历以后，吴中作诗者，共为一诗；共为一诗，此诗家奴仆也，其可传与否，吾不得而知也。间有一二稍自振拔者，每见彼中人士，皆姗笑之。幼学小生，贬驳先辈尤甚。揆厥所由，徐、王二公实为之俑。然二公才亦高，学亦博，使昌谷不中道夭，元美不中于鳞之毒，所就当不止此。今之为诗者，才既绵薄，学复孤陋，中时论之毒，复深于彼，诗安得不愈卑哉！姜、陆二公，皆吴之东洞庭人，以未染庆、历间习气，故所为倡和诗，大有吴先辈风。意兴所至，随事直书，不独与时矩异，

而二公亦自异。虽间有靡弱之病，要不害其可传。夫二公皆吴中不甚知名者，而诗之简质若此，余因感诗道昔时之盛，而今之衰，且叹时诗之流毒深也。①

袁宏道梳理了有明以来诗风的流变，他批评诗坛承袭了吴中绮丽淫靡的风气，诗人们相互模拟抄袭，所用的典故、所写的诗句如出一辙，仿若万口一声，积习陈腐，没有新意。然而文人相轻，他们不允许有不同的声音出现，一旦发现有不按照惯例创作的诗篇，要么视若无睹，要么污蔑其为野路诗，登不得大雅之堂。袁宏道推崇的是有自己风格的诗人，比如高启、姚广孝、徐有贞、吴宽、王鏊、唐顺之、归有光等人。他认为唐顺之没有拘泥于复古派和唐宋派的框架，自成一格，形成了自身独特的诗歌特色，成就远超其他诗人。归有光的诗歌虽然没有模拟古人，广用典故，但是能做到以手写心，把心中所想尽数写于笔下。袁宏道以未沾染吴风习气、不模拟古人、真实地写出心中所想为最佳的诗文创作方式。

袁宏道反对诗必盛唐的观点，认为诗歌的可贵之处在于表现出作者的特有风格，今人作诗以盛唐为准，殊不知唐诗正因其保有自身的特色才得以流传千古。各代的诗作都具有不同的特点，不能够简单地以优劣来评定：

> 万历中年，王、李之学盛行，黄茅白苇，弥望皆是。文长、义仍，崭然有异，沉痼滋蔓，未克芟薙。中郎以通明之资，学禅于李龙湖，读书论诗，横说竖说，心眼明而胆力放，于是乃昌言排击，大放厥词。以为唐自有诗，不必选体也。初盛中晚皆有诗，不必初盛也。欧、苏、陈、黄各有诗，不必唐也。唐人之诗，无论工不工，第取读之，其色鲜妍，如旦晚脱笔研者。今人之诗虽工，拾人钉饾，才离笔研，已成陈言死句矣。唐人千岁而新，今人脱手而旧，岂非流自性灵与出自剽拟者所从来异乎！空同未免为工部奴仆，空同以下皆重儓也。论吴中之诗，谓先辈之诗，人自为家，不害其为万传；而诋诃

①[明]袁宏道：《袁宏道集笺校》，上海古籍出版社2008年版，第695~696页。

庆、历以后，沿袭王、李一家之诗。

中郎之论出，王、李之云雾一扫，天下之文人才士始知疏瀹心灵，搜剔慧性，以荡涤摹拟涂泽之病，其功伟矣。机锋侧出，矫枉过正，于是狂瞽交扇，鄙俚公行，雅故灭裂，风华扫地。竟陵代起，以凄清幽独矫之，而海内之风气复大变。譬之有病于此，邪气结塞，不得不用大陈汤下之；然输泻太利，元气受伤，则别症生焉。北地、济南，结塞之邪气也；公安泻下之，劫药也；竟陵传染之，别症也。[①]

在钱谦益给袁宏道写的这篇小传中可以看出，自万历年间复古派的论调席卷了文坛之后，诗人们便出现了黄茅白苇、众口一声的创作倾向。虽然徐渭、汤显祖于诗文创作上有所创新，但是不足以改变诗坛复古的大方向。袁宏道振臂一呼，独抒己见，提出人各有其诗，人各有其风，不必一味模古的观点。唐代之所以能够出现诗的盛世，也是因为唐朝的诗人从不模拟他人而各有特色，百家争鸣才铸就了唐诗的繁华。因此，明代要想铸就文坛盛况，也需要每位文人都能够保持自身的独特风格，抒发真实的感情感受，独守"性灵"，"性灵"一脉就此发端。

袁宏道提出了"性灵"的概念，即摆脱一切格套的束缚，真实地表达个人的想法和情感，情从心出，笔随心转，信心而出，信口而谈，将所思所想明白自然地发于笔端。他认为幼弟袁中道的诗歌很好地诠释了"性灵"的内涵：

弟小修诗，散逸者多矣，存者仅此耳。余惧其复逸也，故刻之。弟少也慧，十岁余即著《黄山》《雪》二赋，几五千余言，虽不大佳，然刻画钉饾，传以相如、太冲之法，视今之文士矜重以垂不朽者，无以异也。然弟自厌薄之，弃去。顾独喜读老子、庄周、列御寇诸家言，皆自作注疏，多言外趣，旁及西方之书，教外之语，备极研究。既长，胆量愈廓，识见愈

---

①[明]袁宏道：《袁宏道集笺校》，上海古籍出版社2008年版，第1660~1661页。

朗，的然以豪杰自命，而欲与一世之豪杰为友。其视妻子之相聚，如鹿豕之与群而不相属也；其视乡里小儿，如牛马之尾行而不可与一日居也。泛舟西陵，走马塞上，穷览燕、赵、齐、鲁、吴、越之地，足迹所至，几半天下，而诗文亦因之以日进。大都独抒性灵，不拘格套，非从自己胸臆流出，不肯下笔。有时情与境会，顷刻千言，如水东注，令人夺魂。其间有佳处，亦有疵处。佳处自不必言，即疵处亦多本色独造语。然予则极喜其疵处；而所谓佳者，尚不能不以粉饰蹈袭为恨，以为未能尽脱近代文人气习故也。

盖诗文至近代而卑极矣，文则必欲准于秦、汉，诗则必欲准于盛唐，剿袭模拟，影响步趋，见人有一语不相肖者，则共指以为野狐外道。曾不知文准秦、汉矣，秦、汉人曷尝字字学《六经》欤？诗准盛唐矣，盛唐人曷尝字字学汉、魏欤？秦、汉而学六经，岂复有秦、汉之文？盛唐而学汉、魏，岂复有盛唐之诗？夫代有升降，而法不相沿，各极其变，各穷其趣，所以可贵，原不可以优劣论也。且夫天下之物，孤行则必不可无，必不可无，虽欲废焉而不能；雷同则可以不有，可以不有，则虽欲存焉而不能。故吾谓今之诗文不传矣。其万一传者，或今闾阎妇人孺子所唱【擘破玉】【打草竿】之类，犹是无闻无识真人所作，故多真声，不效颦于汉、魏，不学步于盛唐，任性而发，尚能通于人之喜怒哀乐嗜好情欲，是可喜也。[①]

袁中道自小便给诸子百家之书作注疏，善于表达自己的观点。成年后又游走于祖国的大好河山之间，足迹几乎踏遍明朝的半壁江山，随着旅途见闻的增加，诗文的创作也益发精进。如果不是自己心中所想，他不会下笔。所以往往灵光一现便挥墨如注，顷刻间便能写就数千言的文字，夺人心魄。小修的诗作虽然存在诸多生涩之处，但因其均发自本心便已弥足珍贵。袁宏道指出只有与众不同、异乎寻常的事物才有存在的

---

① [明]袁宏道：《袁宏道集笺校》，上海古籍出版社2008年版，第187~188页。

价值，那些千篇一律、如出一辙的诗文不论写得多么华美绚丽，也不会在历史上留下痕迹，批判了诗文模拟抄袭的弊病。相较而言，民间传唱的小曲反而更能体现诗歌的价值。

袁宏道"性灵"的标准即是"真"，要求作者表达出自身真实的情感和想法，不模拟唐朝风格，不引用他人言语，"性灵说"是公安派主要的理论主张。

"性灵派"领袖人物袁中道，在《游荷叶山记》记载了和兄弟夜游荷叶山的经历：

> 予别丘墓三年矣。今年夏，始与二弟至里中拜于松楸，而憩于先居。先居傍有荷叶山，乔木千章。今日诸叔偶不见召，日暮无事，乃与二弟步于山中。择高阜处，藉草而坐。因思儿时常骑羊来此，每一至，不啻如四五十里外，而今视之，数步耳。山之苍苍，水之晶晶，树之森森，自少至长，习而安之，不见有异。今偶游焉，而觉其幽静蓊郁，爱玩不能舍去。久矣夫，予之在城市也！
>
> 俄而月色上衣，树影满地，纷纶参差，或织而帘，又写而规。至于密树深林，迥不受月，阴阴昏昏，望之若千里万里，眇不可测。划然放歌，山应谷答，宿鸟皆腾。噫嘻！予生于斯，长于斯，游戏于斯，二十余年，而犹有不尽之景乎？徘徊欲去，而有声自东南来，慷慨悲怨，如叹如哭。即而听之，杂以辘轳之响。予乃谓二弟曰："此忧旱之声也。夫人心有感于中，而发于外，喜则其声愉，哀则其声凄。女试听夫酸以楚者，忧禾稼也；沉以下者，劳苦极也；忽而疾者，劝以力也。其词俚，其音乱，然与旱既太甚之诗，不同文而同声，不同声而同气。真诗其果在民间乎！"语终，而天风夜起，歌声渐近。二弟无言，予亦嘿嘿。声之悲怨，有加于初；向之欢适者，化为凄怆矣。遂相与踏月而去。①

---

①[明]袁中道：《珂雪斋集》，上海古籍出版社1989年版，第530~531页。

袁氏兄弟久别故居，因祭祖归家后于夜间在林中闲游。谈论起离家二十年间的人生起伏，三人皆怅然有感。此时，他们听到东南方向传来了唱民歌的声音，这个声音凄凉哀怨，仿佛哀叹又仿佛哭诉，袁中道说这是因为干旱而担忧收成的百姓所唱，并通过分析声音的高低、徐疾来印证自己的观点。指出这首民歌虽然用语粗浅、音调有不协之处，但是却和那些忧患旱情的诗篇一样表达出了民众悲苦的心情，故而发出"真诗其果在民间"[①]的感叹，认可李开先的说法。

袁中道汲取了民歌真挚自然的创作特点，要求作者从自身的真情实感出发创作诗篇、表达自身的观点见解，这一观念很好地体现了"性灵"的特色，和其兄袁宏道一脉相承：

> 诗莫盛于唐，一出唐人之手，则览之有色，叩之有声，而嗅之若有香。相去千余年之久，常如发硎之刃，新披之萼。后来宋元诸君子，其才情之所独至，为词为曲，使唐人降格为之，未必能过。而至于诗，则不能无让。如常建《破山寺》"竹径通幽处，禅房花木深"之句，欧公自谓终身拟之不能肖。子瞻乃谓公厌梁肉而嗜螺蛤，非也。文章关乎气运，如此等语，非谓才不如，学不如，直为气运所限，不能强同。故夫汉魏之不三百篇也，唐之不汉魏也，与宋元之不唐也，岂人力也哉！然执此遂谓宋元无诗焉，则过矣。古人论诗之妙，如水中盐味，色里胶青，言有尽而意无穷者，即唐已代不数人，人不数首。彼其抒情绘景，以远为近，以离为合，妙在含裹，不在披露。其格高，其气浑，其法严。其取材甚俭，其为途甚狭。无论其势不容不变，为中为晚，即李杜诸公，已不能不旁畅以极其意之所欲言矣，而又何怪乎宋元诸君子欤？
>
> 宋元承三唐之后，殚工极巧，天地之英华，几泄尽无余。为诗者处穷而必变之地，宁各出手眼，各为机局，已达其意所欲言，终不肯雷同剿袭，拾他人残唾，死前人语下。于是乎情穷而

---

① [明]袁中道：《珂雪斋集》，上海古籍出版社1989年版，第531页。

遂无所不写，景穷而遂无所不收。无所不写，而至写不必写之情；无所不收，而至收不必收之景。甚且为迂为拙，为俚为猥，若倒囷倾囊而出之，无暇拣择焉者。总之，取裁胸臆，受法性灵，意动而鸣，意止而寂。即不得与唐争盛，而其精采不可磨灭之处，自当与唐并存于天地之间。此宋元诗所以刻也。①

在《宋元诗序》中，袁中道肯定诗歌在唐代到达了艺术的巅峰，但反对一味模拟唐诗、借用唐人诗句、趋古人后尘的做法。提倡诗人应当随着时代的变化而变化，用自己的语言表达出真实的情感态度和观念主张，达到以手写心的标准即可，不必刻意和唐代争盛，具有独特风格的诗作自然会同唐诗一样流传于世间。正如宋元的诗歌，虽然在艺术成就上不能够和唐诗比肩，但自有其精彩之处，与唐诗存在着本质的区别，因此它们也可以和唐诗一样，辑录成册，代代相传。

"性灵说"的主张受到不少文人的认可，他们摒弃了原先亦步亦趋、追摹古人的创作方式，以自然流露的真情实感、以手应心的随笔书写作为写诗的新风尚：

> 石头初作诗，步趋唐律；已晤中郎，始稍变其故习，任其意之所欲言，而不复兢兢尽守古法。世之誉者半，毁者大半，而石头不屑也。予闻而叹曰：石头真不朽人也。天下之传者，皆有意于传者也，一有意于传，则避世讥弹之念重，而精光不出矣。今石头之集具在，其精光烁人目睛者，岂文人学士可及耶？彼其视世间之毁誉，如飞蚊之过于前，而不能为之动也。严头云："一一从自己胸臆中流出，盖天盖地。"有旨哉！②

> 李宗文氏，楚之名士也，采楚名士之文，裒为一集。予得而阅之，大都能言其意之所欲言，皆楚人本色也。近日楚人之诗，不字字效盛唐；楚人之文，不言言法秦汉，而颇能言其意

---

① [明]袁中道：《珂雪斋集》，上海古籍出版社1989年版，第497—498页。
② 同上书，第463页。

之所欲言。以为拣择太过，迫协情景，而使之不得舒真，不如倒囷倾囊之为快也。本无言外之意，而又不能达意中之言，又何贵于言。楚人之文，不能为文中之中行，而亦必不为文中之乡愿，以真人而为真文。观于宗文氏之所集，可以知楚风矣。①

石头上人初学作诗之时按照"诗必盛唐"的复古风潮进行创作，后来逐渐改变这一方式，不再恪守唐规，而是随意地表达出自己所思所想，故而袁中道称赞其为不朽真人，赞赏其诗作真实自然的创作风格，赞许他的诗歌可以独立于天地之间。李宗文为楚地诗人，他辑录了楚地名士的诗文，袁中道赞扬楚地文人的诗歌完全不受秦汉、唐宋等诗风的影响，在保留楚地风格的基础上还能明白地传达出作者的所思所想，有楚人本色，是真文字。

袁氏三兄弟关注到了民歌真实自然的特点，以"真"作为诗文创作的高标，强调崇真、自然的创作风格，提出了"性灵"的观点。一扫之前模拟成风的弊病，使得诗坛焕发出自然生动的勃勃生机。

屠隆也反对复古派的做法，认为诗歌的精髓在其神韵，哪怕是民间市井击壤而歌的曲谣，即便没有华丽的词语和高超的技巧，但由于其语发天然、出自真情，所以能够受到天子和皇室的重视，进行辑录和删减，从而传唱于世间。唐朝就是这样一个发机天然的朝代，故人人皆可作诗，最终造就了诗之盛世。屠隆结合唐诗的繁荣和当下模拟剿袭之风盛行的现状，提出诗的创作没有固定的模式，应当以是否能自成一家之言作为评判诗歌优劣的准则：

> 又云："唐人安得有诗？夫天下事物无尽，情景累移，唐人都不能随事触景，创出胸臆。或博搜古今奇文奥义，多所铺陈，而徒以天地、山川、风云、草木数字递相祖述，稍变换而为之，盖千篇一什也。而且自谓能发抒性灵，长于兴趣，安在其为诗？且诗道大矣，鸿钜者、纤细者、雄伟者、尖新者、雅

---

① [明]袁中道：《珂雪斋集》，上海古籍出版社1989年版，第486页。

者、俗者、虚者、实者、清而轻者、重而浊者、华而缛者、朴而野者、流利而俊响者、艰深而诘屈者，景之所触，质直可；情之所向，俚下亦可；才之所极，博综、猥琐亦可。如是，乃称无所不有。兹老杜之所用擅场也。而唐人徒用丽字秀语为声后，取其鼓吹铿然，如出一口。今之王李如足下，往往诵法唐人，务为工致而已。于鳞既已若此，足下何不广心自纵，搜隐博古，标异出奇，旁通俚俗，自为一家言，以杰然特立诸公之上？而徒沾沾工致自喜，学唐人不成，即又为于鳞而已。[①]

在他看来，唐诗的优点在于做到了触景生情、有感而发、直出胸臆。如若在作诗时广搜典籍、多做铺叙，所作不过天地、山川、风云、草木等物，那么唐诗就会出现千篇一律的现象而失去其本来风采。所以今人作诗不必斤斤求古，一味仿唐。描绘景物，用简单的语言即可；抒发情感，用俚俗的语言即可。刻意模仿，不仅达不到唐诗的要求，也会失去自身的特色。屠隆针对复古的诗坛现象创造性地提出了旁通俚俗、自成一家之言的诗论，认为诗歌创作可以偏向俚俗，不必刻意追求工致规范。

李贽、公安派尚"真"的诗论和屠隆尚"俚"的诗论的提出，表明万历年间诗论由雅趋俗的流变现象，也为诗歌俗化现象的出现奠定了理论基础。

二、民歌入诗

万历年间，俗文学活动丰富，诗人的创作中常常会出现民歌、戏曲等俗文学的身影。俗化诗论的出现也改变了诗人的创作方式，诗的创作展现出真、俚的特点。

民歌是诗作中经常出现的俗文学文体。戏曲家屠隆的诗文中常常提及"吴歌""楚歌""采莲曲"等民间歌谣：

---

①[明]屠隆：《屠隆集》（第一册），浙江古籍出版社2012年版，第374-375页。

阖闾城头草花香，延陵陌上落日黄。何者王孙称季子？千
载风流无乃是。落拓人间三十秋，肮脏不肯干王侯。曾将双臂
酬红粉，破尽千金买紫骝。吴地烟花往来久，眼前一片秦淮
流。归卧沧江白日速，夜夜刀环响空谷。哪堪鬓发秋蓬飞，几
见蘼芜春草绿。愿君且莫叹蹉跎，丈夫失意奈尔何。愁来击筑
向尊酒，女本吴人善楚歌。[1]

挂帆秋浦远，云树结岩阿。水下桐庐阔，山从建德多。同
舟逢楚客，隔岸听吴歌。渐与钱唐近，空城浸大波。[2]

日暮张公子，轻舟载管弦。何如逢汉水，疑是渡秦川。秋
浦理归棹，横塘歌采莲。夜舒真可托，明月为君圆。[3]

佳人湖上棹轻轲，兰桨双双拨绿波，口中微微吟吴歌。吟
吴歌，清且哀。鸳鸯飞，属玉来。[4]

缥缈疏萤挂壁萝，深堂隐隐住鸣珂。烛光无那经秋雨，河
影初移落夜波。大漠天垂青树阔，高坡凉入白云多。古来燕赵
藏游侠，忼慨尊前半楚歌。[5]

留侯昔佐汉，顿辔此岩阿。青天夜无人，碧山自嵯峨。古
祠萦灌木，石户垂阴萝。田乌下楚陇，牧羊犹楚歌。我与使君
来，古路送残日。林昏列炬开，月照众山出。飞烟渐廓朗，洪
河复荡潏。一往成万古，遂与伊人失。伊人烟霞姿，浊世号英
雄。玄心栖道真，其智乃如龙。受命在素书，拔剑浮云空。椎
秦秦莫得，事汉汉莫笯。手提造化柄，游戏太虚中。偶读青童
歌，始知紫烟客。时危故奋身，事了应匿迹。雷罢列缺收，风

---

①[明]屠隆：《屠隆集》（第一册），浙江古籍出版社2012年版，第68页。
②同上书，第81-82页。
③同上书，第82页。
④[明]屠隆：《屠隆集》（第二册），浙江古籍出版社2012年版，第19页。
⑤[明]屠隆：《屠隆集》（第一册），浙江古籍出版社2012年版，第139页。

止波涛息。譬彼逆旅人，往来寓空宅。区区万户侯，安能冒冥极？楚汉今烟草，伊人去不还。当时一歇马，千秋名其山。县厓虽可陟，高韵邈难攀。桂酒露湑湑，日暮推心颜。①

原野踏来长，低回黯断肠。人家总萧瑟，风日更苍茫。水涸桥痕碧，烟昏野烧黄。枯杨吟渐渐，独乌下荒荒。昔号鸣驺里，今为牧豕场。田夫耕废县，山鼠过颓墙。露叶堆僧舍，霜藤挂佛堂。狐骄行大泽，鬼啸响阴廊。老树影俱瘦，幽花冷自香。孤龛逗寒雨，疏磬发斜阳。蜗蚀销金篆，苔侵剥画梁。行人感今昔，父老说逃亡。无乃征徭重，兼因饥馑伤。只言财赋地，宁惜沮洳乡。去岁风飘屋，频年水没床。荷锄力田亩，负锸治河防。病妇衣多结，衰翁鬓有霜。家贫仍畏吏，租去已无粮。沙上拾残苇，墙边卧矮桑。天心莽难讯，人事有悲凉。大国连甍在，高门列宿张。车轮若流水，服食拟侯王。钟鼓千灯艳，莺花九陌芳。吴歌俨相亚，楚舞复成行。玉管留春色，金屏缀夜光。富应厌粱肉，贫不饱糟糠。吏治真无补，空惭邑绶章。②

昔日长安酒肆中，尘沙草草得英雄。三年漂泊成风马，两度相思寄泽鸿。楚调清泠霜月淡，吴歌凄断水烟空。与君各抱千秋意，但愿青山白首同。③

读罢名都佳丽篇，日华风色尚娟娟。内人一一工笺记，外宅昭昭奏管弦。芳草六朝龙辇迹，高城九陌马蹄烟。吴歌商女君休听，傍得秦淮酒肆边。④

碧瓦朱甍在市朝，却看迤路连山椒。曲房荐暖花偷放，高栋生寒云不消。竹下杯光浮绿玉，屏间香气隔红绡。西园才子

---

①[明]屠隆：《屠隆集》（第三册），浙江古籍出版社2012年版，第16页。
②同上书，第102页。
③同上书，第112页。
④同上书，第139页。

风流甚，楚曲吴歌手自调。①

宝剑丰城出匣鸣，仙凫叶县早知名。戴星一以劳王事，爱日兼酬将母情。江上鱼供香馔美，花间鹤引板舆行。吴歈半是歌明宰，并入云谣度紫笙。②

屠隆的诗文创作非常丰富，他诗歌中"吴歌""楚歌"的频繁出现一方面体现出他对民歌的喜爱和对俗文学活动的积极参与；另一方面"吴歌""楚歌""采莲曲"等名词，并不仅仅单纯地指代民歌，更多的是一种地域特色的体现，好比"四面楚歌"一样，是特殊地域的象征，它们成为文人表达思乡之情、怀恋故地的常用意象。

在袁宏道的诗作中，民歌的出场频率极高：

桃花春水满江头，独拥佳人翡翠楼。谁抱琵琶江口上，声声弹出小梁州？③

个是春江旧舞楼，海棠花下小梁州。柳因有絮丝还在，莲到无心苦始休。浪子烧灯齐射覆，美人越席与藏钩。东风何意催桃李，多少西郊南陌头。④

深入终防饵，高张远避罗。课儿书上字，听客唱吴歌。检药神方少，疏经悟语多。⑤

蜘蛛生来解织罗，吴儿十五能娇歌。旧曲嘹厉商声紧，新腔啴缓务头多。一拍一箫一寸管，虎丘夜夜石苔暖。家家宴喜串歌儿，红女停梭田畯懒。⑥

①[明]屠隆：《屠隆集》（第五册），浙江古籍出版社2012年版，第109页。
②同上书，第116页。
③[明]袁宏道：《袁宏道集笺校》，上海古籍出版社2008年版，第12页。
④同上书，第28页。
⑤同上书，第120页。
⑥同上书，第325~326页。

闻说山阴县，今来始一过。舴艋革履小，士比鲫鱼多。聚集山如市，交光水似罗。家家开老酒，只少唱吴歌。①

一瓶一笠一条簑，善操吴音与楚歌。野鹤神清因骨老，鸳鸯头白为情多。腰间珮玦千年物，醉后颠书十丈波。近日裁诗心转细，每将长句学东坡。②

《小梁州》是当时盛行的民谣小曲，它的出现，使诗歌显得家常自然，富有生活情趣。袁宏道将吴地少女会唱民歌与蜘蛛会吐丝织网相比，认为两者都是与生俱来的本能，可见民歌在吴地的盛行程度，听唱吴歌楚调已然成为当时人们日常的休闲消遣活动。民歌成为展现真实市井生活的一种文化符号。

小弟袁中道也是一位民歌爱好者，他的偏好潜移默化地影响了儿子，在他的和儿子的诗作中也时常可以看到民歌的身影：

沙市女儿不解歌，听君一曲似韩娥。黄鸡唱罢人初醉，江上东流奈乐何。③

高牙雄峙楚云阿，戟外层峰聚米多。白石紫兰同道气，赤沙青草拟恩波。片言也带周秦色，大鼎能调夷夏和。欲识百城无害马，茶山深处有讴歌。④

宿世疑鸥鹭，舟居减旧疴。涛平春市印，日暮客樯多。照浦濛濛月，鸣崖澹澹波。无心学咏史，闲自唱渔歌。⑤

促弦敲枕暗吟哦，江上游人不见过。怜我灯前惆怅甚，床头检出旧吴歌。⑥

①[明]袁宏道：《袁宏道集笺校》，上海古籍出版社2008年版，第361页。
②同上书，第540页。
③[明]袁中道：《珂雪斋集》，上海古籍出版社1989年版，第171页。
④同上书，第288页。
⑤同上书，第315页。
⑥同上书，第1420页。

流我大江去，悠悠欸乃歌。蓬风吹曲断，远树送舟过。偏采无纹石，忽寻败叶荷。舫中真是好，从此厌行城。①

蛮曲与村歌，马头信口哦。奇言休黑语，月起再谈过。②

上述诗篇中前三首是袁中道的作品，后三首是其子袁祈年的诗歌。除了常见的吴歌外，他们的诗歌中还出现了"韩娥""讴歌""渔歌""欸乃歌""蛮曲""村歌"等名目。韩娥是先秦时期善歌的韩国女歌手，据说她歌唱过的地方，余音三日没有消失，也就是"余音绕梁"典故的由来。袁中道将沙市女儿比作韩娥，赞扬其高超的歌唱技艺。"讴歌""渔歌"等都是民众日常工作和生活中经常歌唱的俗曲，表现出了歌唱者的身份。这些名词的出现表示着诗人对民众生活的关注和融入，民歌不仅是平常百姓口头吟哦之句，也浸染着诗人的生活，成为他们表达欢悦、排遣忧愁的方式，逐渐成为文人日常活动的组成部分。

诗作中另一种常见的俗文学体裁是戏曲。屠隆创作了《昙花记》等戏曲作品，常在友人聚会时进行搬演娱情。邹迪光《郁仪楼集》记录了他们聚会观赏《昙花记》时所作诗篇：

谁唱新声到梵宫，《昙花》此夕领春风。那知竺国多罗义，只在梨园傀儡中。拓鼓轻挝留白日，刀环小队踏飞虹。人生何可长拘束，酒色声闻理自通。

百罚深杯醉不辞，追欢犹似少年时。越儿解作巴俞舞，吴管能调敕勒词。倚槛文鱼乐在藻，窥帘飞鸟触游丝。金乌景匿还乘兴，踏叶穿花信所之。③

挂冠归隐鬓犹玄，丝竹东山二十年。世事真同傀儡戏，何如天外领钧天。④

①[明]袁中道：《珂雪斋集》，上海古籍出版社1989年版，第1423页。
②同上书，第1446页。
③[明]屠隆：《屠隆集》（第十二册），浙江古籍出版社2012年版，第285页。
④同上书，第288页。

邹迪光多次赞美《昙花记》语言文雅，音调优美。他在观看完《昙花记》后发出了人生如戏的感慨，戏台上的演员演出了剧中人的一生，那么天地又何尝不是一个更为广阔的舞台，每个生活在世间的人物又何尝不是戏台上的演员呢？从戏曲反观人世，表达出对生命的思考。《调象庵稿》还收录了邹迪光观看《昙花记》后有感而作的六首诗篇。

袁宏道《夜饮邹金吾家》记录了文人观戏的夜宴，描绘出宴会上诸戏竞唱的场面，"夜深歌起碧油幢，部部争先那肯降。阅尽龟兹诸乐府，却翻新谱按南腔"[1]，表现出南戏的兴盛。

俗文学不仅以文体名称的方式出现在诗作中，还在诗人为民间艺人所作的诗篇中有所体现。袁宏道《题刘生》用"不爱韩康早避名，爱他垂老解多情。调得歌儿声似管，当筵唱出是刘生"[2]称赞刘生的歌唱技艺。屠隆有《长安元夕听武生吴歌》一诗，描画了武生演唱吴歌时的精彩场景，认为"人生不听武生歌，百岁流年空饮酒"[3]，将听民歌视为重要的娱乐活动。钱谦益则著有一首题为《左宁南画像为柳敬亭作》的诗作，用"手指抨弹出狮象，鼻息呼吸成虎龙"[4]评价其卓越的说书技巧，认为柳敬亭将会是青史留名的人物。

俗文学文体、艺人在诗中的出现表明了诗人对于俗文学的关注，是诗俗化的表现之一，更为重要的是使用民歌的创作标准作诗，使诗句表现出浅显自然、俚俗风趣的风格特征。

屠隆则倡导尚"俚"的诗论，他的诗作多采用民间语言，俚趣生动。在《屠长卿集》中有其古乐府诗数首，多用俚语，生动可爱：

子夜四时歌

春：折花临后园，风煖花欲笑。人爱花色妍，侬爱花心好。

夏：与欢游池上，荷生满绿池。朱花似欢面，素藕似欢肌。

---

①[明]袁宏道：《袁宏道集笺校》，上海古籍出版社2012年版，第49页。
②同上书，第130页。
③[明]屠隆：《屠隆集》（第三册），浙江古籍出版社2012年版，第65页。
④[清]钱谦益：《牧斋有学集》，《四部丛刊初编》（第272册），上海书店出版社1989年版，第7页。

秋：黄昏秋气凉，兰房烛未灭。私语无人知，抬头见新月。

冬：玉阶印瑶雪，拥炉时并肩。纤手抚郎背，低声问郎寒。①

懊侬歌

其一：白日照侬心，侬心不可见。愿持金错刀，剖出与欢看。

其二：兰桂非不香，不如荼蘼辛。他人非不好，要非心所亲。

其三：邻里解笑侬，向人不敢泪。亦知欢负侬，侬心自不悔。

其四：爱欢如杨柳，欢为杨柳花。摇摇逐飘风，飞去落谁家？

其五：侬心如野葵，欢心如春草。野葵只向阳，春草处处好。

其六：手持并州刀，欲剪红罗襦。罗襦生光彩，临剪复踟蹰。②

白头吟

白日无回驭，黄河无回波。人情爱少年，其如老去何？一解。

忆昔归成都，当垆何楚楚。拂拭弹绿琴，泪下忽如雨。二解。

春华方灼灼，秋至而彫伤。婆娑点双鬓，揽镜恨秋霜。三解。

昔为鸳与鸯，今为参与商。故人既如此，新人安得常？四解。

君如白杨花，妾如清池藕。藕断丝缠绵，花飞不回首。五解。

妾经少年老，少年安可知。何不回新欢，怜妾少年时？六解。③

行路难

天上白玉堂，仙人云锦裳。虎豹伺九关，安敢顺风翔？东南风波恶，西北陇坂长。人心藏九疑，浮云变忽荒。灵均秉直道，努力事怀王。忠信不见谅，去去沈江湘。精诚誓皦日，冤气敢繁霜。孔圣戒临河，岂是川无梁？少年盛膏沐，回睇生辉光。秋至逐飞蓬，中路以彷徨。纨扇歌班姬，前鱼泣龙阳。不信长门人，宠爱昔专房。朱颜不可保，主恩安得常？④

---

①[明]屠隆：《屠隆集》（第一册），浙江古籍出版社2012年版，第23~24页。
②同上书，第24~25页。
③同上书，第25页。
④同上书，第30页。

乐府本为民歌，通常使用口语化的语言进行创作，具有朴素自然、情感真挚、叙事生动、感染力强等特点。屠隆的古乐府诗继承了乐府诗的特色，尤其注意语言的使用和情感的表达。《子夜四时歌》《懊侬歌》《白头吟》《行路难》等都有前人成作且颇为著名，屠隆模仿其体制、语言和口吻，力求表现出民歌源于生活、即兴创作、易于传唱的特点。比如《懊侬歌》全然以女子口吻写出，自称为"侬"，体现出吴地的风俗民情。女子将自己比喻为野葵，并通过野葵向阳的天性说明自己对心上人的专情，浅显易懂。整首诗生动活泼，贴近民间，颇有民歌风格。

屠隆另作有五言绝句《吴歌八首》，采用诗的体制和民歌的风格进行创作，是诗与民歌相结合的一种形式。《吴歌八首》多为民众真实的生活写照，既有对下层民众艰辛生活的刻画，又有对恬淡自然的耕织生活的描绘。如第四首"莲子湖中生，亦在湖中长。娇女年十三，乘舟学荡桨"①，描绘出一位十三岁少女初学划舟的生活场景，纯是民间口语，简单明了，人物形象随笔而出，不加雕饰，真切自然。

李贽同样推崇民歌作诗的方法，他的诗作也体现出"真""俚"的特点：

朔风谣

南来北去何时了？为利为名无了时。为利为名满世间，南来北去正相宜。朔风三月衣裳单，塞上行人忍冻难。好笑山中观静者，无端绝塞受风寒。谓余为利不知余，谓渠为名岂识渠。非名非利一事无，奔走道路胡为乎？试问长者真良图，我愿与世名利徒，同歌帝力乐康衢。②

赋松梅

其一：二八谁家女，曲弹塞上声。且莫弹此曲，无家人难听。

其二：皎皎中秋月，无声谁论价？有色兼有声，松梅明月下。③

---

①[明]屠隆：《屠隆集》（第二册），浙江古籍出版社2012年版，第125页。
②[明]李贽：《焚书·续焚书》，中华书局2009年版，第228~229页。
③同上书，第236页。

七言长篇《朔风谣》，为首两句指出世人为功名奔忙一生的现状，表达出作者宁静致远、淡泊名利的思想观念。五言四句《赋松梅》纯用口语，清新自然，描绘出少女弹奏《塞上曲》、明月笼罩松梅间的美好画面，如闻其声，如见其景。这些诗作通篇采用民间口语进行创作，即使不通学问的妇孺儿童也能够理解，体现出民歌明白如话的创作风格。

袁宏道、袁中道以民歌为诗，提倡"从自己胸臆流出"的作诗方式，以"真"为诗的创作准则。他们的诗作质朴自然、不加雕琢、不用典故。先来看袁宏道的作品：

采莲歌

采莲花，花开何鲜新！映月为处子，随风作舞人。深红浅白间秋水，妒杀麻姑与洛神。采莲叶，莲叶连香楫，一片青花古玉盘，持赠秦娥与燕妾。采莲子，莲房劈破香且美，纤手分来颗颗匀，何时经年沉湖水？互水深犹可，水浊情无那。试问南溪二月泥，妾心辛苦知不知？[1]

从军行

百金装宝刀，千金买骏马。投鞭瀚海陾，系马阴山下。骆驼吼如云，黄羊阵满野。胶劲弩牙酸，霜重角声哑。虏女貌如花，提刀向空耍。白乳滴葡萄，千钟一时泻。[2]

《采莲歌》和《从军行》都是旧题，《采莲歌》一般为女子口吻，描绘江南莲叶田田的秀美风光和女子采莲的娇俏模样，勾勒出一幅清新明快的动人画面。袁宏道的《采莲曲》则道出了采莲女子劳作的艰辛，视角独特，引人深省。《从军行》描绘的是大漠孤烟、黄羊遍野、霜寒风紧的边塞风光。跟随者袁宏道的诗句，我们仿佛能听到阴山脚下骆驼的嘶吼，能看到虏女空中耍刀的场面。这两首诗毫无假借，纯用口语，明白如话。如果说乐府和歌行本身具有浅俗易懂的特征，那么试看长篇

---

①[明]袁宏道：《袁宏道集笺校》，上海古籍出版社2012年版，第19页。
②同上书，第29页。

《长安秋月夜》：

> 长安城中秋月明，六街九陌无纤尘。先入楼台喧戚里，次经池馆趁游人。游人宛转无穷已，千门万户秋如水。处处笙歌玉树傍，家家箫管澄湖里。汉家天子幸平阳，金蛾宝炬列成行。吹箫踏鼓留天女，斫玉烧金煮凤凰。才子后庭竞度曲，念奴别馆伴诸郎。铜龙轧轧乌啼早，金屋沉沉秋漏长。秋漏渐深歌渐阑，感此如何不倚栏。愿得长侍君王宠，愿得长随玉辇看。又愿君心如月皎，那知妾貌比花老。玉盌难收覆地流，东风不着断根草。可怜今夜长信殿，含酸饮泣悲团扇。未买相如学阿娇，难将赤凤比飞燕。香销金鸭妾自烧，泪破红绡君不见。十回看月九回颦，手把轻纨绕月行。盘花蜀锦伤心色，子夜吴歌断肠声。红闺紫塞三秋恨，碣石潇湘万里情。年年先向离人满，岁岁还依愁处生。年年岁岁秋自好，独怜娇黛无人扫。未有容颜斗月华，自分弃掷同秋草。桂魄有恨不长圆，嫦娥无药应先老。愿得秋光守翠帏，愿随流景送君衣。与君并蒂原并吐，与君双凤不双飞。江南荡子无消息，龙城征戍几时归？胡风刁斗愁闻雁，闰月帘栊懒上机。亦有当垆敛青娥，授色留宾态转多。双燕有雏辞社去，孤鸳无偶奈秋何。已见回文传锦字，更闻尺素托流波。不道人间恨洛浦，定知天上隔银河。愁来白恰连巾湿，泣罢青衫挟瑟歌。歌已阑，月西倾。一年看，一度新。汉武秦皇消不得，却寻方士学仙人。[①]

《长安秋月夜》长达数百字，正是彰显文人才学的绝佳之作，袁宏道并没有在此卖弄学问，其中用到的阿娇长门买赋、嫦娥偷药、锦文传书、青衫拭泪、秦皇汉武等典故已经是家喻户晓的故事，寻常百姓也能津津乐道。除此之外，整首诗歌保持了口语化的风格，达到了老妪可解的作诗标准，可见明白如话是袁宏道一以贯之的创作法则。最能体现其

---

① [明]袁宏道：《袁宏道集笺校》，上海古籍出版社2012年版，第53—54页。

以民歌为诗的作品当属《竹枝词》，《竹枝词》本为巴渝一带的民歌，多歌咏男女情爱和蜀地风物，极富生活气息。袁宏道仿制《竹枝词》的同时，还仿照了它俏丽活泼的民间风格。其十曰："玉娘一曲叫天鹅，此地曾经牙板过。十五年前细腰柳，而今枯瘦十围多。"①以柳树的枯瘦表现出地域的落寞，语言直白，情感真挚。《竹枝词》整体体现出见景生情、随事而歌的特色，也展现出袁宏道以"性灵"为准的创作要求。

袁中道的诗歌特色和其兄如出一辙：

初至村中·其三

十年救火事奔忙，惭愧青山旧草堂。听尽歌声樵唱好，看完花开稻芒香。永无跃马登舟兴，也学占云射雨方。桃叶桃根今尚在，早抛舞髻效村庄。②

赠鲁印山·其三

陶家杨柳谢家山，断绝飞尘镇日闲。檀板一声歌一叠，顿教白头换朱颜。③

襄阳道中逢龙君御，时有出塞之行

已尽潇湘路，同班声子荆。汉臣重出塞，才子更谭兵。楉鼻书奇字，饶歌有正声。偶然看举止，令我念亡兄。（君御与修伯甚肖）④

送李酉卿参知湖州

金节新颁出九天，春明南去草芊芊。镜中鬓发如螺黑，腰下金章似火燃。千里泛家临水国，万人遮马看神仙。建牙吹角浑闲事，闻道而今是少年。⑤

---

①[明]袁宏道：《袁宏道集笺校》，上海古籍出版社2012年版，第894页。
②[明]袁中道：《珂雪斋集》，上海古籍出版社1989年版，第130页。
③同上书，第138页。
④同上书，第173页。
⑤同上书，第179页。

感怀诗五十八首

其十：山村松树里，欲建三层楼。上层以静息，焚香学薰修。中层贮书籍，松风鸣飂飂。右手持净名，左手持周庄。下层贮妓乐，寘酒召冶游。四角散名香，中央发青讴。闻歌心已醉，欲去辖先投。房中有小妓，其名唤莫愁。七盘能妙舞，百啭弄朱喉。平时不见客，骄贵坐上头。今日乐莫乐，请出弹箜篌。①

十二：阿香皎如月，阿雪温如玉。湘文校书郎，七弦弹黄鹄。芙蓉诧胰五，水仙写瘭六。金闾怜慧卿，凤凰桥上哭。章华歌者玉，梅花清芬馥。回首看朱楼，恍然犹在目。金石尚且摧，何况粉黛速。多半玉钩斜，青枫根下宿。发愿誓空王，清净以自勖。稽首告天姝，我情成土木。今生则已矣，来生莫相逐。②

袁中道诗作颇丰，只能随意摘选几首。不同于袁宏道乐府、歌行和竹枝词等体裁，以上诗作皆为五、七言律诗或长篇，足以窥见作者的诗风。在这些诗歌里，袁中道几乎没有使用典故，也没有使用过于典雅的文辞。诗句就好像与人谈话一般自然亲切又不失韵味，比如"檀板一声歌一叠，顿教白头换朱颜"一句，将光阴易逝的苍茫与无奈形容尽致。他在襄阳道中遇到了龙君御，因其和哥哥袁宏道相貌肖似，不禁激发起了对亡兄的思念之情，如此，也只是直抒胸臆地写道"偶然看举止，令我念亡兄"。最后选取的《感怀诗》共五十八首，首首都用家常话娓娓道来，仿佛邻家大哥一样亲切自然。袁中道的诗风便是如此，在他的耳濡目染下，儿子袁祈年也成为"性灵"的拥护者：

楚狂之歌·入村　四

短竺俚语学御容，作奏犹忘去葛龚。问我村中百万事，答他山里五千松。③

---

①[明]袁中道：《珂雪斋集》，上海古籍出版社1989年版，第192页。
②同上书，第193页。
③[明]袁中道：《珂雪斋集》，上海古籍出版社1989年版，第1418页。

同谪星先生游石洲

流我大江去，悠悠欸乃歌。蓬风吹曲断，远树送舟过。偏采无纹石，忽寻败叶荷。舫中真是好，从此厌行城。①

贫怨·二

蜀音吴语响前斋，未作赧王逃债台。请出苏秦三寸舌，闺中百计说金钗。②

袁祈年的诗歌秉承了其父的特色，用语简单明白，如听白话，并且特有一种俚趣。比如《楚狂之歌》用"山里五千松"对仗"村中百万事"，俏皮诙谐，令人莞尔，体现出"性灵"真情直出的特点。

俗文学文体、艺人在诗中的出现，以及以民歌为标准的作诗方式都体现出诗的俗化倾向，表现出万历年间文人审美标准的转变。

三、夹竹桃：诗与民歌的结合

文人们提出俗化的诗论，将民歌的创作标准引入诗的创作中来，体现出雅俗两种文学相互影响、相互交融的文学现状。

冯梦龙关注到诗歌领域出现了民歌入诗的俗化现象，他在辑录了《挂枝儿》《山歌》两部民歌集后，将民歌和诗融合在一起，创作出一种新的文学样式，并按照这种形式创作了一百二十三首民歌，收录在《夹竹桃顶真千家诗山歌》一书中。从书名中可以看出，这种文体不仅结合了民歌和诗句，并且使用了顶真的修辞手法。开篇的《前叙》详细交代了这种文体的结构特征和创作缘由：

> 三句山歌一句诗，中间四句是新词。偷今换古，都出巧思，郎情女意，叠成锦玑。编成一本风流谱，赛过新兴《银绞丝》。③

---

① [明]袁中道：《珂雪斋集》，上海古籍出版社1989年版，第1423页。
② 同上书，第1425页。
③ [明]冯梦龙、刘瑞明：《冯梦龙民歌集三种注解》，中华书局2005年版，第612页。

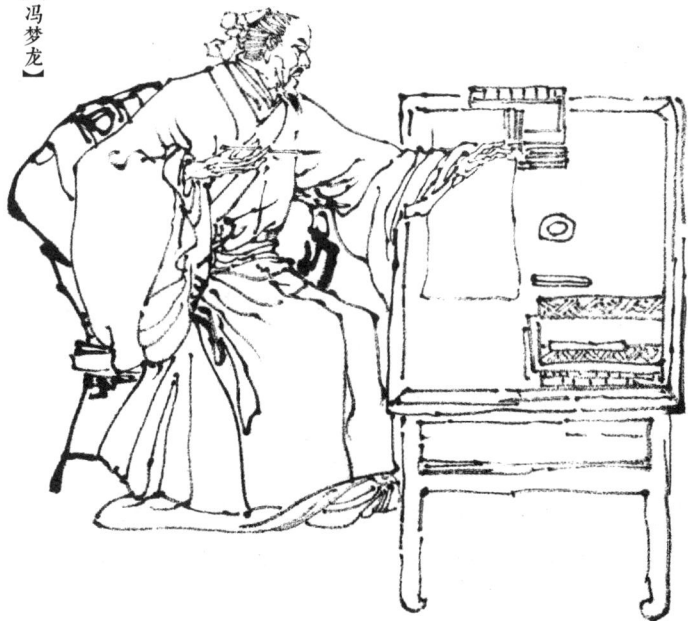

【冯梦龙】

前两句说明这种文体的体制，全篇一共有八句，第一、二、七句是民歌，末尾一句是《千家诗》中的诗句，这四句是七言体；中间四句是新创的语句，为四言体。每篇皆以诗句的前四个字命名，在创作上借鉴了曲的形式，出现使用衬字的情况，句式长短不一、活泼有趣。中间四句说明创作内容和创作方法，"郎情女意"表明这些民歌都是关于男女私情的作品，而"叠成锦玑"则指出采用了顶针的修辞技巧，即前一首的最后一个字就是下一首的第一个字，类似于成语接龙的文字游戏，是文人性的体现。最后两句说明创作目的，冯梦龙用文人的身份创作山歌，将民众和文人联系起来，把民歌的俗和诗句的雅融合在一处，表现出雅俗共赏的创作风格。并且希望文人化了的民歌可以超过原先的民间小调，成为民歌的主流形式。试举几例说明这种文体的特征：

将谓偷闲

丝丝绿柳映窗前，系弗住个情哥去后缘。花栏绕遍，春怀可怜，取花消遣，把金瓶水添。梅香不识奴心苦，将谓偷闲学

165

少年。①

万紫千红

年少娇娘行过百花亭，只见春风吹动百花新。桃花铺锦，梨花绽银，木香含蕊，蔷薇吐心。姐道我郎呀，小阿奴奴分明是天上琼花世上少，你莫道我万紫千红总是春。②

秋千院落

春来夜夜忆私情，手托香腮眼看灯。罗帏寂寞，捱过五更，衾寒枕冷，凄凉怎禁？姐道我郎呀，你自来欢娱所在嫌夜短，教奴奴秋千院落夜沉沉。③

出门俱是

沉沉春暖百花新，姐儿打扮去游春。粉容娇面，胭脂绛唇，绣鞋罗袜，藕丝绢裙，姐道我扇子虽拿，遮弗得众人眼，出门俱是看花人。④

月移花影

人人花下尽欣欢，偏有姐忆子情郎心转酸。千红病蕊，偏奴影单，蜂忙蝶乱，知郎在那边？日里个样凄凉我还排遣得去，当得起个月移花影上栏杆？⑤

以上是《前叙》后的五首开篇山歌，它们选用了歌词中引用的《千家诗》前四字作为题目。如《将谓偷闲》引用了《千家诗》中程颢《春日偶成》的尾句"将谓偷闲学少年"进行收尾，故而用"将谓偷闲"为山歌命名。同理，《万紫千红》选用了朱熹《春日》的尾句"万紫千红

---

①[明]冯梦龙、刘瑞明：《冯梦龙民歌集三种注解》，中华书局2005年版，第614页。
②同上书，第615页。
③同上书，第616页。
④同上。
⑤同上书，第617页。

总是春"收尾，因此用"万紫千红"命名；《秋千院落》选用了苏轼《春宵》的尾句"秋千院落夜沉沉"收尾，因此用"秋千院落"命名；《出门俱是》选用了杨巨源《城东早春》的尾句"出门俱是看花人"收尾，因此用"出门俱是"命名；《月移花影》选用了王安石《春夜》的尾句"月移花影上栏杆"收尾，因此用"月移花影"命名。这便是《夹竹桃》中山歌名称的由来。

《夹竹桃》中的山歌，使用了顶针的修辞手法，后一首的第一个字就是前一首的最后一个字，比如《前叙》的最后一个字是"丝"，因此《将谓偷闲》的第一个字就是"丝"。同理，《将谓偷闲》的最后一个字是"年"，《万紫千红》的第一个字就是"年"；《万紫千红》的最后一个字是"春"，《秋千院落》的第一个字就是"春"；《秋千院落》的最后一个字是"沉"，《出门俱是》的第一个字就是"沉"；《出门俱是》的最后一个字是"人"，《月移花影》的第一个字就是"人"。到了全文的最后一首《后叙》，它是这样写的：

> 无中生有把歌翻，诗句拈来凑巧难。从诗次序，并不妄删；郎情女意，并非妄谈。唱子个样山歌，普天下个人儿齐来听，赛过清明三月三。①

《后叙》的最后一个字是"三"，恰好连接上《前叙》开篇"三句山歌一句诗"的"三"，由此使全书形成了一个循环往复的闭环，首尾相接，前后贯穿，加上融汇了民间山歌和文人诗句，创造出一种前所未有的组织形式。它需要作者在有着深厚文学功底的同时又非常熟悉民歌的曲词曲调，是文人性和民间性相结合的一次大胆尝试。

冯梦龙虽然将诗句加入民歌的创作之中，却在整体上保持了民歌原本俚俗自然的风格，诗句的介入不仅没有出现突兀之感，反而很好地和民歌交融在一起，体现出浓郁的民间风味。例如《将谓偷闲》中"系弗住个""情哥""奴"等词语都是民间说法，增添了作品的俚

---

①[明]冯梦龙、刘瑞明：《冯梦龙民歌集三种注解》，中华书局2005年版，第692页。

趣，也让后人一窥明代的民间风俗，将少女思念情郎、盼郎归来的焦灼内心和可爱行为描画得活灵活现，有情有趣，自在天然。又如《万紫千红》中"年少""只见""姐道我郎啊，小阿奴奴分明是""你莫道我"等都是衬字，口语化的表达增加了作品的民间性，刻画出女主人公娇憨俏皮的性格特征。以花比人，更加突显出女性的美貌。"万紫千红总是春"一句不仅符合作品的主题，也将花园之春色、娇娘之美貌很好地映衬出来。语言雅俗相见，句式长短各异。而《秋千院落》中"手托香腮""罗帏寂寞""衾寒枕冷"则是一些经过加工的文人化语言表达，同时"姐道我郎呀""教奴奴"是民间情侣间亲昵的调情话语，文人化的春闺香艳色彩和民间性的爱侣轻佻狎昵结合在一起，语句流转生动，情感大胆直露，"秋千院落夜沉沉"更是凸显了女子空闺难捱的寂寞，更为露骨地表达出了对于爱情的渴望。民歌和诗句的融合既保持了民歌原本俚俗、真挚的风格，又添加了诗句的含蓄隽永，是一种雅俗兼容的新体裁。

冯梦龙《夹竹桃顶真千家诗山歌》的创作是文人将雅俗两种文体融合起来的一次尝试，也是文人们雅俗共赏的审美追求的具象体现，反映出万历年间文人对于俗文学的重视。

冯梦龙的尝试是值得肯定的，但这种新的民歌体裁并没有得到广泛认可，其中男女之情的描述是影响《夹竹桃》接受和传播的一大关键性因素。

无论是以民歌为标准进行诗的创作，还是冯梦龙新文体的尝试，都是文人希望将雅俗两种文体融合起来的表现。民歌俚俗自然的风格特征得到文人阶层的喜爱，他们自觉地将其运用在诗的创作中，打破了原先诗歌文雅含蓄的语言风格和端庄严肃的思想内涵的规范，为诗的创作注入了新的活力，使诗这种雅文学体裁逐渐显现出真、俚的俗化倾向。

第二节　词的俗化：曲情填词

明代繁荣的社会经济和浓厚的商业氛围使得文人习惯于奢靡腐化的生活状态，在尚俗社会风气和曲俗的双重影响下，词的创作逐渐向曲趋近。张仲谋在《明词史》中提出了"明词曲化"的概念，认为明代词的创造出现了向曲靠拢的倾向。洪静云在《明词曲化现象述评》一文中用"以曲的声情填词"[①]来总结明词的曲化现象，认为明词表现出了曲情填词的俗化现象。

张仲谋指出："词曲不分，笼统言之，是明代词论与曲论中常见的现象。"[②]这种情况在万历年间依然存在，词曲混谈的状况成为常态，两者的区分并不明确。比如沈德符《万历野获编》中的记载：

> 元人如乔梦符、郑德辉辈，俱以四折杂剧擅名，其余技则工小令为多。若散套，虽诸人皆有之，惟马东篱"百岁光阴"、张小山"长天落彩霞"为一时绝唱，元词多佳，皆不及也。元人俱娴北调，而不及南音，今南曲如"四时欢""窥青眼""人别后"诸套最古，或以为元人笔亦未必然，即沈青门、陈大声辈南词宗匠，皆本朝成弘间人。又同时如康对山、王渼陂二太史，俱以北擅场，并不染指于南。渼陂初学填词，先延名师，闭门学唱三年，而后出手，其专精不泛及如此。章邱李中麓太常亦以填词名，与康、王俱石友，不娴度曲。即如

---

①洪静云：《明词曲化现象评述》，《韩山师范学院学报》，2008年8月，第29卷第4期，第44页。

②张仲谋：《明词史》，人民文学出版社2020年版，第15页。

所作《宝剑记》，生硬不谐，且不知南曲之有入声，自以《中原音韵》叶之，以致吴侬见诮。同时惟临朐冯海桴差为当行，亦以不作南词耳。南词自陈、沈诸公外，如"楼阁重重""因他消瘦""风儿疎剌剌"等套，尚是成、弘遗音。此外吴中词人如唐伯虎、祝枝山后，后为梁伯龙、张伯起辈。纵有才情，俱非本色矣。①

　　向年曾见刻本《太和记》，按二十四气，每季填词六折。用六古人故事，每事必具始终，每人必有本末。出即曼衍，词复冗长，若当场演之，一折可了一更漏，虽似出博洽人手，然非本色当行。又南曲居十之八，不可入弦索。②

其中提到的"元词""渼陂初学填词""李中麓太常亦以填词名""南词""每季填词六折"中的"词"实质上指的都是"曲"，"填词"意为"作曲"。沈宠绥《弦索辨讹》中亦有"昭代填词者，无虑数十百家，矜格律则推词隐，擅才情则推临川"③的评价，其中所称"填词"指的也是"作曲"，词曲不分的现象在明代的曲论中举目皆是。

部分曲论家注意到了曲论批评的这一现状，提出了"词曲异体"的概念。王骥德指出诗、词、曲分别是不同的文体，不可混为一谈。他先是明确了词不同于诗、曲不同于词的文体观念，进而批评了诗人以诗为曲、文人以词为曲的做法，认为他们都没有意识到曲是一种独立的文体，强调每种文体都有属于自身的风格特色，不可假借。进而以王世贞为例，指出《弇州四部稿》中的一支【塞鸿秋】和两支【画眉序】，虽然用了曲牌名，但仍然是以填词的方式作曲，用语典雅，不谐曲律，【画眉序】的第一个字应该用去声，但王世贞却用了"浓"这个平声字，无法合乐演唱。故而将词曲混淆、以词作曲的方式是不可取的。王骥德意图通过格律和语言来对词、曲进行区分。

---

① [明]沈德符：《万历野获编》，中华书局1959年版，第640页。
② 同上书，第643页。
③ [明]沈宠绥：《弦索辨讹》，《中国古典戏曲论著集成》（五），中国戏剧出版社1959年版，第19页。

孟称舜同样意识到两种文体间存在着本质的区别，他说道："诗变而为词，词变而为曲。词者诗之余，而曲之祖也。乐府以瞰迳扬厉为工，诗余以宛转流畅为美。"[1]孟称舜以为诗演变发展而成词，词演变发展而成曲，词是曲的鼻祖，两者虽然在源流和风格上有所相似，但却不是相同之物，应当明确诗词曲三者之间的文体独立性，注意三者在体制和风格上的区别。

明末思想家黄宗羲与孟称舜有着相同的观点，他提出：

> 诗降而为词，词降而为曲，非曲易于词，词易于诗也。其间各有本色，假借不得。近见为诗者，袭词之妩媚；为词者，侵曲之轻佻，徒为作家之所俘剪耳。……正法眼藏，似在吴越中，徐文长、史叔考、叶六桐皆是也。外此则汤义仍、梁少白、吴石渠，虽浓淡不同，要为元人之衣钵。[2]

当今一些文人以词为诗，使得诗作妩媚流丽；以曲为词，使得词作流于俚俗。不仅使每种文体都失却了自身的特色，并且使得文体间的区别含混不清，不易区分。黄宗羲认为诗的特点在于端庄持重，词的特点在于妩媚多情，而曲的特点在于轻快活泼，浅显俚趣，三者各有特色，不可随意混淆。

明代曲体的发展和影响远远超过了诗、词等传统文体，文人向民间的有意靠拢使得雅文学创作浸染上了俗文学的特征。明词题材的扩展、风格的流变使得词作表现出了艳、俗、浅的曲化特征。

词情之艳。明词同宋词相比，在创作题材方面进行了扩展。不再拘泥于相思之感、男女之情的描述，而是扩展到生活的方方面面，评画、评诗、评戏、评人，皆可入词。但明词最为关注的仍是男女之情的描写，它脱离了宋词深婉含蓄的表达方式，取而代之的是轻佻秾艳的艳丽风格。施绍莘是万历年间擅作艳词的代表，他的词作多以男女艳情为主：

---

①[明]卓人月、徐士俊辑：《古今词统十六卷》，《续修四库全书》（第1728册），上海古籍出版社2002年版，第437页。
②[明]梁辰鱼：《梁辰鱼集》，上海古籍出版社2010年版，第650~651页。

梦江南·秋思

人何处，人在碧云楼。雨雁带愁横浦树，风花惊梦扑帘钩。应是倦梳头。

人何处？人在藕花居。小榻对风香到枕，乱花平岸色连裾。应是飐罗襦。①

前调·闺夜

雨钟长，雨花狂。一盏青灯守等郎。脱鞋才上床。

火摇缸，影摇窗。郎不回来今夜长。一条鸳被香。②

前调　十字词，和暗生作

知君时，慕君时，君在人前问我时，寻君不遇时。

感君时，谢君时，珍重樽前看我时，刚才见面时。

其二

怜君时，惜君时，君在东窗浣面时，楼头灭烛时。

别君时，忆君时，空有书来人远时，无书有梦时。③

前调·闺意

恼春寒，怕春寒，觉道春衫件件单。春寒人未还。

去时难，见时难，只有春衫处处斑。春衫不耐看。④

前调·记得

记得年时相见，他在夜香深院。说道为相思，瘦损十分难看。亲验。亲验。松了裙腰一半。⑤

前调·代云答

浅斟低唱阳关彻，有心怎好和郎说。记取雨丝丝，是郎初

---

①饶宗颐、张璋：《全明词》，中华书局2004年版，第1436~1437页。
②同上书，第1438页。
③同上书，第1439页。
④同上。
⑤同上书，第1442页。

别时。今夜屏山枕，愁在和奴寝。奴自合愁哉，怕郎愁也来。①

　　《梦江南·秋思》两首描写了女子的日常起居，碧云楼、藕花居等地点增添了闺居的香艳氛围，此中帘钩、香枕、裙裾、罗襦等意象无不让人联想到女子独居香闺的场景，而"倦梳头"三字则描绘出慵懒随意的生活图景，香艳之气跃然纸上。以下几首《前调》的描写更为大胆浓艳。比如《闺夜》中的女子在雨声中点燃青灯等待郎君归来同寝，大胆露骨地刻画出女子在夜间思念情郎的场面，长夜漫漫，闺房独守，平添出几分香艳的味道。《十字词》相对含蓄，塑造了一位怀有暗恋之情的女子，她无时无刻不在想着情郎，情郎对她说话、情郎与她吃饭、情郎给她寄信……女子的心时时刻刻被情郎牵绊着，哪怕情郎本人就在眼前，她还是忍不住地相思如狂，这种爱慕之情古今少有。《记得》描述了一对分隔许久的男女初见时的场景，男子称自己因为相思而日渐消瘦，女子则"亲验，亲验。松了裙腰一半"②，不仅表现出女子娇嗔可人的形象，并且描画出男女幽会亲昵调笑的场面，直接轻佻，毫不含蓄。《代云答达》描绘了女子夜间空房独守思念情人的情形，直白地表达出想要"同郎寝"的希望，并且推己及人，料想男子也在夜间思念着自己。轻佻明快的曲风影响着明代词的创作，词情秾艳成为明词的主要特征之一。

　　词风之俚。万历年间，文人们以文为戏的思想和曲化的表达方式均出现在词的创作中，使词作出现诙谐俚趣的风格特征。比如汤显祖《前调·邯郸梦回文》一词：

　　　　客惊秋色山东宅，宅东山色秋惊客。卢姓旧家儒，儒家旧姓卢。隐名何借问，问借何名隐。生小误痴情，情痴误小生。③

　　采用回文诗的方式填词，句式回环，幽默风趣，前一句颠倒过来就

————

①饶宗颐、张璋：《全明词》，中华书局2004年版，第1445页。
②同上书，第1442页。
③同上书，第1276页。

是后一句，词作还能保留完整的含义，足见作者的文字功力。整首词重在凸显"情痴误小生"一句，并未包含深远的思想感情，是文人展现才学的文字游戏。汤显祖另有《前调·织锦回文》两首，也是游戏文字的戏作。

陈洪绶是明末清初诗人，他的《一剪梅·元旦》也带有回文风趣：

> 看看老大见新年。怕见新年，要见新年，梅花梦里接新年。鸡唤新年，鼓打新年。
> 安排何事报新年。易得新年，难得新年，不如善事报新年。佛写新年，经写新年。[1]

元旦为辞旧迎新的开年之端，在这首词作中句句不离"新年"，形成回环往复之感，不仅写出了新年的习俗，并且读来朗朗上口，增添了许多民间情致，欢快生动，有俚趣之风。陈洪绶还著有《鹧鸪词》四首，现抄录如下：

> 其一：行不得也哥哥。我也图兰不作坡。无山无水不风波。是非颠倒似飞梭。飞不起，可奈何。行不得也哥哥。
>
> 其二：行不得也哥哥。凤雏龙种已无多。败麟残甲堕天河，南阳市上鬼行歌。飞不起，可奈何。行不得也哥哥。
>
> 其三：行不得也哥哥。霜风夜剪向南柯。老翁卧哭山之阿。翠鸟难脱虞人罗。飞不起，可奈何。行不得也哥哥。
>
> 其四：行不得也哥哥。华面鸥头舞婆娑。紫髯碧眼塞上歌。老年生日喜无多。飞不起，可奈何。行不得也哥哥。[2]

"行不得也哥哥"是对鹧鸪叫声的模拟，形容道路艰难坎坷。这句话用于四首词的开头和结尾部分，形成首尾衔接、回环往复的句式特

---

①饶宗颐、张璋：《全明词》，中华书局2004年版，第1818页。
②同上书，第1817页。

点。拟声语的运用不仅起到渲染情感的作用，同时也是贴近民间的表达方式，展现出"俚"的特色。

明代词人经常使用ABA的句式来填词，使词句显得俏皮可爱，同时也拉近了与民众的距离：

干荷叶·闺情

思去思来夜半，难断，翠被卧伶仃。香烬金炉睡不暝，醒么醒，醒么醒。

其二

谁使翠眉双皱，更漏，好梦搅难成。空惹无边枕上情。明么明，明么明。[1]

荷叶杯

酒病又经病酒，知否，白白费情思。儿童弄影许多时。疑么疑，疑么疑。[2]

《干荷叶·闺情》词二首是马朴的作品，第一首结尾是"醒么醒，醒么醒"，第二首结尾是"明么明，明么明"，吴鼎芳《荷叶杯》同样使用"疑么疑，疑么疑"来收尾，这种句式常见于曲的创作中，是民间化的表达方式，运用在词作中增添了词的趣味性和感染力，使词作俚趣生动。曲式填词成为明代文人常用的创作手法。

词语之浅。曲最为显著的特征是使用民间语言进行创作，万历年间这一特点也普遍体现在词的创作中。以汪廷讷的作品为例：

西江月·纪兴

雨入苍梧洒洒，风摇翠竹娟娟。孤亭罢草子云玄。戏向文楸鏖战。

欲试松萝新茗，呼童泉汲冲天。更容何物到窗前。山鸟一

---

①饶宗颐、张璋：《全明词》，中华书局2004年版，第1228页。
②同上书，第1429页。

声娇转。①

前调·春将半

懊恨不春来，春到今将半。梅花落瘦，枝头都是香魂散。又见柳陌含烟，最怕渐渐拖丝，牵我肠儿断。难挽逝流光，好把而今算。②

《西江月·纪兴》中用简单直白的语言，描绘出山鸟飞过窗前的日常生活景象，角度新颖，构思奇特，画面生动活泼。《前调·春将半》中"肠儿断"的口语表达加深了主人公感叹光阴易逝、春光不再的伤春之情。这些语句读来仿若闲话家常，词中情景如若眼前，拉近了与读者的距离，也更易于品读和传唱。

戏曲大家汤显祖的词作中也有着浅显近曲的风格特色：

菩萨蛮

赤阑桥尽香街直，牡丹风外垂杨碧。叠损缕金衣，相逢憔悴时。

黄衫骑白马，日日青楼下。金弹惜流莺，留他歌一声。③

添字昭君怨

昔日千金小姐，今日水流花谢，淹淹惜惜杜陵花。太亏他，生性独行无那，此夜星前一个。生生死死为情多，奈情何。④

南歌子·题南柯梦剧

玉茗新池雨，金枙小阁晴，有情歌酒莫教停，看取无情蝼蚁也关情。国土阴中起。风光眼角成，契玄还有讲残经，为问东风吹梦几时醒。⑤

---

①饶宗颐、张璋：《全明词》，中华书局2004年版，第1212页。
②同上书，第1217页。
③同上书，第1276页。
④同上书，第1277页。
⑤同上。

蝶恋花

忙处抛人闲处住。百计思量、没个为欢处，白日消磨肠断句。世间只有情难诉，玉茗堂前朝复暮。红烛迎人、俊得江山助。但是相思莫相负。牡丹亭上三生路。[1]

《菩萨蛮》用平实如话、不加粉饰的语言，活灵活现地刻画出一位骑着白马不忍击落流莺的黄衣少年形象。《添字昭君怨》则描画出一位因情离世的多情小姐，词中"淹淹惜惜"叠字的使用，不仅表现出千金小姐美丽娇弱的体态，并且增添了词曲的口语色彩。《南歌子》是为《南柯梦》的题词，《蝶恋花》则提及了《牡丹亭》，以词写曲，自然地运用了曲语的风格，这两首词用浅显的话语写出了两剧"情"之主旨，同时兼具词的妩媚和曲的浅俗。

谢肇淛也是主张词语浅显的作家之一：

谒金门·溪上

溪水碧，倒浸一天秋色。隔岸芙蓉香欲滴，半醉娇无力。

人倚阑干叹息，惊起一双鸂鶒。望断彩云愁脉脉，横塘霜月白。[2]

御街行·惜春

落红满地春无主。看嫩柳、争飞絮。轻寒犹未卷重帘，最怕五更风雨。十分春色，九分过了，只一分枝头住。

双双紫燕帘前语。人不见、天将暮。昼长睡起篆烟残，别是一番情绪，香肌暗损，此时此恨，脉脉谁堪诉。[3]

忆王孙·咏柳

翠丝金缕弄新晴，芳草斜阳满灞陵，风送黄鹂一两声。不胜情，莫与征人唱《渭城》。[4]

---

①饶宗颐、张璋：《全明词》，中华书局2004年版，第1278页。
②同上书，第1281页。
③同上。
④同上。

《谒金门·溪上》写的是半醉的主人公在溪边倚阑叹息，惊起了溪边的水鸟，随着水鸟远飞的视线望去，看到天边彩云、塘上霜白，虽然没有过多辞藻的铺垫，但朴实的描写同样以动静的结合、色彩的层次表现出了景物之美。《御街行·惜春》的上阕用浅切的语言表达出暮春凋零落寞的景象，不减其雅反增其真。《忆王孙·咏柳》先是写出了斜阳下满城柳枝的葱翠，而后说到风中传来的黄鹂鸟的叫声仿佛《渭城曲》的歌声一样，让人联想到折柳送别的传统，凸显出柳枝的文化意象。

陈继儒也秉持着浅近自然的创作风格，其《霜天晓角·山中》两首词描画出山居生活的舒适惬意，"菱香酒美，醉倒芙蓉底。旁有儿童大笑，唤先生、看月起"[1]，将先生醉酒眠花的痴憨形象和儿童天真活泼的性格特征都描摹了出来，口语的表达更为其增添了生活气息，突显山居生活之悠然自得。其词作风格大抵如此，试列举几例：

点绛唇·泖桥

秋水茫茫，溪云半卷蘸僧屋。阑干数曲，窈窕藏花木。

三度风吹，送我来投宿。西窗竹，月明茶熟，橘柚墙头绿。[2]

风中柳·茗蒂庵作

燕燕于飞，补茸旧巢堪宿。草庵宽、何须华屋。水儿一曲，山儿一幅。画中人、须眉皆绿。

拄杖敲门，有客来看修竹。但家酿、园蔬谿藓。菊花酒足，松花饭熟。日三竿、贪些清福。[3]

清平乐·山居

有儿事足，一把茅遮屋。若使薄田耕不熟，添个新生黄犊。

闲来也教儿孙，读书不为功名。种竹浇花酿酒，世间闭户先生。[4]

---

① 饶宗颐、张璋：《全明词》，中华书局2004年版，第1313页。
② 同上书，第1312页。
③ 同上书，第1314页。
④ 同上书，第1316页。

蝶恋花·周公美五十外殇子，作此慰之

过了中年诸事有。骨肉团圞，究竟终分手。休恋当场□土偶，悲欢离合何曾久。拨转眉头开口笑，要学英雄，打断连环钮。一句名言君记否，平生爱我无如酒。①

点绛唇·七夕

疏雨微云，夜来枕上新凉早。匆匆草草。诉得情多少。

戏学穿针，拈起针儿倒。离愁拗。何心厮噪。分送人间巧。②

陈继儒的词风透露着曲情的浅显俚趣，也显示出他有志于田园的生活追求。从他的词文中可以看到，他向往的就是一间茅草屋，门前有修竹，户内植菊花，家中有野酿，园内种果蔬，可以睡到日上三竿，日常教儿孙读书识字，偶尔有访客临门的田园生活。这样的人生理想搭配如曲的词风，正是相得益彰，妙趣天成。

袁宏道以崇真的性灵入词，一以贯之地坚持了"直抒胸臆"的创作方式，其词作同样秉持着以手写心的创作特色：

竹　枝

其一：龙洲江口水如空。龙洲女儿挟巨舻。夺涛波面警郎否，看我船敧八尺风。

其四：一片春烟剪縠罗。吴声软媚似吴娥。楚妃不解调吴肉，硬字乾音信口吪。③

其六：侬家生长在河干。夫婿如鱼不去滩。冬夜趁霜春趁水，芦花被底一生寒。④

《竹枝》整体都采用家常口语，有着活泼自然的生命力。尤其是其

---

①饶宗颐、张璋：《全明词》，中华书局2004年版，第1318页。
②同上。
③同上书，第1360页。
④同上书，第1361页。

六，以女子口吻诉说出对丈夫的不满。女主人公讲到自己家住河干，作为渔夫的丈夫每每都要趁着时节外出捕鱼，使得自己常常独守空闺。"侬"是民间女子的自称，用在此处贴切自然，传达出渔家女子对丈夫夜不能归的抱怨。俗文学的兴起影响着明代文人的雅文学创作，直白简明的语言风格成为明词独有的特征，体现出词的曲化倾向。

吴鼎芳的词作呈现着浅、俗的曲化特征：

行香子

其三：一自居山，彻底清闲。脚踪儿、不落尘寰。看云石上，卧月松间。正草菁芊，花烂漫，鸟问关。

其四：万虑消亡，百事寻常。打平壶、混过时光。夜眠晓起，不用商量。有一团瓢，一布衲，一绳床。①

如梦令

杨子津头潮早，燕子矶头风悄，八桨别离船，架起一场烦恼。瘦了，瘦了，瘦得腰肢越小。②

《行香子》描绘了作者日常的闲散生活，幽居山间，漫游山林，看云卧石，映月观松，赏花听鸟，好不惬意；箪食瓢饮、布衣裹身、床铺简洁、随睡随醒，自在逍遥。语言平实，生活随性，读来也让人身心舒展。《如梦令》纯是家常叙话，说到自己瘦了时，并没有用"人比黄花瘦"等文学性描绘，只是简单地说"腰肢越小"，平朴自然，却又带有生活俚趣。

万历年间，曲的创作风格影响着词的发展，使明词形成秾艳婉媚、通俗俚趣、浅近轻快的整体特征，展现出浓厚的世俗气息。曲情填词是雅文学俗化的一种具体表现，也是雅俗两种文学相互交融的结果。

---

① 饶宗颐、张璋：《全明词》，中华书局2004年版，第1430页。
② 同上书，第1433页。

第三节　文的俗化：文贵俚真

明代八股制度盛行，以文取士成为政府选拔人才的主要手段，文人们将取士之文称为"时文"，以文取士的方式则称为"举业"。弘治、嘉靖年间，以前、后七子为代表的文学流派提出复古的文学主张，以此矫正文章创作浅陋陈腐的积习，取得了一定的成效。然而尚古的创作方式也造成文人对前人文章框架、选词用语、思想观点的一味模仿，呈现出文章雷同、千篇一律的文坛现象，引起文人的关注和思考。

嘉靖年间，唐顺之提出"文本色"的概念，以此反对前后七子的文学复古主张。他将"本色"理解为特有的风格，说道："秦汉以前，儒家者有儒家本色，至如老庄家有老庄本色，纵横家有纵横本色，名家、墨家、阴阳家皆有本色。虽其为术也驳，而莫不皆有一段千古不可磨灭之见。是以老家必不肯剿儒家之说，纵横家必不肯借墨家之谈，各自其本色而鸣之为言。其所言者，其本色也。"[1]认为先秦诸子各有其特色才使得各家经典流传不衰，倡导文章创作应当保持自身的特点而不能模拟他人的言语。

万历年间，公安派继承了唐顺之的理论主张，反对复古的文章创作方式。袁宏道指出文坛"眼前几则烂熟故实，雷同翻复"[2]的现状，认为单纯坚持"文必秦汉，诗必盛唐"的做法必会导致"剽窃成风，万口一响"[3]的后果，使文人成为文章奴仆。袁宏道和弟弟袁中道、董玄宰

---

①[明]唐顺之：《荆川集》，《四库明人文集丛刊》本，上海古籍出版社1993年版，第273页。
②[明]袁宏道：《袁宏道集笺校》，上海古籍出版社2008年版，第695页。
③同上。

三人闲谈，他们由画入文，探讨到当今时文模拟成风的弊病：

> 往与伯修过董玄宰。伯修曰："近代画苑诸名家，如文徵仲、唐伯虎、沈石田辈，颇有古人笔意不？"玄宰曰："近代高手，无一笔不肖古人者。夫无不肖，即无肖也，谓之无画可也。"余闻之悚然曰："是见道语也。"故善画者，师物不师人；善学者，师心不师道；善为诗者，师森罗万象，不师先辈。法李唐者，岂谓其机格与字句哉？法其不为汉，不为魏，不为六朝之心而已。是真法者也。是故减灶背水之法，迹而败，未若反而胜也。夫反所以迹也。今之作者，见人一语肖物，目为新诗。取古人一二浮滥之语，句规而字矩之，谬谓复古。是迹其法，不迹其胜者也，败之道也。嗟夫！是犹呼传粉抹墨之人，而直谓之蔡中郎，岂不悖哉？今夫时文，一末技耳。前有注疏，后有功令，驱天下而不为新奇不可得者，不新则不中程故也。夫士即以中程为古耳，平与奇何暇论哉？王以明先生为余业举师，其为诗能以不法为法，不古为古，故余为叙其意若此。噫！此政可与徐熙诸人道也。[1]

他们先是讨论起当今画家如文徵仲、唐伯虎等人是否模拟古代画家，董玄宰说近代著名画家如果不效法古人就没有作品可画，道出画坛现状。袁宏道认为善于绘画的人应该是从自然万物中取材而不是效法古人，善于学习的人应该向本心求取而不是学习固定的规则，善于写诗的人应该包罗万象而不是模拟汉魏六朝、唐宋等诗人的笔墨。由此引申到诗坛、文坛的创作，可悲的是，不论是绘画还是诗文创作，文人画家都以古为尊，毫无创新。

袁宏道进而在《江进之》一文中写道：

> 其繁也，晦也，乱也，艰也，文之始也。如衣之繁复，礼之周折，乐之古质，封建井田之纷纷扰扰是也。古之不能为今

---

[1][明]袁宏道：《袁宏道集笺校》，上海古籍出版社2008年版，第700~701页。

者也，势也。其简也，明也，整也，流丽痛快也，文之变也。夫岂不能为繁，为乱，为艰，为晦，然已简安用繁？已整安用乱？已明安用晦？已流丽痛快，安用聱牙之语、艰深之辞？辟如《周书大诰》《多方》等篇，古之告示也，今尚可作告示不？毛诗郑、卫等风，古之淫词媟语也。今人所唱《银柳丝》《挂针儿》之类，可一字相袭不？世道既变，文亦因之，今之不必摹古者也，亦势也。张、左之赋，稍异杨、马，至江淹、庾信诸人，抑又异矣。唐赋最明白简易，至苏子瞻直文耳，然赋体日变，赋心益工，古不可优，后不可劣。若使今日执笔，机轴尤为不同。何也？人事物态，有时而更，乡语方言，有时而易，事今日之事，则亦文今日之文而已矣。[1]

他指出事物都要经过由繁复到简洁的进化过程。文章如同衣饰、礼乐、土地制度一样，应当随着时代的发展而变化。古时衣饰复杂、礼节繁冗、音乐古质，但已经不适用于当下的社会环境。文章创作也一样，从《诗经》到汉赋、到唐诗、到宋词，再到今日之《银柳丝》《挂枝儿》，每种文体的形式和风格都大相径庭。因此当今时文也不能简单地照搬古时的行文方式、创作风格，而应使用简洁明快的语言创作出具有当今时代风格的文章。在《时文叙》中，袁宏道着重强调了"时"的重要性：

　　举业之用，在乎得隽，不时则不隽；不穷新而极变，则不时。是故虽三令五督，而文之趋不可止也，时为之也。才江之僻也，长吉之幽也，锦瑟之荡也，丁卯之丽也，非独其才然也。体不更则目不艳，虽李、杜复生，其道不得不出于此也，时为之也。[2]

袁宏道认为所谓"时文"在于其"新"且"变"，一时有一时之文章，

①[明]袁宏道：《袁宏道集笺校》，上海古籍出版社2008年版，第515~516页。
②同上书，第703页。

时代更迭，文章也应随之而变，模拟前人的文章不能称之为"时文"。

袁中道记载道："自宋元以来，诗文芜烂，鄙俚杂沓。本朝诸君子，出而矫之，文准秦汉，诗则盛唐，人始知有古法。及其后也，剽窃雷同，如赝鼎伪觚，徒取形似，无关神骨。"①说明自宋元以来文章创作出现了芜烂、鄙俚的弊病。进而表明"天下无百年不变之文章"②的看法，认同文章始终处在变化之中的见解，强调不能使用固有的形式和思想束缚文章的创作。

李贽也是这一观点的提倡者。他认为所谓"时文"就是用来为当今时代选拔人才的文章，并不是为古代选拔人才，故而不能使用古代文章的创作标准来要求时文的创作。他在《时文后序代作》中有云：

> 时文者，今时取士之文也，非古也。然以今视古，古固非今；由后观今，今复为古。故曰文章与时高下。高下者，权衡之谓也。权衡定乎一时，精光流于后世，易可苟也！夫千古同伦，则千古同文，所不同者一时之制耳。故五言兴，则四言为古；唐律兴，则五言又为古。今之近休既以唐为古，则知万世而下当复以我为唐无疑也，而况取士之文乎？彼谓时文可以取士，不可以行远，非但不知文，亦且不知时矣。夫文不可以行远而可以取士，未之有也。国家名臣辈出，道德功业，文章气节，于今烂然，非时文之选欤？故棘闱三日之言，即为其人终身定论。苟行之不远，必言之无文，不可选也。然则大中丞李公所选时文，要以期于行远耳矣。吾愿诸士留意观之。③

指出古和今是一组相对的概念，在今人看来，以前的时代称为"古"；在后人看来，今时也是"古"，所以不必一味求古，"古"处在不断的发展变化中，因此文章创作不能单纯地以"古"为准。一代有一代之文章，文章创作应随时代变迁而不断发展。以诗为例，倘若当今

---

①[明]袁中道：《珂雪斋集》，上海古籍出版社1989年版，第522页。
②同上书，第459页。
③[明]李贽：《焚书·续焚书》，中华书局2009年版，第117页。

文人皆以唐诗为准进行创作，那么我朝诗作将会被后世视为唐诗，失去其独立存在的意义。时文应当反映当下的社会生活和时代背景，更不能模拟古代作品。李贽反对以固定体质和时代先后来评定文章优劣的做法，认为凡是能够体现社会发展和时代变化的文章都是绝好文章。

反对复古的思想逐渐形成完整的理论观念，以袁氏三兄弟为首的公安派提出"性灵"的创作标准，李贽则用一篇《童心说》阐明了文章创作的核心。万历年间，文的创作表现出浅显、自然的特征，浅俚、真切成为文学创作的新风尚。

文尚浅俚。袁宏道承认"文词虽不甚奥古，然自辟户牖"①的文章仍是优秀作品，表明文章创作应以能够表达出自身观点为标准，是否使用典雅深奥的语言并不是决定因素。其《叙呙氏家绳集》有云：

> 苏子瞻酷嗜陶令诗，贵其淡而适也。凡物酿之得甘，炙之得苦，唯淡也不可造；不可造，是文之真性灵也。浓者不复薄，甘者不复辛，唯淡也无不可造；无不可造，是文之真变态也。风值水而漪生，日薄山而岚出，虽有顾、吴，不能设色也，淡之至也。元亮以之。东野、长江欲以人力取淡，刻露之极，遂成寒瘦。香山之率也，玉局之放也，而一累于理，一累于学，故皆望岫焉而却，其才非不至也，非淡之本色也。②

文中记载了苏轼对于陶渊明诗歌的喜爱，称陶渊明诗歌贵在其"淡"，语言浅显、意境自然，将"淡"归为"真性灵"，提出文语贵"浅"的创作标准。

袁中道亦有《餐霞集小序》一文：

> 今夫霞，旦暮所常有，人人所共见者也。而变变化化，奇奇怪怪，固不必赤城之所标，阆风之所蒸，而皆有异彩奇范烁人目睛。至平常，至绚烂；至绚烂，至平常。天下之至文，无

---

①[明]袁宏道：《袁宏道集笺校》，上海古籍出版社2008年版，第696页。
②同上书，第1103页。

以加焉。美哉霞也！观霞则知公之什矣。虽然，霞之卷舒无
常，而天体自如。试于霞外观之，而后知变变化化，奇奇怪
怪，皆云日映射之气偶成，而倏有倏无者耳。古之名将，知此
道者，其惟清凉、无碍两居士乎？噫，予又安得根器如公者，
而与之谭此道哉！①

通过对云霞这种自然景物的描绘说明其文章创作的理论主张。称云
霞虽然是在生活中随处可见的自然景象，但其随风而动，变幻无常，在
不同的天气状况下表现出不同的色彩，引人入胜。文章就如同云霞一
样，看似平常最奇崛，最为平常普通的文章也是最为绚烂多彩的，鼓励
文人使用最普通的语言和最平常的表达方式创作出最卓越的文章。

袁中道非常反感在文章中使用套语，认为宁可使用粗浅俚俗的语
言，也不能使用行规步距的套话。他在《江进之传》中写道：

外史氏曰：古之诗文大家籍中，有可爱语，有可惊语，亦
间有可笑语。良以独抒机轴，可惊可爱与可笑者，或合并而
出，亦不暇拣择故也。然有俚语，无套语。俚语虽可笑，多存
韵致；套语虽无可笑，觉彼胸中，烂肠三斗，未易可云。是以
文人有俚语，无套语也。人情好检点，见其有可笑语者，遂不
复读其可爱可惊之语。而彼无可爱可惊并无可笑者，专以套语
为不痛不痒之章，作乡愿以欺世。当时俗人，因无可检点，反
以加于真正文人之上。及至百年后，人心既虚，其可爱可惊之
精光，人争喜之；并其可笑者，亦任之不复加刺，故共相推
尊。而彼作乡愿之诗者，无关龋笑，有若嚼札，更无一篇存于
世矣。以此诗文不贵无病，但其中有清新光焰之语，独出不同
于众，而为人所欲言不能言者，则必传，亦不在多也。若唐之
王摩诘，可笑者少；孟浩然、李白已不无矣。子美尤多。虽可
笑，亦自有韵，如"家家养乌鬼，顿顿食黄鱼"之语是也。险

---

①[明]袁中道：《珂雪斋集》，上海古籍出版社1989年版，第469页。

186

诨亦不宜轻作，要以大家无害。进之诗可爱可惊之语甚多，中有近于俚语者，无损也。稍为汰之，精光出矣。[①]

古往今来被称为诗文大家的文人作品中，有的惹人怜爱，有的语出惊人，有的令人发笑，都自成一格，唯独没有千篇一律的套话。诗文中使用到的民间俚俗语言虽然有可笑之处，却别具风韵，有其独到之处；套话虽然严肃规矩，但已然成为陈腔滥调，毫无新意，故而文人创作宁用俚语而不用套语。因此袁中道认为江进之的诗文中虽然有近似俚语的玩笑话，但却无损于诗文的价值，反增其趣。同时表明，虽然文章创作中可以使用俚语，但应注意度的把握，对于俚语不加辨别、无所不写、无所不用的做法会导致时文创作趋于俚俗而失却其本质，同样也不可取。浅、俚的俗文学特征成为了以诗文为代表的雅文学的评价标准。

明代晚期，文章创作逐步脱离了复古派严格的格式规范和语言要求，展现出清新俚趣的创作风格。

文崇真实。袁宏道倡导唐顺之不为复古思想所束缚、以表达自身见识议论为主的创作方式，概括其为"独抒性灵，不拘格套"[②]，形成"性灵说"。"性灵"的理论内涵包括两种含义，一是反对前后七子的复古主张，二是崇尚本心，提倡从自身见解认识出发创作文章。他特别强调文章创作中真实的可贵性：

夫沈之画，祝之字，今也；然有伪为吴兴之笔，永和之书者，不敢与之论高下矣。宣之陶，方之金，今也；然有伪为古钟鼎及哥柴等窑者，不得与之论轻重矣。何则？贵其真也。今之所谓可传者，大抵皆假骨董赝法帖类也。彼圣人贤者，理虽近腐，而意则常新；词虽近卑，而调则无前。以彼较此，孰传而孰不可传也哉？[③]

①[明]袁中道：《珂雪斋集》，上海古籍出版社1989年版，第727~728页。
②[明]袁宏道：《袁宏道集笺校》，上海古籍出版社2008年版，第187页。
③同上书，第185页。

袁宏道认为，文章创作的内容和方式应该符合当下的社会现状，以往的创作方式和风格不再适用于今时今世。时代变换，文章创作也应随之变换，这是历史发展的必然趋势。反观当下的时文创作，文人们争相以模拟秦汉、唐宋为荣，形成了以古为今、仿人口舌的文坛现状。袁宏道举字画为例，相比于赵孟頫、王羲之的伪作，世人更希望得到沈周、祝枝山的真迹，说明真贵于伪的道理。文章创作亦是如此，一味剿袭模拟不过是作前代之伪作，反不如创作当代的真迹更有价值，提出文章贵其"真"的观点。

袁中道认为文章创作没有一定的标准，每个时期都会出现不同的形制，每位作家都有自身不同的特色，所以不能用之前的标准来评判今人的文章，也不能够一味模拟古人，丢失自己的风格。袁中道对于文章的评判标准非常简单，提出只要作者能够将心中所想真真切切地书写在纸上，绝不抄袭他人一言，绝不模拟旁人风格，直抒胸臆，不拘工拙，如此，便是真文章，天地间第一等文字！他反对刻意求工的做法，注重对于"真"的强调，"真"也是公安派"性灵"最核心的内涵。以真为出发点，袁中道提出反宋儒、尚本心的作文方式：

> 心者何？即唐虞所传之道心也。人心者，道心中之人心也。离人心，则道心见矣。道心见，则即人心皆道心矣。见道心故谓之悟，即人心皆道心则修也。悟到则修到，非有二也。圣贤之学，期于悟此道心而已矣。此乃至灵至觉，至虚至妙。不生不死，治世出世之大宝藏焉。而世谓儒门无此学术，奉而归之于禅，则大可笑已。有宋诸儒，虽所见不同，然未有不见此道心者也。世间高明之士，所以轻宋儒者有故。心体本自灵通，不借外之见闻。而儒者为格物支离之学，其沉昏阴浊莫甚焉。心体本自潇洒，不必过为把持。而儒者又为庄敬持守之学，其桎梏拘挛莫甚焉。世间之大知慧者，岂肯米盐琐碎，而自同木偶人哉？宜其厌之而趋禅也。
>
> 然以此概诸儒焉则过矣，周茂叔、程明道、邵尧夫辈，实是悟向上一路，未易可测也，朱晚亦入悟。国朝白沙、阳

明，皆为妙悟本体。阳明良知，尤为扫踪绝迹。儿孙数传，盗翻巢穴，得直截易简之宗，儒门之大宝藏，揭诸日月矣。闲日裒为一集，使欲悟尧舜之道心者，从此路入，不必求顿悟于禅门也。[①]

他在《传心篇序》中提出"人心""道心"的概念，认为人心皆在道心之中，心灵和身体本来就是融会贯通的，不必借助外来的见闻进行创作；心灵和身体本来就是潇洒自如的，也不必额外加以约束。故而文章创作不必拘泥于形式的限制，只要把内心真正想说的话表达清楚即可。袁中道认为哥哥袁宏道就是能够保持心灵本真的作家：

> 先生既见龙湖，始知一向掇拾陈言，株守俗见，死于古人语下，一段精光，不得披露。至是浩浩焉如鸿毛之遇顺风，巨鱼之纵大壑。能为心师，不师于心；能转古人，不为古转。发为语言，一一从胸襟流出，盖天盖地，如象截急流，雷开蛰户，浸浸乎其未有涯也。[②]

袁宏道体悟到一味模拟古人，只能死于古人语下，不能展现作者本人的精神和风采。因此，虽然可以学习古人的行文方式和结构布局，但是不能走上抄袭剽窃的道路，完全代古人语。每个人都应该遵从内心的感受，在有了学问积淀的情况下用自己的话语表达自己的想法，这样写出来的文章才会打上属于自己的独特烙印，才是真正属于作者本人的文章。这种保有本真、从自己胸襟流出的创作方式就是公安派倡导的"性灵"，袁宏道无疑是"性灵"的代表作家：

> 兄中郎，长余两岁，少相友爱。儿时同读书村之杜家庄上，讲诵之暇，私相商榷，至今思之，颇多异语。稍长，移居城中，修治城南别业，偕余与四五友人，游息是处。语言奇诡，兴致高逸。每至月明之夜，相对清言。间及生死，泫然欲

---

① [明]袁中道：《珂雪斋集》，上海古籍出版社1989年版，第455—456页。
② 同上书，第756页。

涕，慷慨欷歔，坐而达旦。终不欲无所就，乃刻意艺文，计如俗所云不朽者。上自汉魏，下及三唐，随体模拟，无不立肖。自谓非其至者，不深好焉。

公车之后，乃学神仙。偶有异人传示要领，勤行未久，寻亦罢去。乃我大兄休沐南归，始相启以无生之学。自是以后，研精道妙，目无邪视，耳无乱听，梦醒相禅，不离参求。每于稠人之中，如颠如狂，如愚如痴。五六年间，大有所契，得广长舌，纵横无碍。偶然执笔，如水东注。既解官吴会，于时尘境乍离，心情甚适。山川之奇，已相发挥；朋友之缘，亦既凑和。游览多暇，一以文字为佛事。山清水性，花容石貌，微言玄旨，嘻语谑辞，口能如心，笔又如口。行间既久，遂以成书。余以濩落，依之真州，相见顷刻，出所吟咏，捧读未竟，大叫欲舞，作而笑曰：高者我不能言，其次我所欲言，格外之论我不敢言。与兄相别未久，胡遽至此！彼文人雕刻剪镂，宁不烂漫，岂知造物天然，色色皆新，春风吹而百草生，阳和至而万卉芳哉！

夫文章之道，本无今昔，但精光不磨，自可垂后。唐宋于今，代有宗匠，隆及弘嘉之间，有缙绅先生倡言复古，用以救近代固陋繁芜之习，未为不可，而剿袭格套，遂成弊端。后有朝官，递为标榜，不求意味，惟仿字句，执议甚狭，立论多矜，后生寡识，互相效尤，如人身怀重宝，有借观者，代之以块，黄茅白苇，遂遍天下。中郎力矫敝习，大格颓风。昔昌黎文起八代之衰，亦非谓八代之内，都无才人；但以词多意寡，雷同已极。昌黎去肤存骨，荡然一洗，号谓功多。今之整刷，何以异此。中郎位卑名轻，人心不虚，未必能信。昔钟士季年少时，常作一纸书与人，云是阮步兵，便字字生意；既知是钟，谓不足道。又虞讷素轻张率之诗，随作随诋；托言沈约，便相嗟称。耳贵目贱，今古一揆。今篇籍俱在，试虚心读之，非独文苑之梯径，偿亦入道之津梁焉。①

①[明]袁中道：《珂雪斋集》，上海古籍出版社1989年版，第451~452页。

　　据袁中道记载，哥哥袁宏道自小在文章方面就很有天赋，无论是汉魏文赋、三唐诗歌，都可以信手拈来，模仿得惟妙惟肖。其后有一段时间醉心于佛道，此后所写的文章纯是发自天机自然，心中所想便能诉之于口，口中所言便能下笔成书，绝无模拟旧习，一派天真烂漫之风。袁中道认为行文应当如同春风拂过草木生长、阳光普照百花绽放一般生动自然，一扫文坛复古模拟之旧习，开辟"性灵"的新方式。

　　被袁中道赞赏的还有黄庭坚、李宗文、成元岳等人。黄庭坚谈论其书法技巧时曾云：

　　　　老夫之书，本无法也。但观世间万缘，如蚊蚋聚散，未常有一事横于胸中，故不择笔墨，遇纸则书，纸尽则已，亦不计工拙，与人之品藻讥弹。譬如木人，舞中节拍，人叹其工，舞罢又萧然矣。[①]

　　他行文运笔并没有固定的规则，只是随心所感落笔纸上，其文章创作也是如此，不以讨好世人为目的，胸中有感辄随手而发，因而可以做到"情景大真"[②]。李宗文是楚地的文士，其文章保留了楚地的风格特色，抛开格式的束缚，反而可以将真情实感痛快淋漓地抒发出来，称赞其"以真人而为真文"[③]。成元岳的文章同样以"真"为贵：

　　　　时义虽云小技，要亦有抒自性灵，不由闻见者。古人云："一一从自己胸臆中流出，自然盖天盖地。"真得文字三昧。盖剪彩作花，与出水芙蓉，一见即知，不待摸索也。读元岳兄诸制，无论为奇为平，皆出自胸臆，决不剿袭世人一语。一题中每每自辟天地而造乾坤。予于此道，亦号深入，而不能不心折于元岳，则为其真耳。予一晤元岳，见其长身伟干，须髯如戟，声如洪钟。与之语，输泻胸怀，毫无城府，已知为天地间

---

①[明]袁中道：《珂雪斋集》，上海古籍出版社1989年版，第480页。
②同上书，第521页。
③同上书，第486页。

奇伟男子，将来事业必能独抒精光，不寄人颌下者，予以其文卜之。夫有真文章，自有真人品，真事功。海控八河，必无异味，予以券元岳矣。①

【李贽】

文章创作要以独抒胸臆为好，成元岳的文章不论是奇崛还是平淡，都是出于自己的本心，没有抄袭他人言语，自可独立于天地之间。袁小修认为他得到了文章创作的三昧，称赞其不仅身形伟岸，声如洪钟，并且为人真诚、不见城府，本是天地间昂藏七尺男儿，更以真文章留存于世，是有真事功、真人品、真文章的世间第一等"真"人。"真"是袁中道评价文章的基本原则。

李贽也是以"真"为诗文创作标准的倡导者，他看重文学创作的一种童心，将童心等同于真心：

> 龙洞山农叙《西厢》末语云："知者勿谓我尚有童心可也。"夫童心者，真心也。若以童心为不可，是以真心为不可也。夫童心者，绝假纯真，最初一念之本心也。若失却童心，便

---

① [明]袁中道：《珂雪斋集》，上海古籍出版社1989年版，第482~483页。

失却真心；失却真心，便失却真人。人而非真，全不复有初矣。

童子者，人之初也；童心者，心之初也。夫心之初曷可失也？然童心胡然而遽失也？盖方其始也，有闻见从耳目而入，而以为主于其内而童心失。其长也，有道理从闻见而入，而以为主于其内而童心失。其久也，道理闻见日以益多，则所知所觉日以益广，于是焉又知美名之可好也，而务欲以扬之而童心失；知不美之名之可丑也，而务欲以掩之而童心失。夫道理闻见，皆自多读书识义理而来也。古之圣人，曷尝不读书哉。然纵不读书，童心固自在也；纵多读书，亦以护此童心而使之勿失焉耳，非若学者反以多读书识义理而反障之也。夫学者既以多读书识义理障其童心矣，圣人又何用多著书立言以障学人为耶？童心既障，于是发而为言语，则言语不由衷；见而为政事，则政事无根柢；著而为文辞，则文辞不能达。非内含于章美也，非笃实生辉光也，欲求一句有德之言，卒不可得。所以者何？以童心既障，而以从外入者闻见道理为之心也。

夫既以闻见道理为心矣，则所言者皆闻见道理之言，非童心自出之言也。言虽工，于我何与？岂非以假人言假言，而事假事文假文乎！盖其人既假，则无所不假矣。由是而以假言与假人言，则假人喜；以假事与假人道，则假人喜；以假文与假人谈，则假人喜。无所不假，则无所不喜。满场是假，矮人何辩也？然则虽有天下之至文，其湮灭于假人而不尽见于后世者，又岂少哉！何也？天下之至文，未有不出于童心焉者也。苟童心常存，则道理不行，闻见不立，无时不文，无人不文，无一样创制体格文字而非文者。诗何必古选，文何必先秦。降而为六朝，变而为近体；又变而为传奇，变而为院本，为杂剧，为《西厢曲》，为《水浒传》，为今之举子业，皆古今至文，不可得而时势先后论也。故吾因是而有感于童心者之自文也，更说什么《六经》，更说什么《语》《孟》乎？

夫《六经》《语》《孟》，非其史官过为褒崇之词，则其臣子极为赞美之语。又不然，则其迂阔门徒，懵懂弟子，记忆

师说，有头无尾，得后遗前，随其所见，笔之于书。后学不
察，便谓出自圣人之口也，决定目之为经矣，孰知其大半非圣
人之言乎？纵出自圣人，要亦有为而发，不过因病发药，随时
处方，以救此一等懵懂弟子，迂阔门徒云耳。药医假病，方难
定执，是岂可遽以为万世之至论乎？然则《六经》《语》
《孟》，乃道学之口实，假人之渊薮也，断断乎其不可以语于
童心之言明矣。呜呼！吾又安得真正大圣人童心未曾失者而与
之一言文哉！①

　　李贽认为童心是面对世间万物时最初形成的观点、看法，故而童真
的标准就是摒弃所有外来观念而保留自身真实的见解。李贽认为孩童是
人类最初的状态，故而童心也是人心最初的状态，假使一个人失去了童
心，那便是失去了自己的本真，变得虚伪造作，成为"假人"。人们在
成长的过程中，不断地通过读书或他人讲授的方式学习外来的道理和见
闻，并用它们代替自身原先的见解，逐步舍弃最初的观点，使得童心被
蒙蔽而丢弃了真心。如此一来，人们说出的话语不过是转述他人观点，
谈论的政见也没有着实的根据，写出的诗文更不能表达自己的本意，尽
管语言工致，格式规整，不过是代所学道理见闻发言，没有自己的看
法，即"假人言假言""事假事文假文"②而已，毫无价值可言。李贽
指出圣人虽读书，但不以书中义理蒙蔽本心，更为看重自身的原意。只
要能够常葆"童心"，即使没有深奥的道理、广博的见闻，也同样能够
创作出优秀的作品，具有独特的价值。文章创作既不需要秉持文必秦
汉、诗必盛唐的复古理论，也不需要囿于格式的束缚，但凡依照"童
心"创作，无论诗文、传奇、院本、杂剧还是时文，都符合真实自然的
标准，属于"天下之至文"③。李贽从童心出发，将自然淳朴、绝假纯
真视为文章创作的标准，强调以"真"为准的文论观。

---

① [明]李贽：《焚书・续焚书》，中华书局2009年版，第98—99页。
② 同上书，第99页。
③ 同上。

　　性灵说、童心说都将真实自然作为文章创作的准则，反映出明代晚期文论的趋俗性。童心说、性灵说等俗化的文论观的出现，显示出万历年间文章创作逐步摆脱了复古派严格的格式规范和语言要求，展现出真挚天然、清新俚趣的创作风格。真切、浅俚成为文学创作的新风尚，揭示出时文创作的俗化倾向。

　　万历年间，民歌入诗、曲情填词、文贵俚真俗化现象的出现，表明雅文学受到俗文学发展的影响，逐渐吸收了俗文学的创作特点，使明代文坛呈现出俗化的整体风格。也表明明代由雅入俗、以俗为雅的审美标准的转变。

结　语

　　明万历时期，经济的繁荣昌盛促进了俗文学的发展，许多文人从庙堂走向民间，进入俗文学的创作领域。他们的俗文学观念因此发生了很大的转变。

　　一、对俗文学的态度。明初在国家政策和理学思想的影响下，文人对待俗文学多采取抵制、反对的态度。到万历年间，文人们赞扬俗文学俚趣自然、真挚动人的创作风格，不仅认可俗文学的发展，并且主动投身到俗文学的创作中去，对俗文学采取宽容、赞赏的态度，使得社会风气为之一变。

　　二、俗文学文体理论。明代文人较为关注民歌、散曲、戏曲、小说等俗文学体裁的发展，其中以戏曲理论最为完整、全面。在嘉靖戏曲理论的基础上，万历年间的曲论家着重讨论了戏曲创作的音律问题和结构问题，并改变了嘉靖年间简单粗俗的戏曲语言风格，允许在戏曲创作中出现俊俏雅致的语言、不着痕迹的典故运用以及巧妙的学问穿插，但仍以"老妪能解"作为戏曲语言的衡量标准。

　　从明初的典雅化到嘉靖的通俗化，明代曲论体现出由雅入俗的倾向。万历时期，雅丽化的出现又标志着戏曲进入到由俗趋雅的创作阶段。经过在文人和大众、案头和民间、雅和俗之间的不断权衡取舍，戏曲创作最终形成了兼容雅俗、既可刊刻传世又适于民间表演的理论体系。其他俗文学文体同样通过文人的辑录、记载和创作得以流传至今。

　　三、俗文学文体观的影响。万历年间，文人们摆脱了传统守旧的文学创作思想，将俗文学要素引入雅文学创作。吸收民歌手段写作诗篇，融合曲文特征写作小词，使用俚真风格写作散文，于是出现了"民歌入诗""曲情填词""文贵俚真"等一系列雅文学的俗化现象。诗文观的俗化，反映出万历时期雅文学创作的俗化倾向。

附录一：

本色戏曲与不本色戏曲

本色戏曲				
戏曲名称	作者	批评家	缘由	出处
《西厢记》	王实甫	何良俊	情（语多慷慨，气亦爽烈）	《四友斋丛说》338 页
		王骥德	用典恰好（用事甚富，然无不恰好）	《中国古典戏曲论著集成》（四）《曲律》127 页
		凌濛初	语言（有本色语）	《集成》（四）《谭曲杂札》254 页
		李贽	语言（化工）	《焚书·续焚书》96 页
《丝竹芙蓉亭》	王实甫	何良俊	本色语（简淡可喜）	《四友斋丛说》339 页
《倩女离魂》	郑光祖	何良俊	清丽流便，语入本色四家中第一	《四友斋丛说》338 页《曲论》6~7 页
		祁彪佳	格律（宫韵平仄，不错一黍）	《集成》（六）《远山堂剧品》162 页
《㑳梅香》《王粲登楼》		何良俊	格律（入弦索）	《集成》（四）《曲论》6~7 页
《拜月亭》	施君美	何良俊	当行，本色语（彼此问答，皆不须宾白。叙说情事，宛转详尽）	《四友斋丛说》342 页

		王世贞	不及《琵琶记》（三短）	《集成》（四）《曲藻》34 页
		吕天成	情，本色语（天然本色之句，往往见宝）	《集成》（六）《曲品》224 页
		徐渭	本色语（句句是本色语，无今人时文气）	《集成》（三）《南词叙录》243 页
		王骥德	语言（曲之始，止本色一家）	《集成》（四）《曲律》121 页
			用典（一味清空，自成一家）	《集成》（四）《曲律》127 页
		沈德符	格律（唯一一部全本可上弦索的南戏）	《集成》（四）《顾曲杂言》210 页
			语言（问答往来，不用宾白）	
			真（模拟情态，活脱逼真）	
		徐复祚	格律（宫调极明，平仄极叶）	《集成》（四）《曲论》235~236 页
			语言（一板一折皆当行语）	
		凌濛初	语言（胜于《琵琶记》）	《集成》（四）《谭曲杂札》254 页
		李贽	语言（化工）	《焚书·续焚书》96 页
			关目（关目极好，首似散漫，终至奇绝）	《焚书·续焚书》194 页
《琵琶记》	高明	王世贞	语言（琢句之工，使事之美）	《集成》（四）《曲藻》33 页
			情境（体贴人情，委曲必尽；描写物态，仿佛如生；问答之际，了不见扭捏）	

			格律（特创调名，洗编曲拍）	《集成》（六）《曲品》210 页
		吕天成	情境（情从境转，一段真堪断肠）	
		徐渭	本色语（常俗语言，点铁成金）	《集成》（三）《南词叙录》242~243 页
			语言（本色与文调兼而用之）	《集成》（四）《曲律》121~122 页
		王骥德	用典（无不恰好）	《集成》（四）《曲律》127 页
			语言（工处甚多，然时有语病）	《集成》（四）《曲律》144 页、150 页
		徐复祚	格律不足（腔调未谐，音律何在）	《集成》（四）《曲论》235 页
		凌濛初	语言（本色胜场）	《集成》（四）《谭曲杂札》254 页
		李贽	语言（画工，不及《西厢》《拜月》）	《焚书·续焚书》96 页
《荆钗记》	柯丹丘	王世贞	俗（近俗而时动人）	《集成》（四）《曲藻》34 页
		吕天成	真、情，格律（真切、情文相生，能守韵）	《集成》（六）《曲品》224 页
		徐渭	本色语（句句是本色语）	《集成》（三）《南词叙录》243 页
		徐复祚	关目（以情节关目胜）	《集成》（四）《曲论》236 页
《杀狗记》	徐仲由	吕天成	俚、真（事俚，词质）	《集成》（六）《曲品》224 页

《双卿记》	叶宪祖	吕天成	情节奇特，格律（事奇，守韵甚严）	《集成》（六）《曲品》234 页
《红蕖记》等沈璟传奇	沈璟	王骥德	格律（宫调、声律，言之甚悉）	《集成》（四）《曲律》164 页
		祁彪佳	格律，情节（记中十巧合，情致淋漓）	《集成》（六）《远山堂曲品》18 页
			格律（敲金戛玉，移宫换羽，联韵、叠句入调）	
		徐复祚	格律（词家宗匠，严于法）	《集成》（四）《曲论》240 页
临川四梦，《紫箫记》	汤显祖	王骥德	情节，才情（案头异书，奇丽动人）	《集成》（四）《曲律》165 页
《牡丹亭》		沈德符	奇（真是一种奇文）	《集成》（四）《顾曲杂言》214 页
			才情（家传户诵，才情自足不朽）	《集成》（四）《顾曲杂言》206 页
《紫箫记》《紫钗记》		祁彪佳	情（刻入骨髓，传情处太觉露骨）	《集成》（六）《远山堂曲品》17 页
汤显祖传奇		吕天成	情（绝代奇才，情逐笔飞）	《集成》（六）《曲品》213 页
《四声猿》	徐渭	王骥德	情节（天地间一种奇绝文字）	《集成》（四）《曲律》167 页
《歌代啸》		袁宏道	语言（字无虚设，一一本地风光）情境（呼照曲折）	《袁宏道集笺校》1637 页
《真傀儡》《没奈何》	王衡	沈德符	金元本色（一时独步）	《集成》（四）《顾曲杂言》214 页
《合纵记》	高一苇	祁彪佳	语言（时出本色，令人会心）	《集成》（六）《远山堂曲品》28 页

《檀扇记》	史槃	祁彪佳	词语本色（词属本色）	《集成》（六）《远山堂曲品》43页
《钗钏记》	王玉峰	祁彪佳	格律（词调朗彻）语言（尽有本色）	《集成》（六）《远山堂曲品》55~56页
《白璧记》	黄廷俸	祁彪佳	语言（词尽本色，白亦恰当）	《集成》（六）《远山堂曲品》57页
《昆仑奴》	梅禹金	徐渭	语言（越俗越家常，真本色，宜俗宜真，越俗越雅，尤要天然，点铁成金）	《徐渭集》第二册《徐文长佚草》卷二1092~1094页
不本色戏曲				
戏曲名称	**作者**	**批评家**	**缘由**	**出处**
《宝剑记》	李开先	沈德符	格律（生硬不谐）	《万历野获编》640页
《太和记》	不详	沈德符	文词（冗长）	《万历野获编》643页
《香囊记》	邵璨	徐渭	时文作曲（文语，好用故事）	《中国古典戏曲论著集成》（三）《南词叙录》243页
		王世贞	语言（近雅而不动人）	《集成》（四）《曲藻》34页
		王骥德	语言（以儒门手脚为之）	《集成》（四）《曲律》121页
		徐复祚	诗语为曲（诗语作曲，藻丽）	《历代曲话汇编》明代编·第二集《三家村老委谈》256–257页
《玉玦记》	郑若庸	王骥德	用典过繁（句句用事，如盛书柜子）	《集成》（四）《曲律》127页

		徐复祚	用典过繁（用僻事，填塞故事，开钉饾之门，辟堆垛之境）	《历代曲话汇编》明代编·第二集《三家村老委谈》257-258页
《荆钗记》《白兔记》《破窑记》《金印记》《跃鲤记》《牧羊记》《杀狗记》		王骥德	语言（鄙俚浅近，村儒野老涂歌巷咏之作）	《集成》（四）《曲律》151页
《香囊记》《龙泉记》《五伦全备记》	邵璨、郑泽、丘濬	王世贞	语言（大儒之作，不免腐烂）	《集成》（四）《曲藻》34页
		徐复祚	语言（措大书袋子语，陈腐臭烂）	《集成》（四）《曲论》236页
《义乳记》《青衫记》《葛衣记》	顾大典	徐复祚	格律（操吴音以乱押）	《集成》（四）《曲论》237页
《浣纱记》	梁辰鱼	凌濛初	语言（工丽之滥觞，崇尚华靡）	《集成》（四）《谭曲杂札》252页
		徐复祚	关目，语言，格律（关目散缓、无筋无骨、全无收摄，词亦出口便俗）	《集成》（四）《曲论》239页
		李调元	语言（工丽，与凌濛初同）	《集成》（八）《雨村曲话》22-23页
			语言（终本无一散语，其谬弥甚）	《集成》（八）《雨村曲话》19页
《西洋记》	不详	祁彪佳	诗词作法（铺叙为词）	《集成》（六）《远山堂曲品》31页

《磨忠记》	范世彦	祁彪佳	格律（调多不明）	《集成》（六）《远山堂曲品》109页
《昙花记》《彩毫记》	屠隆	徐复祚	修饰过多（肥肠满脑，以浓盐、赤酱訾之）	《集成》（四）《曲律》240页
《玉合记》	梅禹金	沈德符	用典，学问钉饾（宾白尽用骈语，曲半使故事及成语）	《集成》（四）《顾曲杂言》206页
《高唐梦》《长生殿》《五湖》《洛神》	汪道昆	沈德符	当行（都非当行）	《集成》（四）《顾曲杂言》214页

附录二：

本色作家与不本色作家

本色作家			
曲作家	代表作	批评家	出处
关汉卿	《窦娥冤》《单刀会》等	张禄	《词林摘艳》7~10页：康衢击壤之歌，乐府之始也。汉魏而下，则有古乐府，犹有余韵存焉。至元、金、辽之世，则变而为今乐府。其间擅扬者如关汉卿、庚吉甫、贯酸斋、马昂夫诸作，体裁虽异，而宫商相宜，皆可被于弦竹者也。
庚吉甫	《玉女琵琶怨》等		
贯云石	《酸斋乐府》		
马昂夫	《朝天曲》		
冯惟敏	《不伏老》等	沈德符	《万历野获编》640页：差为当行，不作南词。
		王世贞	《集成》（四）《曲藻》36~37页：止用本色过多，北音太繁，为白璧微颣耳。
沈璟	《红蕖记》等十七种	王骥德	《集成》（四）《曲律》163页：其于曲学、法律甚精，泛澜极博。斤斤返古，力障狂澜，中兴之功，良不可没。
		吕天成	《集成》（六）《曲品》212~213页：运斤成风，乐府之匠石；游刃余地，词部之庖丁。 妙解音律，花月总堪主盟，雅好词章，僧妓时招佐酒。不有光禄，词硎弗新。

曲作家	代表作	批评家	出处
汤显祖	《临川四梦》等	王骥德	《集成》（四）《曲律》165 页：技出天纵，匪由人造。二百年来，一人而已。
			《集成》（四）《曲律》170 页：于本色一家，亦惟是奉常一人，其才情在浅深、浓淡、雅俗之间，为独得三昧。
			《集成》（四）《曲律》180 页：仅一汤海若称射雕手。
		沈德符	《集成》（四）《顾曲杂言》214 页：贻汤义仍新作《牡丹亭记》，真是一种奇文。
		黄周星	《集成》（七）《制曲枝语》121 页：若近代传奇，余惟取汤临川四梦。
		吕天成	《集成》（六）《曲品》212~213 页：汤奉常绝代奇才，冠世博学。情痴一种，固属天生；才思万端，似挟灵气。不有奉常，词髓孰抉？
徐渭	《四声猿》《歌代啸》	王骥德	《集成》（四）《曲律》167~168 页：徐天池先生《四声猿》，故是天地间一种奇绝文字。先生逝矣，遂成千古，以方古人，盖真曲子中缚不住者，则苏长公其流哉。
		沈德符	《集成》（四）《顾曲杂言》214 页：惟徐文长渭四声猿盛行，然以词家三尺律之，犹河汉也。
王衡	《真傀儡》《没奈何》	沈德符	《集成》（四）《顾曲杂言》214 页：大得金、元本色，可称一时独步。

不本色作家

曲作家	代表作	批评家	出处
李开先	《宝剑记》	沈德符	《万历野获编》640 页：生硬不谐。

梁辰鱼	《浣纱记》	沈德符	《万历野获编》640 页：纵有才情，俱非本色。
		沈德符	《中国古典戏曲论著集成》（四）《顾曲杂言》214 页：颇称谐稳，今被俗优合为一大本南曲，遂成恶趣。
		凌濛初	《集成》（四）《谭曲杂札》252 页：始为工丽之滥觞，崇尚华靡。
张凤翼	《红拂记》	沈德符	《万历野获编》640 页：纵有才情，俱非本色。
王世贞	《曲藻》	王骥德	《集成》（四）《曲律》180 页：才士之曲，皆非当行。
		徐复祚	《集成》（四）《曲论》235 页：于词曲不甚当行。
		凌濛初	《集成》（四）《谭曲杂札》252 页：于此道不深，以为词如是观止矣，而不知其非当行也。
康海，王九思，常楼居，冯惟敏	《中山狼》《沽酒游春》《不伏老》等	王骥德	《集成》（四）《曲律》173 页：直是粗豪，原非本色。
屠隆	《昙花记》《彩毫记》	王骥德	《集成》（四）《曲律》180 页：世所谓才士之曲，如王弇州、汪南溟、屠赤水辈，皆非当行。
汪道昆	《高唐梦》等	王骥德	《集成》（四）《曲律》180 页：世所谓才士之曲，如王弇州、汪南溟、屠赤水辈，皆非当行。《集成》（四）《顾曲杂言》214 页：曾见汪太函四作，都非当行。
顾大典	《义乳记》等	徐复祚	《集成》（四）《曲论》237 页：皆起流派，操吴音以乱押者；清峭拔处，各自有可观，不必求其本色也。

附录三：

书中所引用重要作者年代表格

时代分期	年代	作者	籍贯	官职	作品	主要特点
明代前期 1368~1435 拘谨、守成、简约	洪武 1368~1398	朱权（1378—1448）号臞仙，又号涵虚子、丹丘先生。	金陵（今南京）	宁王	《太和正音谱》	
		叶子奇（约1327—1390）字世杰，一名琦，号静斋。	浙江龙泉	主簿	《草木子》	
	正统 1436~1449	叶盛（1420—1474）字与中，号蜕庵，自号白泉，又号泾东道人、淀东老渔。	江苏昆山	正统十三年进士；官至吏部左侍郎	《水东日记》	
	成化 1465~1487	陆容（1436—1497）字文量，号式斋。	苏州府太仓（江苏）	成化二年进士	《菽园杂记》	
		张志淳（1457—1538）字进之，号南园。	云南保山	成化二十年进士	《南园漫录》	

明代前期 1368~1435 拘谨、守成、简约	弘治 1488~1505	李东阳 （1447—1516）字宾之，号西涯。	顺天府玄武湖	天顺八年进士；弘治八年太子少保、礼部尚书、文渊阁大学士	《怀麓堂诗话》	
		李梦阳 （1473—1530）字献吉，号空同。	庆阳府安化县（今甘肃省庆城县	弘治六年进士；正德五品郎中	《空同集》	复古派前七子领袖
		王九思 （1468—1551）字敬夫，号渼陂。	陕西鄠县（今西安市鄠邑区）	弘治九年进士	《碧山乐府》《渼波集》	前七子
		康海 （1475—1540）字德涵，号对山、沜东渔父。	陕西武功	弘治十五年状元	《沜东乐府》	前七子
明代中期 1435~1582 世俗情趣	正德 1506~1521	王鏊 （1450—1524）字济之，号守溪，晚号拙叟，学者称其为震泽先生。	吴县（今江苏苏州）	正德年间户部尚书	《震泽先生别集》	
		杨慎 （1488—1559）字用修，初号月溪、升庵，又号逸史氏、博南山人、洞天真逸、滇南戍史、金马碧鸡老兵等。	四川新都（今成都市新都区）	正德六年殿试第一	《升庵集》《杨慎词选》《杨慎词曲选》	

明代中期 1435~1582 世俗情趣	正德 1506~1521	姜南 生卒年不详 字叔明，号蓉塘。	浙江仁和	正德十四年举人	《蓉塘诗话》	
	嘉靖 1522~1566	张禄 生卒年不详 字天爵，自号友竹山人。	吴江（今属江苏）		嘉靖四年刊《词林摘艳》	
		田汝成 （1503—1557） 字叔禾。	钱塘（今杭州市）	嘉靖五年进士	《西湖游览志馀》	
		魏良辅 （1489—1566） 字师召，号此斋，晚年号尚泉、上泉，又号玉峰。	新建（今江西南昌）	嘉靖五年进士	《南词引正》又名《曲律》	昆曲之祖"曲圣"立昆之宗
		梁辰鱼 （1521—1594） 字伯龙，号少白、仇池外史。	昆山（今属江苏）	明代戏剧家	《江东白苎》《浣纱记》	
		李开先 （1502—1568） 字伯华，号中麓子、中麓山人及中麓放客。	山东济南章丘	嘉靖八年进士	《宝剑记》《词谑》	
		何良俊 （1506—1573） 字元朗，号柘湖。	松江华亭（今上海奉贤柘林）	嘉靖贡生，荐授南京翰林院孔目，仕途失意，遂隐居	《四友斋丛说》	
		唐顺之 （1507—1560） 字应德，一字义修，号荆川。	南直隶常州府武进县（今江苏常州）	嘉靖八年会试第一	《荆川集》	

明代中期 1435~1582 世俗情趣	嘉靖 1522~1566	王世贞 （1526—1590） 字元美，号凤洲，又号弇州山人。	南直隶苏州府太仓州（今江苏太仓）	嘉靖二十六年进士；万历南京刑部尚书	《弇州四部稿》《弇山堂别集》	文坛领袖，后七子。文必西汉，诗必盛唐。
		王世懋 （1536—1588） 字敬美，别号麟州，时称少美。	南直隶苏州府太仓州（今江苏太仓）	嘉靖三十八年进士；南京太常寺少卿	《艺圃撷余》	
		李贽 （1527—1602） 号卓吾、笃吾，又号宏甫，别号温陵居士。	福建泉州府	嘉靖三十一年举人	《焚书》《续焚书》	真挚自然《童心说》
		徐渭 （1521—1593） 初字文清，后改字文长，号青藤老人、青藤道士、天池生、天池山人等。	绍兴府山阴（今浙江绍兴）	嘉靖四十年举人，八试不中，仕途不顺	《四声猿》《歌代啸》《南词叙录》《徐渭集》	
		田艺蘅 （1524—?） 字子艺。	浙江钱塘（今杭州）	贡生	《留青日札》	田汝成之子
明代晚期 1582~1644 奢华、放纵、以情反理	隆庆 1567~1572	张瀚 （1510—1593） 字子文，谥恭懿。	仁和（今浙江杭州）	嘉靖十四年进士，隆庆两广军务，万历太子少保	《松窗梦语》	
	万历 1573~1620	屠隆 （1544—1605） 字长卿，一字纬真，号赤水、鸿苞居士。	浙江鄞县	万历五年进士，礼部主事、郎中	《屠隆集》	

		汤显祖（1550—1616）字义仍，号海若、若士、清远道人。	江西临川	弃官归家，仕途不顺，戏曲家	临川四梦	临川派领袖情
明代晚期 1582～1644 奢华、放纵、以情反理	万历 1573~1620	冯梦龙（1574—1646）字犹龙，又字子犹，号龙子犹、墨憨斋主人、顾曲散人等。	南直隶苏州府长洲县（今江苏省苏州市）	知县	《山歌》《挂枝儿》《三言》《双雄记》《万事足》	文学家戏曲真、情
		臧懋循（1550—1620）字晋叔，号顾渚山人。	浙江长兴	万历八年进士，南京国子监博士	《元曲选》《负苞堂集》	
		沈璟（1553—1610）字伯英，晚字聃和，号宁庵，别号词隐。	吴江（今苏州吴江区）	万历二年进士，后辞官	《南九宫十三调曲谱》属玉堂传奇	吴江派领袖本色、格律
		王骥德（？—1623）字伯良，号方诸生、玉阳生，又号方诸仙史、秦楼外史。	会稽（今浙江绍兴）	明代戏曲家	《南词正韵》《曲律》	吴江派中坚雅俗并陈
		吕天成（1580—1618）字天成，一字勤之，号棘津，别号郁蓝生。	浙江余姚	明代戏曲家，无任官	《曲品》	师从沈璟雅俗并陈
		董其昌（1555—1636）字玄宰，号思白、香光居士。	松江华亭（今上海闵行区马桥）	万历十七年进士	《容台集》	书画、山水"华亭画派"代表人物

明代晚期 1582～1644 奢华、放纵、以情反理	万历 1573~1620	谢肇淛（1567—1624）字在杭，号武林、小草斋主人，晚号山水劳人。	杭州钱塘	万历二十年进士，广西右布政使	《五杂组》	
		袁宏道（1568—1610）字中郎，又字无学，号石公，又号六休。	湖广公安（今属湖北省公安县）	万历二十年进士，国子监博士	《袁中郎全集》	反复古公安派性灵说
		顾起元（1565—1628）字太初，一作璘初、瞞初，号遁园居士。	应天府江宁（今南京）	万历二十六年殿试一甲，吏部左侍郎兼翰林侍读学士	《客座赘语》	
		钱谦益（1582—1664）字受之，号牧斋，晚号蒙叟、东涧老人。学者称虞山先生。	苏州府常熟县鹿苑奚浦（今张家港市塘桥镇鹿苑奚浦）	万历三十八年进士，礼部侍郎，东林党领袖	《牧斋有学集》《牧斋初学集》	
		徐复祚（约1560—1629）原名笃儒，字阳初，后改讷川，别署阳初子、三家村老。	江苏常熟	戏曲家	《三家村老委谈》	沈璟粉丝
		张岱（1597—1679）字宗子，又字石公，号陶庵，别号蝶庵居士。	山阴（今浙江绍兴）	万历二十三年进士	《陶庵梦忆》	

明代晚期 1582~1644 奢华、放纵、以情反理	万历 1573~1620	袁中道（1570—1626）字小修，一作少修。	湖广公安（今属湖北省公安县）	万历四十四年进士，南京吏部郎中	《珂雪斋集》《珂雪斋近集》	
		凌濛初（1580—1644）字玄房，号初成，亦名凌波，一字遐斥，别号即空观主人。	浙江乌程（今浙江湖州吴兴织里镇晟舍）	55岁以优贡授上海县丞，63岁任徐州通判	《二拍》《南音三籁》	明代文学家、小说家和雕版印书家
		沈德符（约1578—1642）字景情，又字虎臣，号他子。	浙江秀水（今浙江嘉兴）	万历四十六年举人	《万历野获编》	
		周之标 生卒不详	江苏长洲（今苏州）		《吴歈萃雅》	女性出版家 真
	崇祯 1628~1644	祁彪佳（1602—1645）字虎子，一字幼文，又字宏吉，号世培，别号远山堂主人。	山阴（今属浙江绍兴）	天启二年进士，崇祯十四年河南道御史	《远山堂曲品》《远山堂剧品》	戏曲理论家

参 考 文 献

一、古籍原典

[1]（明）朱权.太和正音谱.中国古典戏曲论著集成本[M].北京：中国戏剧出版社.1959.

[2]（明）陆容.菽园杂记[M].上海：上海古籍出版社.2012.

[3]（明）康海.沜东乐府.续修四库全书本[M].上海：上海古籍出版社.2002.

[4]（明）魏良辅.曲律.中国古典戏曲论著集成本[M].北京：中国戏剧出版社.1959.

[5]（明）梁辰鱼.梁辰鱼集[M].上海：上海古籍出版社.2010.

[6]（明）李开先.李开先全集[M].上海：上海古籍出版社.2014.

[7]（明）何良俊.四友斋丛说[M].北京：中华书局.1959.

[8]（明）何良俊.曲论.中国古典戏曲论著集成本[M].北京：中国戏剧出版社.1959.

[9]（明）唐顺之.荆川集.四库明人文集丛刊本[M].上海：上海古籍出版社.1993。

[10]（明）王世贞.曲藻.中国古典戏曲论著集成本[M].北京：中国戏剧出版社.1959.

[11]（明）王世贞.弇州四部稿.四库全书本[M].上海：上海古籍出版社.2003.

[12]（明）王世懋.艺圃撷余.丛书初编集成本[M].北京：中华书局，1985.

[14]（明）徐渭.徐渭集[M].北京：中华书局.1983.

[15]（明）徐渭.南词叙录.中国古典戏曲论著集成本[M].北京：中国戏剧出版社.1959.

[16]（明）李贽.焚书·续焚书[M].北京：中华书局.2009.

[17]（明）张瀚.松窗梦语[M].北京：中华书局.1985.

[18]（明）屠隆.屠隆集[M].杭州：浙江古籍出版社.2012.

[19]（明）汤显祖.汤显祖集全编[M].上海：上海古籍出版社.2016.

[20]（明）沈璟.沈璟集[M].上海：上海古籍出版社.2012.

[21]（明）臧懋循编.元曲选[M].北京：中华书局.1958.

[22]（明）徐复祚.曲论.中国古典戏曲论著集成本[M].北京：中国戏剧出版社.1959.

[23]（明）顾起元.客座赘语[M].上海：上海古籍出版社.2012.

[24]（明）谢肇淛.五杂组[M].上海：上海古籍出版社.2012.

[25]（明）袁宏道.袁宏道集笺校[M].上海：上海古籍出版社.2008.

[26]（明）袁中道.珂雪斋集[M].上海：上海古籍出版社.1989.

[27]（明）冯梦龙编.冯梦龙民歌集三种注解[M].北京：中华书局.2005.

[28]（明）吕天成.曲品.中国古典戏曲论著集成本[M].北京：中国戏剧出版社.1959.

[29]（明）凌濛初.谭曲杂札.中国古典戏曲论著集成本[M].北京：中国戏剧出版社.1959.

[30]（明）凌濛初.初刻拍案惊奇[M].长沙：岳麓书社.2009.

[31]（明）凌濛初.二刻拍案惊奇[M].上海：上海古籍出版社.1983.

[32]（明）王骥德.曲律.中国古典戏曲论著集成本[M].北京：中国戏剧出版社.1959.

[33]（明）沈德符.顾曲杂言.中国古典戏曲论著集成本[M].北京：中国戏剧出版社.1959.

[34]（明）沈德符.万历野获编[M].北京：中华书局.1959.

[35]（明）张岱.陶庵梦忆[M].北京：中华书局.2007.

[36]（明）周之标.吴歈萃雅[M].台湾：学生书局.1984.

[37]（明）汪廷讷.坐隐先生全集十八卷.四库全书存目丛书本[M].济

南：齐鲁书社.1997.

[38]（明）卓人月.徐士俊辑.古今词统十六卷.续修四库全书本[M].上海：上海古籍出版社.2002.

[39]（明）施绍莘.秋水庵花影集五卷.续修四库全书本[M].上海：上海古籍出版社.2002.

[40]（明）孟称舜.孟称舜集[M].北京：中华书局.2005.

[41]（明）沈宠绥.弦索辨讹.中国古典戏曲论著集成本[M].北京：中国戏剧出版社.1959.

[42]（明）毛晋辑.六十种曲[M].北京：文学古籍刊行社.1955.

[43]（明）祁彪佳.远山堂曲品.中国古典戏曲论著集成本[M].北京：中国戏剧出版社.1959.

[44]（清）张廷玉.明史[M].北京：中华书局.1974.

[45]（清）谷应泰.明史纪事本末[M].北京：中华书局.1977.

[46]（清）陈宏绪.寒夜录.续修四库全书本[M].上海：上海古籍出版社.2002.

[47]（清）钱谦益.牧斋初学集[M].上海：上海古籍出版社.2009.

[48]（清）钱谦益.牧斋有学集.四部丛刊初编本[M].上海：上海书店.1989.

二、今人编著

[1]中华书局编辑部点校.全唐诗（增订本）[M].北京：中华书局.1999.

[2]饶宗颐.张璋编.全明词[M].北京：中华书局.2004.

[3]谢伯阳编.全明散曲[M].济南：齐鲁书社.2016.

[4]魏同贤主编.冯梦龙全集[M].上海：上海古籍出版社.1993.

[5]胡适.白话文学史[M].上海：上海古籍出版社.1999.

[6]郑振铎.中国俗文学史[M].北京：东方出版社.1996.

[7]钟敬文.钟敬文谈中国民俗[M].长沙：湖南少年儿童出版社.2010.

[8]王国维.宋元戏曲史[M].上海：上海古籍出版社.2008.

[9]吴梅.顾曲麈谈[M].上海：上海古籍出版社.2000.

[10]周贻白.中国戏曲发展史纲要[M].上海：上海古籍出版社.1979.

[11]杨伯峻.论语译注[M].北京：中华书局.1980.

[12]李昌集.中国古代曲学史[M].上海：华东师范大学出版社.1997.

[13]俞为民.孙蓉蓉编.历代曲话汇编[M].合肥：黄山书社.2009.

[14]张仲谋.明词史[M].北京：人民文学出版社.2002.

[15]周玉波.明代民歌研究[M].南京：凤凰出版社.2005.

[16]叶涛主编.中国牛郎织女传说俗文学卷[M].桂林：广西师范大学出版社.2008.

三、相关论文

[1]钟敬文.民俗学与古典文学[J].文史知识.1985年10期.

[2]王小盾.明曲本色论的渊源和它在嘉靖时代的兴起[J].云南艺术学院学报.2001年04期.

[3]王小盾.东亚俗文学的共通性[J].中国社会科学.2015年05期.

[4]敬晓庆.明代戏曲本色说考论：[硕士学位论文].兰州：西北师范大学，2004.

[5]毕雅静.论元散曲语言的俚俗性：[硕士学位论文].石家庄：河北师范大学，2005.

[6]洪静云.明词曲化现象评述[J].韩山师范学院学报.2008年8月.第29卷第4期.

[7]王瑜瑜.略论明代传奇历史剧叙事的世俗化倾向[J].太原理工大学学报.2009年9月.第27卷第3期.

[8]石艺.沈璟曲学研究[J].南京大学.研究生毕业论文.2011.

[9]杨琼.明代戏曲本色论研究：[硕士学位论文].南京师范大学.2012.

[10]孙密密.王骥德《曲律》中的"本色"说考辩：[硕士学位论文].广西壮族自治区：广西师范大学，2012.

[11]徐文翔.明代文人与民歌：[博士学位论文].天津：南开大学，2014.

[12]闫红艳.明前期教化剧研究：[硕士学位论文].临汾：山西师范大学，2014.

后 记

  《明万历年间俗文学文体观研究》是我的硕士学位论文，转眼间，距离硕士毕业已经过去了5年。

  2015年，怀抱着对古代文学的热爱和向往，我踏入了温州大学的校门，那时候，我还不知道自己即将开启一段多么精彩的旅程。由于在本科时期学习了三年多的古筝，所以对中国古代乐律、琴书、琴谱抱有极大的兴趣。在看完所有老师的简介后，我发现王小盾老师在音乐领域的研究最为深入，所以特别希望能够成为王老师的学生，就买来了《章贡随笔》和《中国音乐文献学初阶》进行阅读，书中记载的求学经历和去各地考察寻找资料的过程令我无比向往，更加坚定了要跟随王老师学习的决心。此时，同学们纷纷讨论起导师们的教学风格和行事特色，说到王老师是一位非常严厉的导师，多有退却之心，而我终于能够得偿所愿，有幸成为王老师的一名硕士研究生。

  在本科阶段，我没有进行过文献学、目录学、校勘学的学习，对这些领域都非常陌生。王老师在第一堂课上给我们布置了一项作业：对图书馆中所藏有关《诗经》的书籍进行分类整理。彼时我还不明白这一作业的意义，于是用了国庆假期整整7天的时间按照自己的理解把图书馆中跟《诗经》有关的书籍信息一一抄录下来，包括书籍、作者、出版社、出版年份、索书号，其实这个时候老师就对我们进行了学术分类思想和学术研究规范的训练。后来，老师把我们带到他的书房（说是书房，实则算得上一座小型图书馆），让我们选择自己感兴趣的书架，把上面的图书按照分类重新摆放。很快，我便锁定了有关音乐研究的两架图书，把它们按照国别、年代重新排列了一次。这次整理实质上是老师观察我们兴趣点、分类习惯的一次测试。在第一学期，我还接受了一次训练，就是在知网上下载有关《汉书·艺文志》的相关论文并且按照出版年份放在不同的文件夹中，那时候下载还没有诸多限制，每天可以下载很多论文，当时总共下载了2579篇，在学期结束时，老师要求按照主题将它们重新分类，我便想到直接根据七略的方式来进行划分。以上，便是初入学时关于学术分类的几项练习。

王老师每周都会召集弟子开一次例会，大家向老师汇报这周的读书情况和学习心得，并且要求我们每日写读书札记，月底的时候提交一次。刚开始，我只捡自己喜欢的书看，也不懂得辨别书籍的质量和版本差异，往往会在札记中信笔由缰地写一大堆，由于不习惯使用电脑，还保持着手写笔记的习惯，经常在笔记本中抄录自己觉得新奇的观点。老师看过笔记后，先是批评我所读书籍的作者在研究方面并无建树，而后鼓励我要使用电脑记录，方便日后查找。这次谈话对我的影响非常大，我第一次明白：原来书上写的不一定是真理，它们是可以被怀疑和批判的；原来众人追捧的专家不一定永远都是正确的，他们也会有犯错误的时候。自从树立了这样的理念，日后在看书的过程中总是多了一份思考和怀疑，不再盲目地对书上的内容照单全收。

王老师对我们的学习规划非常明确。在研究生一年级的时候，我主要进行了大量的阅读和学术训练。我精细地阅读了《诗经》《楚辞》和《史记》。尤其在阅读《诗经》的时候，采取了对照阅读的做法，先是在笔记本上抄下原诗，然后查找字音字义，自己理解后再根据几本不同的注解本进行补充。这是我第一次采用这样的阅读方式，阅读的进度也非常缓慢。时至今日，我可能已然忘却了《诗经》中的大部分诗篇，但是这次的阅读经历让我至今难忘。比较可惜的是，阅读《诗经》《史记》花费了大量的时间，因此《四库全书总目提要》并没有全部通读下来，终究还是未能达到老师的要求，成为一个遗憾。

　　研究生二年级的时候，我们逐渐展现出不同的兴趣点，大家也分别向不同的领域进行探索。我选择了音乐方向，在研二上学期就这一方向展开了大量的基础阅读。在现有图书资源的基础上，我阅读了《中国文学史》《中国音乐史》《中国小说史》《中国戏曲史》等相关教科书各十余种。喜欢手写笔记的方式导致每天电子版读书札记上的字数少得可怜，老师觉得我有所懈怠。直到学期末我带着自己的两个笔记本跟老师汇报，老师说："我这下看到你逐渐缩小了自己的研究范围。"王老师的硕士论文是《明曲本色论的渊源和它在嘉靖时代的兴起》，他希望我能够沿着他的路线继续研究下去，虽然我对戏曲并没有很大的兴趣，但是能够延续老师曾经的方向让我觉得十分荣幸，因此就确定了戏曲本色这一主题。在搜集资料的时候，由于之前的阅读范围过大，加上我对民歌、道情、渔鼓、子弟书等民间讲唱文学的兴趣十分浓厚，所以不自觉地搜罗到了一些关于俗文学的资料，而"俗文学"恰恰又和王老师当时东亚俗文学的研究领域相符，因此最终确立了"明万历年间俗文学文体观研究"这一题目。

　　到了研三的时候，同学们纷纷开始论文的写作并且考虑就业的事情，而我的资料搜集工作仍然没有结束。除了阅读相关的戏曲集、戏曲作品、戏曲理论著作，还要对有关文人的其他作品进行通读，以便搜寻和他们戏曲理论相通的文学观点。每天的工作就是看书、找资料、整理资料。看到同学们纷纷完成了毕业论文，心里面还是很焦急的。王老师给我们讲了鲁班造桥的故事，他说鲁班和别人比赛造桥，把前面所有的时间都用来寻找上好的汉白玉，在最后一天把这些材料堆在一起就造好了最棒的桥，我时常怀疑这个典故是老师自己杜撰的。在完成资料的收集后，老师让我先进行分类。我往往不得其要领，老师只能耐着性子分部指导：先提问题，然后分析问题，最后深化问题并讨论它们的背景。甚至一开始做万历时期，我只搜集有关万历时期的资料，老师也教导我：可以搜集万历之前的资料，看看问题产生的原因；可以搜集万历之后的资料，看看万历对后期的影响。就是这样一次次的提点，每每让我有醍醐灌顶之感，总是暗自想：老师怎么这么厉害？怎么能想到这么多东西？现在回过头来重新完善这篇论文，也发觉自己当时的天真幼稚。终于，在老师的指导下，我在最后期限内以鲁班造桥的方式完成了论文，正如老师预料的那样，由于资料的丰富和日复一日学术札记的积累，最后的论文写作只用了两周的时间，写作过程也非常顺利。

2018年我考博失败，2019年被上海大学古代文学专业录取，继续跟随杨绪容教授进行明清戏曲评点的研究。正是由于王老师在硕士期间的耳提面命、言传身教，才让我在考取博士的时候有了一定的积累和信心，这三年的读书生涯可以说是我学术道路的启蒙和奠基。

后来，我才了解到王老师在学术领域的地位和影响，总是时常慨叹自己何其有幸能够在有生之年得到这样的学习机会。初入学时，老师给门下每位学生都赠送了自己的著作，但是没有给我们签名，说是我们学习用功的话才会作为奖励给我们签上，可是他给其他学生赠送了签名版的书籍，那个时候我特别渴望有朝一日能够得到老师亲笔签名的著作。在后面的研究生生涯里，我也得到了老师的签名书，总觉得特别荣耀。在我跟随老师读书的岁月里，老师对于知识的渴求和执着让我感到非常震惊，他往往早上六点就起床锻炼，晚上十二点还在办公室读书写作。我曾经问他为什么这么喜欢工作，老师的回答我记不清了，大概是说从没把学术当做工作，我想，这大概就是热爱吧。

在读博和工作以后，我还不时地从老师的智慧里汲取营养。入学之初，老师就给我们讲过《进入学术工作的十条经验》，初听之时不觉得有什么玄妙，甚至觉得学术工作也不过如此。当我进入博士学习阶段，奔走在各个图书馆抄录古籍、整理资料的时候，才逐渐体会到这十条经验的宝贵之处，也才发觉在三年的硕士研究生生涯中，老师已经把这十条经验通过日复一日的读书、写札记、整理资料、校对书稿的寻常生活贯通到了我们的骨血里，因此在读博期间，我依旧按照寻找材料、阅读材料、分析材料的方式逐步进入研究。

我不是最聪明的学生，也不是最勤奋的学生，老师总是对我的学习表示担忧，在毕业的时候还叮嘱我要保持好学的习惯。后来，在进入博士学习阶段和工作阶段后，竟然偶尔还会受到老师的支持和肯定，每一次赞扬对我来说都是一种莫大的鼓舞。我也把从老师这里受到的教诲传递给我的学生，给他们讲天子狩猎和大禹治水，鼓励他们多读原典、勇于怀疑、坚持自己。这次，有幸能够让老师赐序，既是对我硕士学习阶段的一个总结，也是我独自迈向学术研究道路的一个开始。

感谢王老师，引导我见证了学术研究的正确路径，让我真正体会到了学术研究的辛苦与价值，在大罗山下和师长同门们一起学习玩耍的时光是我永远值得珍藏的回忆。

高宇星

2023年8月16日